クリスティー文庫
13

ひらいたトランプ

アガサ・クリスティー
加島祥造訳

早川書房

5247

日本語版翻訳権独占
早　川　書　房

CARDS ON THE TABLE

by

Agatha Christie

Translated by
Shozo Kajima
Published 2021 in Japan by
HAYAKAWA PUBLISHING, INC.
This book is published in Japan by
arrangement with
AGATHA CHRISTIE LIMITED
through TIMO ASSOCIATES, INC.

目次

序文　9
1　シャイタナ氏　11
2　シャイタナ氏の晩餐　21
3　ブリッジの勝負　35
4　最初の殺人者？　49
5　第二の殺人者？　65
6　第三の殺人者？　75
7　第四の殺人者？　85
8　犯人は誰か？　91
9　ドクター・ロバーツ　109
10　ドクター・ロバーツ（続）　127
11　ロリマー夫人　141
12　アン・メレディス　152

13 二人目の客 163
14 三人目の客 179
15 デスパード少佐 194
16 エルシー・バットの証言 206
17 ローダ・ドーズの証言 216
18 幕間のお茶 230
19 協議 241
20 ラクスモア夫人の証言 268
21 デスパード少佐 281
22 コンビーカーでの証拠 290
23 絹のストッキングの語るもの 295
24 三人の殺人容疑者たちを消去? 306
25 ロリマー夫人は語る 315
26 真相 322
27 目撃者 336

28 自殺 343
29 事故 359
30 殺人 371
31 ひらいたトランプ 381
解説／新保博久 391

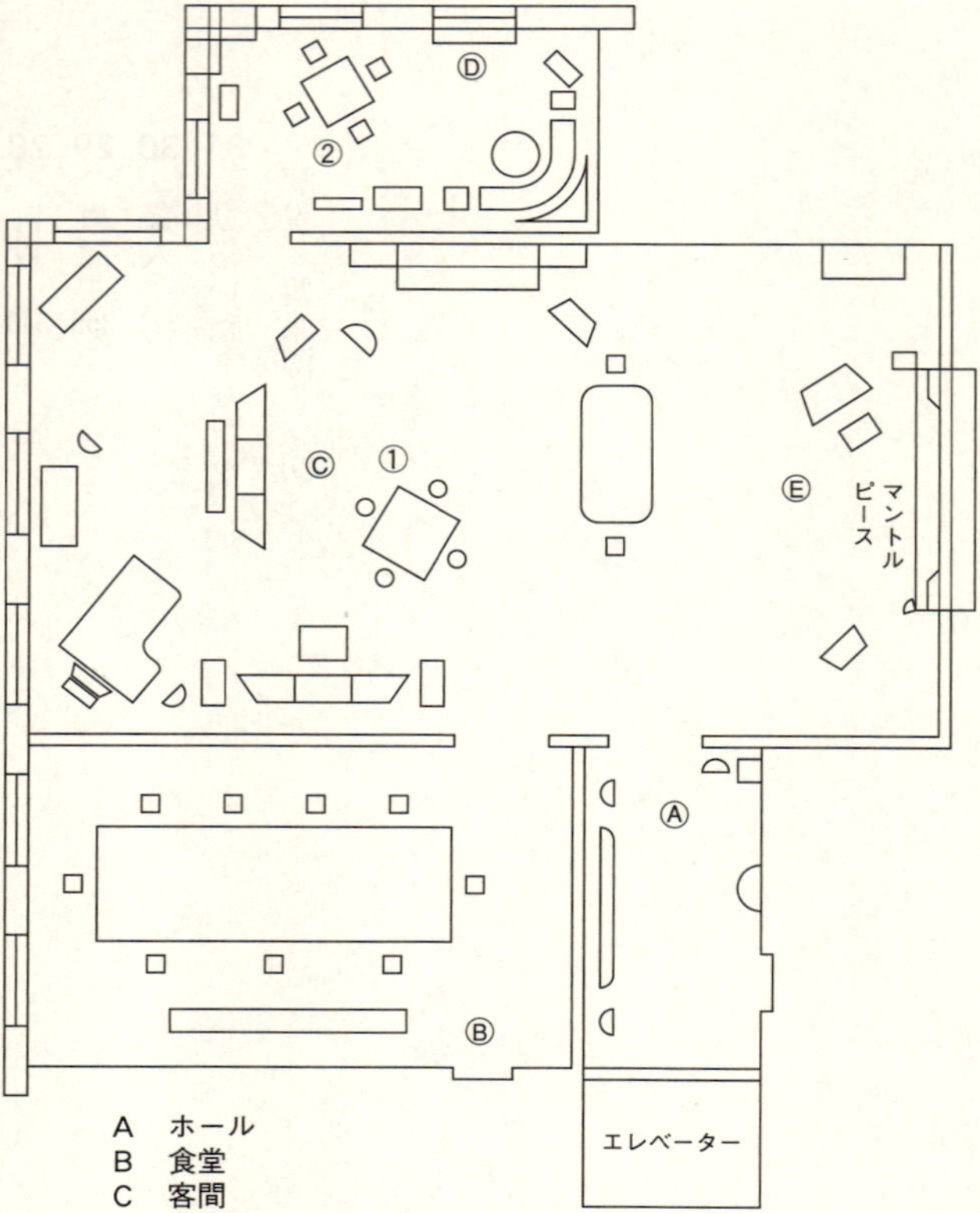

A　ホール
B　食堂
C　客間
D　喫煙室
E　シャイタナ氏
1　ブリッジ・テーブル
（ミス・メレディス、ドクター・ロバーツ、デスパード少佐、ロリマー夫人）
2　ブリッジ・テーブル
（オリヴァ夫人、エルキュール・ポアロ、レイス大佐、バトル警視）

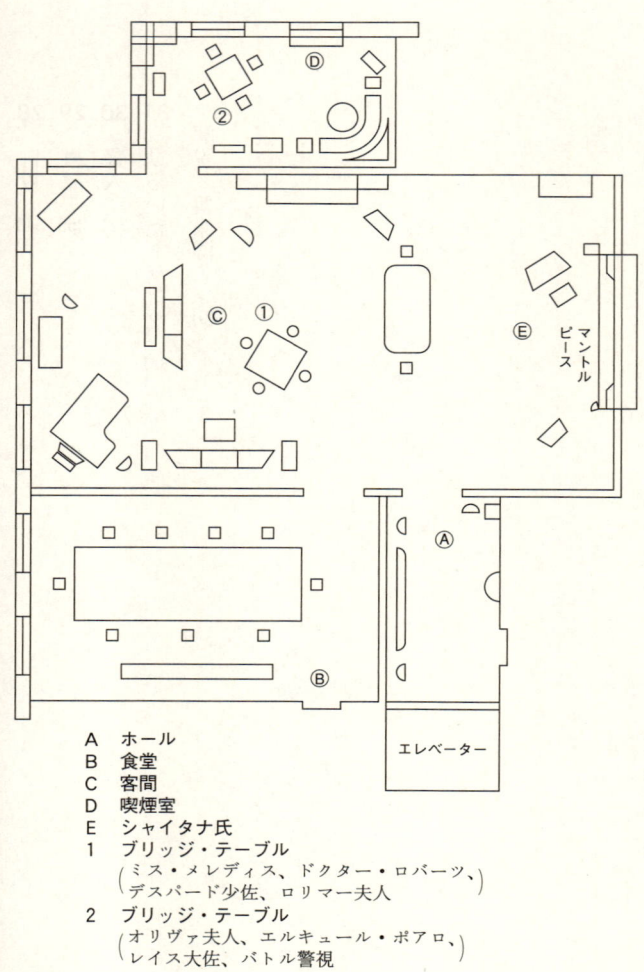

ひらいたトランプ

登場人物

エルキュール・ポアロ……………………………私立探偵
シャイタナ……………………………………………パーティの招待主
アリアドニ・オリヴァ夫人…………………………探偵作家
アン・メレディス……………………………………可憐な娘
ドクター・ロバーツ…………………………………医師
ロリマー夫人…………………………………………ブリッジ好きの老婦人
レイス大佐……………………………………………諜報局員
デスパード少佐………………………………………探検家
ローダ・ドーズ………………………………………アンの友人
バトル…………………………………………………警視

序文

探偵小説は競馬に似ていると、よく言われている。勝ちそうな馬だと思って、馬券を買ってみると、レースの結果は正反対、誰も勝つと思っていなかった馬、言い換えれば、負けるにきまっていた馬が勝っている。探偵小説においても、まず犯罪を犯しそうもない人物を疑いさえすればいい。あとは読まなくても、十中八、九まで、その人物が犯人になるのである。

この本の読者には途中であきれて、本を投げ出してもらいたくないから、まえもってご注意申し上げるが、これは絶対に、そういう小説ではない。ここには、四人の人物が登場するが、いずれも犯罪を犯しそうな立場におかれている。したがって、意外な人物が犯人だったという驚きはないが、殺人の前歴があり、今後も殺人を犯す可能性のある人物が四人そろっている点で、別種の興味をひくにちがいない。四人とも強い個性を持ち、殺人にしても、その動機はそれぞれ違っているし、殺人の方法も多様である。そこで、この小説における読者の推理は、心理的方向をとることになる。わたしはそこにこそこの作品の興味が存在すると言いたい。なぜなら、すべての状況が提示された後、われわれが殺人者の〈心理〉をたどって犯人を推測するというのは、探偵小説の醍醐味のはずだからだ。

この小説についてさらに付言すると、これは例のエルキュール・ポアロの自慢の手柄話である。しかし彼の親友ヘイスティングズ大尉は、ポアロから、この話を手紙で知らされ、非常に単調だと思った。

読者のみなさんは、果たしてどちらの意見に軍配をあげるであろうか。

1 シャイタナ氏

「これはポアロさん！」

柔らかな、喉をふるわせたような声であった——楽器のように微妙で——わざとらしく意識して気をくばる呼びかけであった。

エルキュール・ポアロは思わず振り返った。

ポアロは頭を下げ、形式ばった握手をした。

彼の目には異常な光が浮かび、どうやらこの偶然の邂逅は、彼の心にふだんとは違った感情をまき起こした様子だった。

「これはシャイタナさん」とポアロが言った。

二人は用心深くちょっと口をつぐんだ。これから決闘でもする二人といったふうだった。

まわりには、身なりのいい無気力なロンドン市民が、ゆるやかに動きながら、ものうげに、小さな声で話し合っている。

「まあ——凝ってるわねえ！」

「素晴らしいものだね、え」

ウェセックス・ハウスの嗅煙草《かぎたばこ》入れ展示会であった。入場料の一ギニーは、ロンドン市内の病院への義捐金になっていた。

シャイタナ氏がまた口をきった。「ここでお目にかかるとは、お珍しいことですな。このごろは絞首刑、ギロチンの見物はないんですか？　犯罪畑もお暇ってわけですかね。もっとも、今日この会場に泥棒がまぎれこんでいるということもありますかな？　そうなると、ちょっと、のんきにはしていられないが……」

「どうぞご安心ください。私はここへまったく個人の資格でまいりましたのです」とポアロは答えた。

その時シャイタナ氏はそばを通り過ぎる気取った娘に話しかけた。娘は頭の片側をプードルのようにちぢらせ、反対側には三本の角をつけた黒の麦わら帽子をかぶっていた。

「やあ、どうして、僕のパーティに来なかったんです？　素晴らしいパーティだったんだのにねえ！　ずいぶんいろんな人が僕に話しかけたよ、本当さ！　ある婦人なんか、〝こんにちは〟〝さようなら〟〝本当にありがとうございました〟まで言いましたよ——

―。もっとも、この人、ガーデン・シティの人だがね」

この若い娘が適当な答えをしている間、ポアロはシャイタナ氏の上唇の上のぴんと張った口ひげを、とっくりと見ることができた。

立派なもんだ――ロンドンでも、おそらくポアロ氏の口ひげしか競争相手はないだろう。

「しかし、毛はそんなに多くもない」ポアロはひそかにつぶやいた。「明らかに、あらゆる点から見て、私のよりは劣っている。ただし《トウ・ド・メーム》、人目につくことだけは確かだ」

その点ではシャイタナ氏の人物全体が人目をひいた。また、そうなるように配慮もされていた。わざと悪魔的容貌に見えるようにと慎重に考えた風采なのだ。背の高い、痩せた男で、顔は長く、陰気だった。眉毛は厳しさを強調するように、黒かった。上唇には、端を油で固めた口ひげをたくわえ、顎にも黒い短いひげをはやしている。着ているものは、凝った断ち方の素晴らしいものだ。ただしぴったりしすぎて、怪奇な感じを与えるほどだ。

彼と会った健全なるイギリス人は、いずれも彼を蹴とばしたいという衝撃を感じる！

彼らは異口同音に言う、「ほら、あそこに悪党のシャイタナがいる！」

そう教えた人の妻なり、娘、姉、妹、伯母、母、それに祖母までが、それぞれの年代によって表現は異なるが、同意した返事をする。――〝ええ、それはたしかにあの方、恐ろしい人ですわ。でも、ものすごいお金持ちだし、素晴らしいパーティをするわ。それにあの人ったら他人の意地悪な噂話が、天才的にうまいんですものね、飽きないわ、あの人の話！〟

シャイタナ氏がアルゼンチン人か、ポルトガル人か、ギリシャ人といった英国人のきらう国籍を持っている人なのかどうか誰にも明らかでなかった。

しかし、次の三点だけは確かであった。

第一に彼はパークレーンの、豪華なアパートに悠然と住んでいる。第二に素晴らしいパーティを開く――大きなパーティ、小さなパーティ、薄気味悪いパーティ、上品なパーティ、そしてたしかに〝奇妙な〟パーティを開く。そして、第三に、ほとんどすべての人々から、恐れられている。

この最後のことがなぜであるのか、明確に言い表わすことはむずかしい。たぶん、人々が彼を恐れるのは、彼が他人のことで知らないでもいいことまで知り過ぎているからだ。また一方、彼の口にする冗談が、一風変わっていて、気味悪いと感じられたからでもあろう。

人々はいつも、シャイタナ氏の感情を損なうような危険を冒さない方がいい、と信じていた。

この日の午後、滑稽《こっけい》に見えるちびのエルキュール・ポアロをからかったのも、彼のおふざけであった。

「ポアロさん、警察の人でも、たまには気晴らし《リクリエーション》が必要なんですかね？　それにあなたも、昔の芸術品に、関心を持つ年になったってわけですかな」

ポアロは機嫌よく微笑した。

「そういうあなたも、この展示会に嗅煙草入れを三つも、提供しておいでですね」

シャイタナ氏はあんなものといった手つきを見せて、

「偶然見つけたがらくたばかりですよ。ところで、近いうちにぜひ僕のアパートに来ませんか。おもしろい収集品をお見せしますよ。別に、種類とか時代にはこだわらないで集めたものですがね……」

「あなたもご趣味が広いですな」と、ポアロは微笑みながら言った。

「これは恐れいります」

突然、シャイタナ氏の目は光り、唇の端がめくれ上がって、眉毛が異様につり上がった。

「ポアロさん、あなたの専門の方のものも、お見せできるかもしれませんよ」

「そうすると、個人の《犯罪博物館》でもお持ちなんですか?」

「ふふん!」シャイタナ氏は軽蔑したように、指をぴしっと鳴らした。「ブライトン殺しに使われたカップとか、有名な強盗の着た外套――どうも、馬鹿馬鹿しいですな、そんなものは。子供じみてます。そんながらくたには手をつけませんね。集めているのは、犯罪の収集物でも一級品ばかりですよ」

「で、犯罪の収集品で一級の物というと、芸術的に言って、どんなものを指しますんです?」

シャイタナ氏は前にかがみ、ポアロの肩に指を二本のせ、芝居がかったささやき声になって、

「ポアロさん、人殺しをやった人間たちですよ」

ポアロの眉が、ちょっと上がった。

「おや、あなたを驚かしましたかな」とシャイタナは言った。「ねえ、あなたと僕は、犯罪ということを、両極端から見ているんです。あなたの場合、犯罪は一つの型にはまったものですね。殺人、調査、手がかり、それから最後に(あなたはまさしく有能な人だから)有罪の判決にもっていく。こんな陳腐なことは僕にはたまらないね。それに、捕まっちまった殺人犯人とは、いわば失敗作みたいなもんでね。二級品ですよ。僕は芸

術的観点からものを見るたちでね。僕の集めるのは一級品だけ！」

「その一級品というと――？」

「それは、あなた――巧みに逃げおおせた人間たちですよ！　成功した連中！　ほんの少しの嫌疑もかけられないで、安心して生活している殺人犯人たち。これを集めるのは、愉快な道楽ですよ、ねえ」

「愉快なという言葉は当てはまりませんね――私の考えている言葉は……」

「いいことがある」シャイタナ氏はポアロの言葉を無視して、叫んだ。「ちょっとした会食をやりましょう。僕の陳列品をご覧に入れる晩餐！　こりゃまったくおもしろい考えだ。なぜ前に思いつかなかったんだろうな。そうだ、こりゃあ、いける考えだ。ぜひつき合ってください。来週は間に合わない――再来週にしよう。あなたは空いていますか？　何日がいいです？」

「再来週なら、いつでも結構ですが……」

「よろしい。それじゃあ、金曜日にしましょう。十八日の金曜日。さっそく手帳に書き込んでおきますよ。こいつは思いのほかおもしろいアイディアだ！」

「喜んでいいのか、どうか、私にはわかりませんね。ご招待してくださったことには、感謝しないわけではないんですが――しかし、その――」

シャイタナが、終わりまで言わせなかった。「しかし、彼らをお見せすると、あなたの健全な道徳感覚をゆさぶることになりますかな？　ねえ、あなた、警察官の枠にはまった考え方は止めなきゃいけませんな」

　ポアロはゆっくりと言った。

「私は、どんな殺人も必ず罰を受けなければならないという、まったく正常な考え方をしているもので……」

「しかし、ねえ、いいですか、動物をぶち殺すみたいに愚劣な無器用な人殺しなら——それは、そう、僕もあなたに同感しますよ。しかしね、真に巧妙な殺人は芸術でありうるし、その殺人犯人は芸術家でありうるんですよ」

「ああ、そのことは認めます」

「ほほう、それで？」

「しかし、人を殺したものは、やはり殺人犯なのです」

「それはそうでしょう、しかし、ね、ポアロさん。どんなことであろうと、それを見事にやってのけた時は、堂々と通用するんですよ。どうも、あなたは殺人犯人なら誰でも一様に捕まえて手錠をかけ、刑務所にぶちこみ、最後には夜明けに絞首刑といきたいらしいですね。ちょっと余裕がなさすぎますな。その点、僕はこう思ってるんです——見事に成功した人殺しは、国民の税金から年金を取り、晩餐に招待される名士であってもいいとね」

ポアロは肩をすくめた。「あなたの考えられているほど、私は犯罪における芸術に、無感覚でもないです。完全殺人には敬服します。たとえて言うと、虎には感心するんです――あの素晴らしい、焦茶色の縞の動物。しかし、私は檻の外から見るだけで、自分から檻の中には入っていきませんね。ただし、入っていく義務がある場合は別ですが……なにしろシャイタナさん、虎は飛びかかるかもしれませんからな……」

シャイタナ氏は微笑して、「なるほど、で、人殺しの方も？」

「飛びかかるかもしれない」とポアロの言葉は真面目だった。

「あなたは、えらく用心深いんですね。では、僕の収集品はみんな見事な虎ですよ、見に来ていただけませんかな？」

「いや、いや、楽しみにしています」

「これは勇気がある！」

「シャイタナさん、あなたには、私の意味がよくおわかりでないようです。私の言葉は、警告の性質を帯びたものでして……。先刻、人殺しを収集するのは、おもしろい思いつきだと、同意を求められましたね。あの時、私はおもしろいというより、他の言葉を考えていたと申しました。それは〝危険な〟という言葉でした。あなたの道楽は、危険だと思いますね」

シャイタナ氏は笑った。たいそう悪魔的な笑い方である。

「それでは、十八日はいいですな？」

ポアロは軽く頭を下げた。「ありがとうございます。十八日には、必ずお伺いします」

「小さなパーティを仕度しておきます。忘れないでいてくださいよ。八時ですから」

彼は立ち去った。ポアロは、しばらくの間、立ったまま見送った。

やがて彼はゆっくりと、考え深そうに頭を振った。

2　シャイタナ氏の晩餐

シャイタナ氏のアパートのドアは、音もなく開いた。白髪頭の執事が、身を引いてポアロを中に入れると、前と同じように、音もなくドアを閉め、慣れた手つきでポアロの外套と帽子を受け取った。

彼は、表情のない、低めた声で、「お名前をどうぞ？」

「ムッシュー・エルキュール・ポアロ」

会話の低いざわめき声が、ホールにまで聞こえてきた。執事は客間のドアを開けると、「エルキュール・ポアロ様」と告げた。

シェリーのグラスを手にしたシャイタナが迎えに出た。いつものように、非の打ちどころのない服装である。この夜は眉毛がことさら嘲笑めいた角度に上がり、例の悪魔的な様子が一きわ目立っている。

「ご紹介しましょう。オリヴァ夫人です、ご存じでしたかな？」

ポアロがちょっと驚いたのを見て彼は楽しそうだった。

アリアドニ・オリヴァ夫人は探偵小説界の一流作家として有名であった。また彼女は、正確なとはいえぬが、調子よい文体で、『犯人の性癖』『著名犯罪実話集』『愛情の殺人か金のための殺人か』とかいった論文も書いた。それに熱心な女権論者《フェミニスト》で、大きな殺人事件が新聞の紙面を賑わす時には、きまって彼女の意見を問う記事が出た。ある時の彼女は、〝女性が警視総監でさえあったら……〟と嘆いたと報じられた。彼女は、女性の持つ直感を固く信じているのである。

その他の点では、洋服の着こなしはちょっとだらしなかったが、澄んだ目とがっちりした体格を持つ愛想のいい中年の婦人で、なかなか美人でもあった。髪は白髪まじりだが豊富で、髪の形には、いつも工夫がこらされていた。ある時は、髪を後ろへひっつめにして額をすっかり出し、首のあたりでまるめて——いわば理智的な髪型をしたかと思うと、次の日には、突然、ちょっと乱れた巻き毛を額の上にのせた聖母マリア型で現われるといったふうなのだ。ところで、今夜のオリヴァ夫人は、切りそろえた前髪を額にたらしていた。

彼女は気持ちのいい低い声でポアロに挨拶した。二人は以前、文芸晩餐会で一緒になったことがあった。

「それから、バトル警視、これはもう前から、ご存じですな」とシャイタナ氏が言った。

四角で、大きな無表情な顔をした男が、前に出てきた。彼を一見した人は、バトル警視を木から彫り出された男じゃないかと、思うだろう。実際、警視自身も相手に、自分が木から、それも戦艦の材木から彫り出されたものだという印象をわざと与えようとしていた。

バトル警視は、いわば警視庁の代表的人物といった風貌——すなわち、いつも鈍重で、むしろ愚鈍にさえ見える顔つきだった。

「ポアロさんは存じてます」とバトル警視は言った。

彼の能面じみた顔はちょっとしわがより、笑ったようだったが、すぐに前の無表情にもどった。

「レイス大佐」と、シャイタナ氏は紹介を続けた。

ポアロは、これまでレイス大佐に会ったことはなかったが、彼のことはいくらか知っていた。日焼けした、整った顔の、五十代の男で、常に大英帝国の遠い植民地で活躍をしていた——とくに、何か問題が起こっている場所には、必ず、彼の姿が見られた。諜報局《シークレット・サービス》という言葉にはメロドラマじみた響きがあるが、この言葉は、一般に人々にレイス大佐の活躍の性質と範囲とを、かなり正確に伝えているといえよう。

ポアロは今ではこの主人のいたずらの意図を理解し、すっかり興味をそそられていた。

「他のお客さんたちは遅いですな。僕の失敗ですね。どうも八時十五分と言ったらしい」

そうシャイタナが言った時、ドアが開かれ、執事が、「ドクター・ロバーツ」と告げた。

中年の男で、その粗暴と言いたいような活発な歩き方は、わざと振る舞っているものとすぐにわかった。彼は陽気な、血色のいい顔をしていた。小さな目がすばやく光り、ちょっと禿げかけていて、やや肥り気味であった。消毒薬や石鹸でいつも手を洗っている開業医といったタイプだ。動作は元気で、自信に満ちていた。この人なら診断は正確だ、患者の扱い方も上手だ、と感じさせる。〝ああ、もうだいぶいい。少しくらいのシャンペンなら、結構でしょう〟といった調子でやる――ごく世俗的な成功を収める型の医師だ。

「いや、少し遅くなりましたかな？」ドクター・ロバーツは、愛想よく訊いた。

彼はシャイタナと握手してから、他の人々に紹介された。バトルと会えたことをとくに喜んでいるようだった。「おお、警視庁で評判の方ですね。これは愉快だ。こんな場所であなたに仕事の話を聞くのはお気の毒ですが、どうもそっちの方に話が向きそうですよ。昔から犯罪には興味を持ってますんでね。これはどうも医者には適当な趣味じゃありません。神経質な患者にはこんな話はできませんからね――はっ、はっ！」

ふたたび、ドアが開いた。

「ロリマー夫人」

ロリマー夫人は身なりのいい、六十過ぎのお婆さんだった。白髪の髪をきれいに揃え、はっきりとした甲高い声を出した。

「遅れたんじゃないでしょうね？」シャイタナの方へ歩きながら、尋ねた。それから向きを変えて、ドクター・ロバーツに挨拶した。博士とは知り合いらしい。

執事の披露する声が聞こえた。「デスパード少佐」

デスパード少佐は痩せた背の高い美男であったが、頭のところにかすかな傷痕がついていた。紹介が終わると、彼は偶然レイス大佐の側に席をしめることになり――間もなく、二人はスポーツに話がふれると、外国の猟についてその経験を話し合いつづけた。

ドアが開いて、執事が最後の客を告げた。「ミス・メレディス」

二十《はたち》を越えたばかりの娘が入ってきた。中背の美人である。褐色の髪が襟筋にぴったり巻きつき、灰色の両眼は、大きくて、間が離れている。顔には、お白粉をはたいた程度で、塗りたててはいない。話す声はゆっくりとしており、内気なひびきを持っていた。

「あら、一番遅かったんですの？」

シャイタナ氏はシェリーを持って出迎えに行き、愛想よく、言葉巧みに答えていたが、紹介の仕方はちょっと固苦しく、ほとんど儀式ばっていた。

ミス・メレディスはやがて、ポアロの側に立ち、シェリーをすすった。

「あの人は大変に形式家ですね」ポアロは微笑しながら言葉をかけた。

ミス・メレディスはうなずいて、「ええ、彼みたいに紹介する人少ないわ。このごろはパーティでは、紹介ってほとんどやりませんものね。お客を呼んだ家の人が〝みなさん、おたがいにご存じでしょうね〟と言って、あとは放っときますもの」

「お客同士がたがいに知らなくてもですか？」

「たがいに、知らなくてもですわ。人によっては、困ると思う人もいるでしょうけど——でも、あたくし、もったいぶるにはその方がかえって、効果的だと思いますわ」

彼女はためらっていたが、やがて、「あのオリヴァ夫人て、探偵小説家のオリヴァさんなんですの？」

オリヴァ夫人は、この時、声に力を入れてドクター・ロバーツにしゃべっていた。

「ドクター、女の直感はごまかせませんよ。女には、そういうことなどすぐピンとくるんですから」

彼女は髪を後ろにかき上げようとしたが、その日は前髪を切り揃えていたので、空《くう》をかくばかりだった。

「そうです」ポアロは答えた。

「『書斎の死体』を書いた人ですの？」

「さよう」

ミス・メレディスはちょっと眉をしかめた。

「それから、表情のないあの男の人――シャイタナさんは警視っておっしゃったかしら？」

「警視庁の人です」

「それじゃあ、あなたは？」

「そこで私のことですか？」

「あなたは存じあげていますわ。ポアロさん。『ＡＢＣ殺人事件』を解決したのは、あなたでしょ？」

「マドモアゼル、そんなふうにおっしゃられると、どうも困ります」

メレディスは眉をよせて、「シャイタナさんは」と言いかけて、言葉を止めた。「シャイタナさんは――」

ポアロは静かに、「彼は犯罪好きの人と言われていますが、どうも、その傾向がありますね。私たちに議論をさせて、それを聴こうとしているんです。もうオリヴァ夫人とドクター・ロバーツをたきつけましたよ。あの二人は、今、あとに証拠の残らない毒薬の話をしているんです」

ミス・メレディスの声が、ちょっとかすれた。「何て変わった人なんでしょう」

「ドクター・ロバーツですか？」

「いいえ、シャイタナさん」

彼女はちょっと身を震わせた。「あの方っていつも、なんかぞっとさせるところがありますわ。あの方を楽しませるものって、いったい何かしら？　見当つきませんわ。あるいは何か残酷なものが好きなのかもね」

「たとえば狐狩りみたいなものですか？」

ミス・メレディスは、たしなめるような視線をポアロに投げ、「いいえ、あの、何か〝東洋的な〟残酷さですの」

「あの人はあるいはひねくれ《トーチュアス》た性質を持っているかもしれませんな」

「拷問人《トーチュアラーズ》の性質？」

「いや、いや、ひねくれ《トーチュアス》と申しましたんです」

「あの人、あたくし、とっても好きとは言えませんわ」ミス・メレディスは声を落として、そっと言った。

「それでも、晩餐はお気にめしますよ。彼は素晴らしい料理人を使っていますから」

彼女は疑わしげにポアロを見ていたが、やがて笑いだした。

「まあ、お食事の話なんて、あなたはとても人間的ですのね」

「いえ、私も実際に人間なんですから」

「今日いらしたのはえらいお客様ばかりで、あたくし、身がちぢまるようですわ」

「マドモアゼル、びくつくことはありません。それどころか、うれしがって、興奮すべきですよ。サイン・ブックと万年筆を用意するぐらいでなければいけません」

「さあ、あたくし、犯罪に全然興味がないんですの、女の人って、そんなこと興味を持たないんじゃあないかしら。探偵小説を読むのは男性にきまっていますもの」

ポアロは大仰な溜息をついて、「ああ、せめて私も映画スターの端くれになっていればよかったですな」

執事がドアを押し開いて、告げた。

「お食事がととのいました」

ポアロの予言は正しかった。食事はうまかったし、給仕も完全だった。柔らかな照明、磨き上げられた家具、アイルランド・ガラスの青い輝き。食事をしている間、シャイタナ氏はテーブルの上座に座っていたが、前にもまして悪魔的に見えた。

彼はお客の数が男女同数でないのを丁寧に詫びた。

ロリマー夫人が彼の右手に、オリヴァ夫人が、左手に座った。ミス・メレディスはバトル警視とデスパード少佐の間に、ポアロはロリマー夫人とドクター・ロバーツに挟まれて座をしめた。

ドクター・ロバーツがポアロに冗談めいたささやき方で言った。「あなたは今晩ただ一人の美人を独占するわけには、まいりませんでしたな。それにしても、あなたたちフランス人は、まったく手が早いですよ」

「私はベルギーの生まれでして」とポアロもささやき声で答えた。

「あそこも、婦人に関しては、フランスとまあいい勝負ですよ、ねえ」と医者は愉快そうに言った。

それから冗談めいた口調をやめ、開業医らしい調子で反対側に座ったレイス大佐に、眠り病の治療の最近の進歩について、話しはじめた。

ロリマー夫人がポアロの方を向いて、いま上演されている芝居について話しだした。その判断は健全で、批評は的を射ていた。それから話題は本の話に移り、世界の政治問題に及んだ。彼女はなかなか博識で、頭のいいことが、ポアロにもよくわかった。

テーブルの反対側では、オリヴァ夫人が今度はデスパード少佐に、まだ聞いたこともない珍しい毒薬を知らないかと、尋ねていた。

「そうですね、キュラーリ（南米原住民が毒矢に使う植物性毒薬）ですね」

「あなた、それは時代遅れ《ヴィユー・ジュー》。もう何百回も使われていますものね。もっと新しいのはないのかしら」

デスパード少佐は冷淡に、「原始的な部族は旧式なもんです。お祖父《じい》さんやそのまたお祖父さんの作ったものを変えようとしないですからね」

「まあ、つまらない。彼らって、何か草かなんかをついていつも新しい実験をやっている連中だと思ってましたわ。未開の土地の探検家には、いつもそんな毒薬を見つけられるチャンスがあるんじゃなかったの？　探検から帰ってきて、誰も知らないその新しい毒薬を使って、金持ちの叔父さん連中を皆殺しにしちゃうっていうような……」

「それなら未開の土地に行かないで、文明世界を探した方がいいですね。たとえば、最新式の研究所などでは、害のなさそうに見える細菌を培養して、それが病気をひき起こすような研究をやっていますよ」

「でもそれじゃあ、あたしの読者、おもしろがらないわ。それに葡萄状球菌《スタフイロコカス》とか、連鎖《ストレ》状球菌《ブトコカス》とかなんとか、いつも名前がこんぐらかってね――あたしの秘書にはむずかしすぎるし、それに退屈だし……そう思いません？　ああ、バトル警視、あなたどうお考え？」

「実際に使う段になると、あまりむずかしいのは、好まれません」と、警視が答えた。「砒素がいつでも使われるのは、取り扱いやすいし、簡単に手に入るからですよ」

「まあ馬鹿くさい。そんなことおっしゃるのもあなたたちの警視庁ではそんなものしか発見できないからですよ。ああ、警視庁に女性がいたら――」

「実際のところ、おりますよ……」

「公園で楽しんでいる人たちを邪魔して歩く、おかしな帽子をかぶった婦人警官でしょ！　あんなんじゃなくて、あたしの言うのは、もっと上の役に女性をつけること。とにかく、女は犯罪をよく知っていますからね」

「女性は、たしかに男性よりも犯罪にすぐれてますな」とバトル警視は言った。「最後まで冷静でして――まったく女性が犯罪を行なう時の図々しさは、感嘆に価しますですな」

シャイタナ氏は小さな声を立てて笑うと、口を開き、「毒薬は女の武器だね。きっと絶対に見つからないで、人を毒殺したっていう女はずいぶんいるに違いないね」

「それはいますわよ」フォワグラのムースをスプーンにたっぷり取りながら、オリヴァ夫人が陽気に相槌をうった。

「医者にも機会はあるようだね」シャイタナ氏は、何かを考えているように、また言った。

「とんでもない」ドクター・ロバーツが甲高い声をあげ、「医者が患者に毒をもるのは、うっかり手違いした時だけですよ」そして彼はおかしそうに笑った。

「しかし、僕が何か犯罪をやるとすれば……」シャイタナ氏はそこで言葉を切った。その沈黙には、みんなの注意をひきつける妙なところがあった。

皆の顔はいつしか彼の方を向いていた。

「僕はきっとごく簡単にやるね。事故はいつでも起こりうる――たとえば、射撃中の事故、あるいは、家庭でのちょっとした事故とか……」そして、肩をすくめると、ワイングラスを取りあげた。「しかし、こういう犯罪関係のお歴々の前で、僕がえらそうなことを言ってもはじまらないでしょうな」

彼はワインを飲みほした。ろうそくの光がワインから赤い影を彼の顔に投げ、油で固められた口ひげと小さな顎《あご》ひげと、さらには薄気味悪い形の眉とを赤く染めあげた。

ちょっと沈黙が続いた。

オリヴァ夫人が口を開いた。「いま二十分前かしら、それとも二十分すぎ？　あたしの天使がもう来るころよ、さあ、一勝負始めない？　きっと今夜はつくわよ」

3　ブリッジの勝負

一同が客間に引き返すとブリッジのテーブルがすでに用意されていた。コーヒーが配られた。

「誰がブリッジをします?」と、シャイタナ氏が尋ねた。「ロリマー夫人はしますな。それから、ドクター・ロバーツもね。ミス・メレディスはおやりですか?」

「ええ、そんなにうまくありませんけど」

「いや、結構。それで、デスパード少佐は? そりゃあいい。その四人の方は、ここでやってください」

「ありがたい、ブリッジがあるんですね」ロリマー夫人がポアロにそっとささやいた。「わたし、手におえないブリッジ好きでね。食事のあとにブリッジがないとわかっている家には出かけませんの。だって居眠りが出てしまうんですものねえ。自分でも恥ずかしいみたいですけれども、そうなんですよ」

四人は札を引いて、組分けをした。ロリマー夫人がアン・メレディスと組んで、デスパード少佐とドクター・ロバーツ組を相手にすることになった。

「女対男ですね」ロリマー夫人は席につくと、慣れた手つきで札を切りはじめた。「絶対に勝ちますよ。ねえ、ミス・メレディス。おたがいにうまくやりましょうよ」

「あなたたち、勝ってちょうだい」オリヴァ夫人は女権論者《フェミニスト》の感情が湧きあがったらしい声で、「女性は男の言うなりにはならないっていうことをよく教えてやってくださいな」

「可哀そうですが、その望みはかなえられそうもありませんよ」ドクター・ロバーツがもう一組のカードを切り混《シャッフル》ぜながら、愉快そうに口をはさんだ。「ロリマーさん、あなたが配る番ですよ」

デスパード少佐はゆっくり腰を下ろした。アン・メレディスが非常に美人なのに、いま初めて気がついたといったふうに、彼女の方ばかり見つめていた。

「どうぞカットしてください」ロリマー夫人がもどかしそうにうながすと、彼は我にかえって詫びを言い、彼女の差し出した一組の札を真ん中のところから二つに分けた。

ロリマー夫人は慣れた手つきで、札を配りはじめた。

「向こうの部屋にもう一つブリッジのテーブルがあります」

シャイタナ氏が別のドアの方へ歩きだしたので、残った四人もその後について、小さいが家具が気持ちよく置かれている喫煙室に入っていった。ここにもブリッジのテーブルが用意されていた。

「一人あまるね」と、レイス大佐が言うと、シャイタナ氏は首を振って、「僕はやらない。どうも、ブリッジには興味がなくってねえ……」

四人のものも、ブリッジはあまりやりたくない、と言ったのだが、彼のかなり頑強な主張にあって、とうとう、テーブルにつくことになった。ポアロとオリヴァ夫人対バトルとレイスという組み合わせになった。

シャイタナ氏はしばらくの間、その勝負を眺めていた、そしてオリヴァ夫人が、「ツー・切り札なし《ノートランプ》」と宣言する手をのぞきこんで、にやりと彼特有の笑いを頰に浮かべると、音も立てずに客間へ引き返していった。

そこでは勝負が白熱していた。皆の顔は真面目そのものだった。せり《ビッド》が間断なく続いている。「ワン・ハート」「パス」「スリー・クラブ」「スリー・スペード」「フォー・ダイヤ」「ダブル」「フォー・ハート」

シャイタナ氏は、ちょっと立ち止まると、笑いを浮かべながら眺めていたが、部屋を横切ってマントルピースに歩み寄り、傍らの大きな椅子に腰を下ろした。飲みものの盆が側のテーブルの上に置かれている。暖炉の火が酒瓶の水晶の栓に映って輝いていた。

シャイタナ氏は照明についても凝る方で、部屋は暖炉の火だけから照明がとられているると見せる工夫がこらされていた。ひじのあたりの小さな笠のついたランプは、本を読む時にだけ点《とも》すことになっている。部屋の隅に巧みに配置されている光源が、柔らかな光を室内に投げており、ブリッジのテーブルのあたりだけが明るく浮き出している。そこから、単調な勝負の声が響いてきた。

「ワン・ノートランプ」――明瞭で、響きの強いのは――ロリマー夫人。

「スリー・ハート」――けんか腰のように聞こえるのは――ドクター・ロバーツだ。

「パス」――静かな声――アン・メレディスである。

デスパードの声が聞こえてくる前には、必ずちょっとした間があった。頭の回りが遅いというよりは、むしろ口に出す前にじっくりと考える質《たち》なのだ。

「フォー・ハート」

「ダブル」

ゆらぐ暖炉の光に照らされたシャイタナ氏の顔は微笑していた。

彼はいつまでも微笑していた。まぶたが小さく震えている。

彼には、このパーティがおもしろくてたまらないのだ。

「ファイブ・ダイヤ。できた。これで勝負あった」と、レイス大佐が叫んだ。「あなた、おみごとでしたなあ」と彼はポアロに向かって言った。「あなたがああ出るとは思わなかったですよ。敵がスペードを打ってこなかったので、うまくいきましたな」

「なに、だから負けたとも限りませんよ」とバトルは味方のオリヴァ夫人をいたわった。

彼はビッドのときスペードを切り札にしたいと言っていたものだ。彼と組んだオリヴァ夫人はスペードを一枚持っていた。だから、これを台札《リード》に出せばいいのに、〝何か予感がして〟彼女はクラブから打ってしまった——その結果は惨敗というわけだった。

レイス大佐は時計を出してみた。

「十二時十分。もう一勝負やる時間は？」

「どうも失礼ですが、わたしは早寝の習慣を心がけてますんで」とバトル警視が弁解した。

「私もです」エルキュール・ポアロも言った。

「それじゃあ点を合計しましょうか」とレイス大佐。

その夜の勝負《ラバー》五回の成績は、男性の圧倒的勝利であった。オリヴァ夫人は三ポンド七シリングを他の三人に払った。一番勝ったのはレイス大佐であった。

　オリヴァ夫人はブリッジは下手だったが、負け方はいさぎよかった。彼女はいやな顔一つしないで賭金を払った。

「何から何まで今晩はうまくいかなかったわ。たまにはこんなこともあるわね。昨日はついていたのよ。三度続けて、一五〇点の割増《オナー》しを取ったの」彼女は立ち上がり、いつもの癖で額にかかる髪をなであげかけたが、前髪を切ったことに気づいて思い止まり、その手で夜会用バッグを取りあげた。

「シャイタナさんはお隣の部屋にいたわね」彼女は境のドアを開けて、客間に入っていった。他の三人も彼女に続いた。

　シャイタナ氏は火の傍らの椅子にいた。ブリッジをやっている人たちは、勝負に熱中していた。

「ファイブ・クラブにダブル」ロリマー夫人が持ち前の冷静な鋭い声で言っていた。

「ファイブ・ノートランプ」

「ファイブ・ノートランプにダブル」

　オリヴァ夫人はブリッジのテーブルに近づいた。これはどうやらいい手同士の勝負らしい。

　バトル警視も彼女と一緒にゲームをのぞきこんだ。

レイス大佐はシャイタナ氏の方に進み、ポアロはその後についていった。

「シャイタナ、失礼するよ」とレイス大佐が言った。

シャイタナ氏は答えなかった。頭は前に落ちて、よく眠っているように見えた。レイスはポアロにいたずらっぽい目くばせをして、シャイタナの方にさらに近づいた。突然、レイスは押し殺したような声をたてると、身体をかがめた。ポアロは彼の後ろにいたが、レイス大佐の指さしているものをすぐに認めた——ごく凝った出来の飾りボタンのように見えるもの——しかし絶対に飾りボタンではなかった。

ポアロは膝をつくと、シャイタナ氏の片手をとって持ちあげ、すぐにそれを落とした。レイス大佐の探るような目に会うと、うなずいた。大佐は声をあげて呼んだ。

「バトル警視、ちょっと」

警視がやってきた。オリヴァ夫人はまだブリッジの勝負を眺めていた。

バトル警視は鈍感な外見をしているが、はなはだ勘の早い男であった。彼はレイスの声を聞くと、びくっと眉を上げた。二人のところへ来ると、低い声で尋ねた。

「何かあったんですか？」

レイス大佐は無言でうなずくと、椅子に腰かけて動かないシャイタナを指した。

バトルがかがみこんだ時、ポアロはじっと目の前にあるシャイタナの顔を見つめた。

それは今では、むしろ愚鈍な顔つきだった——口がだらりと開いていて、あの悪魔的な表情は消えていた。

ポアロはひとり頭を振った。

バトル警視はシャイタナ氏のシャツについている飾りボタンのようなものを触らぬように注意しながら、入念に調べた。彼はシャイタナのだらんと垂れた腕を持ち上げた。

そして放すと、腕は下に落ちた。

彼はいま立ち上がった。無表情で、有能で、勇ましい姿——この場の事態をうまく裁く体勢を整えたといった様子である。

「ちょっと聞いてください」

そのやや高めた声はもういわば彼の公式に使う声であり、まるでふだんと違った響きをふくんでいたので、ブリッジのテーブルを囲んでいた皆の頭はいっせいに彼の方を向いた。アン・メレディスは、さらされた休み番《ダミー》の手札のスペードのエースの上にのばした手をそのまま止めてしまった。

「みなさん、残念ですがこの家の主人のシャイタナさんが亡くなりました」

ロリマー夫人とドクター・ロバーツは立ち上がった。デスパードは眉をよせて警視をにらみつけた。アン・メレディスは小さな悲鳴をあげた。

「本当ですか？」

ドクター・ロバーツは職業本能を回復するや、〝瀕死の病人を診《み》る〟医者のすばやい足どりで近づいてきた。

バトル警視の大きな身体はさりげないふうで医者の歩いてくるのをさえぎった。

「ドクター・ロバーツ、ちょっとお待ちください。まず、お訊きしたいことがあります。今晩、この部屋に、出入りしたのは誰ですか？」

ドクター・ロバーツは、じっと彼を見つめた。

「出入り？　おっしゃることがわかりませんな。そんな人はいなかったですよ」

警視はその視線をロリマー夫人に移した。

「ロリマーさん、本当ですか？」

「本当にそうですよ」

「執事も召使もですか！」

「そう、執事はブリッジをやりはじめた時、あの盆を持って入ってきましたけどね、それっきりですよ」

バトル警視はデスパードを見やった。

デスパードはそれに同意するようにうなずいた。

アンがかすれたような声で、「そう——そのとおりですわ」

「いったい、どうしたことなんです？」ロバーツがいらいらしたように言った。「シャイタナをちょっと診せてくださいよ。あるいは卒倒しただけかもしれないし」

「残念ながら、卒倒ではないんです——警察医が来るまで、誰も触らないでください、みなさん、シャイタナ氏は殺されたのです」

「殺された？」アン・メレディスの口からはとても信じられないといった恐怖の声。

ぽかんと、なんの表情も見せずにじっと凝視するデスパード。

「殺されたって？」ロリマー夫人の鋭い、はっきりとした声。

「そりゃ驚いた！」と大仰に言ったのはドクター・ロバーツ。

バトル警視の頭はゆっくりうなずいた。彼は焼き物の中国の首振り人形のように見えた。その表情はまったく茫然としていた。

「刺されたんです。死因は刺殺というところです」と彼は言った。

それから、急に質問を投げかけた。「誰かブリッジをやっている時に席を離れた人はいませんか？」

四人の表情は急に変化して——恐れ——了解——いきどおり——うろたえ——おののきと、変わる四人の表情をバトルは見逃さなかった。しかし何ひとつ手がかりになるものを見出したわけでもなかった。

「どうなんです？」

誰も口を開かなかった。やがてデスパード少佐が低い声で話しだした。彼はもう椅子から離れて、観兵式の兵隊のように身動きもせず立っていたが、その利口そうな細い顔をバトルの方に向けて、「四人とも、一回や二回は、ブリッジのテーブルから離れたと思いますね――飲みものを取りに行ったり、火に薪をくべたりしにね。僕は飲みにも行ったし、薪もくべた。炉のところに行った時、シャイタナは椅子にもたれて、居眠りしてましたよ」

「眠ってた？」

「ええ――僕はそう思いましたね」

「眠ってたのかもしれませんが」とバトルは言った。「あるいはその時はもう死んでいたのかもしれません。いずれよく調査しますが……。では、あなた方はそのドアから隣の部屋に入っていてくださいませんか」バトルは傍らになおも突っ立っているレイス大佐に合図した。「大佐、一緒に行っていていただけませんか」

レイスは、すぐに、わかったというふうにうなずいて、「いいとも警視」

ブリッジをやっていた四人はゆっくりとドアを通って出ていった。

オリヴァ夫人は部屋の隅の椅子に腰を下ろすと、低くすすり泣きをはじめた。

バトルは電話の受話器を取り上げてしゃべりはじめた。

それが終わると彼は言った。「この地区の警察がすぐ来ます。本部からの指令で、わたしがこの事件を引き受けることになりました。警察医もやがて来るでしょうが、ポアロさん、彼は死後どのぐらいだと思います？　わたしは一時間は充分たってると思うんですが……」

「同感だ。それ以上正確に言えないのは、まことに残念だがね。〝この男は死後一時間二十五分四十秒である〟と言えれば申し分ないが――」

バトルは漠然とうなずいた。

「シャイタナは火のすぐ前に座ってましたね。それでちょっと時間に狂いがきますよ。一時間以上だが、二時間半にはならない――とまあ、医者は言うでしょうな。時間はわかったとしても、これといった物音を聞いたものもいないし、変なことを見たものもいない。見事ですね！　生命《いのち》がけの仕事でしたよ、これは。やる時にシャイタナが声を立てるかもわからなかったですからね」

「しかし、彼は声を立てなかった。殺人者に運が向いていた。まったく殺人は、あなたの言うように、生命がけの仕事だったのです」

「ポアロさん、何か思いついたことがありますか？　動機とか、まあそういったふうなことでも？」

ポアロはゆっくり口を開き、「ああ、その点については少し話せることがある。ええと――今晩のこのパーティがどんな目的のものか、シャイタナ氏は君ににおわせませんでしたか？」

バトル警視はポアロを不思議そうに見つめた。

「いいえ、ポアロさん、なんにも聞きませんね。でも、どうしてです？」

ベルが遠くで鳴り、ノッカーの音が聞こえた。

「警察の連中だ」と警視は言った。「行って家に入れてやります。のちほどあなたのお話を伺いましょう。手順の仕事だけは片づけなくちゃあなりませんから」

ポアロがうなずき、バトルは部屋を出ていった。

オリヴァ夫人はまだすすり泣いていた。

ポアロはブリッジのテーブルに歩み寄り、まわりのものに手を触れないようにして、得点表を調べた。頭を一、二度振った。

「馬鹿な人だ。ほんとに馬鹿な人だ」エルキュール・ポアロはひとりささやいた。「悪人ぶって、人を脅すことなんか考えて。なんとまあ子供っぽいことだ《ケル・アンファンティアージュ》！」

ドアが開いた。地区警察医が鞄を手に入ってきた。それにつづいて、バトルと話しながら、署の警部が来た。それからカメラマンが入ってきた。ホールには警官が立っていた。

犯罪調査のいつもの仕事が順序よく始まっていた。

4　最初の殺人者？

エルキュール・ポアロ、オリヴァ夫人、レイス大佐、バトル警視の四人は、食堂のテーブルを囲んで座っていた。

一時間たっていた。死体は調査と撮影が終わって片づけられていた。指紋係も仕事をすませて帰ってしまった。

バトル警視はポアロを見やって、言った。「あの四人の人たちに入ってもらう前に、さっき、あなたの話しかけたことを聞かせてください。今晩のパーティには、何かいわくがあるとのお話でしたが」

慎重に言葉を選びながら、ポアロはウェセックス・ハウスでシャイタナと交した話を語った。

バトル警視は口をすぼめ、口笛でも吹くような格好をした。

「陳列——自由に歩いている殺人犯たちをね、へえ！　で、あなた、彼が本気だったと思いますか？　あなたをかつぐ気だったんじゃありませんか？」

ポアロは頭を振って、「いや、いや、本気です。シャイタナの生活態度は悪ふざけ的でしたが、それなりのうぬぼれは充分にありました。実に虚栄心の強い人だったが、また、どこか抜けていました——だから、殺されたのだが……」

「わかりました」バトル警視はなにか心にうなずくものがあったらしく、「八人のお客と彼とのパーティ。四人がまあ広い意味での探偵で——残りの四人が殺人犯という仕組みだ！」

「まさかそんなこと！」オリヴァ夫人が大きな声を出した。「そんなことありっこないじゃないの。あの人たちが殺人犯だなんて」

バトル警視は用心深げに頭を振って、「オリヴァさん、そうとも言えませんですよ。殺人犯だって、他の人と別に変わってはいないし、行動も同じですよ。かえってスマートで、落ち着いていて、行儀よくて道理をわきまえた人の場合が多いんです」

「そうすると、ドクター・ロバーツだわ」オリヴァ夫人ははっきりと言い切った。「あの人、見た時から何か臭いと直感的に感じたわ。あたしの直感、絶対に当たるんですからね」

バトルはレイス大佐の方を向いて、「あなたはどうお考えになりますか？」

レイスは肩をすくめた。彼はオリヴァ夫人の言葉についてではなく、ポアロの説について訊かれているのだととって、言った。「それはありえることでしょう。この事件で、四人のうちの一人だけはシャイタナの予想どおりたしかに殺人犯だった。そう証明したわけです。少なくともね。要するに、あの四人が、前に殺人を犯したと、彼は疑ってはいたが——確かめることはできなかった。四人が四人とも人殺しであるかもしれないし、あるいはあの中の一人だけが本当の人殺しだったということもありうる——とにかく、明らかに一人はそうだったわけだ、これはシャイタナが殺されたことで証明されとるからね」

「その一人が、バレると思って、やったというわけですね。ポアロさん、そうですか？」

ポアロはうなずいた。「殺されたシャイタナ氏は、ひどく評判の悪い人でした。することは冗談にしても危険だし、無慈悲だという定評でした。犯人はシャイタナ氏に招ばれてパーティに来てみると、警官——あなたがいる。そこで犯人はこう感じた——シャイタナはこのパーティで自分をあなたに逮捕させるように仕組んだとね！　犯人は男か女か知りませんが、シャイタナに、逃れられない証拠を握られていると思っていたに違いない」

「彼は握っていたでしょうか？」

ポアロは肩をすくめた。

「それはわからない」

「ドクター・ロバーツですよ」オリヴァ夫人がまた断固として言った。「彼、とっても親切なんですもの。人殺しには親切そうなのがよくいるわよ——変装ですよ！　バトル警視、もしあたしがあなたの立場だったら、すぐに彼を逮捕しますわ」

「もし警視総監が女だったら、それも結構でしょう」この時ばかりはバトル警視の無表情な目にいたずらっぽい笑いが浮かんだ。「どうもしかし、人を告訴するには、慎重にやらねばなりません。慎重に手を打たんといけませんのでねえ——」

「ああ、まったく男って——男って……」オリヴァ夫人は溜息をつき、頭の中で新聞に載せる文章を組み立てはじめた。

「さあ、あの連中を呼びますかな。あまり長く放っておいてもうまくないでしょう」バトル警視が言った。

レイス大佐が立ち上がりかけながら、「わしたちのいない方がいいなら……」

バトル警視はオリヴァ夫人の懇願する眼差しを見て思わずためらった。レイス大佐が諜報局の地位にいる人なのはバトルもよく知っていたし、ポアロはいろいろの場合に警察と一緒に働いた人だからかまわなかった。しかしオリヴァ夫人をこの場に残すことは、やや自分の越権行為になりかねなかった。しかし、バトルは親切な男であった。彼はオリヴァ夫人がブリッジで三ポンド七シリング負けたことを思い出した。それに、彼女は賭金を払うのにも気前よかった。

「お残りになっていても、わたしはかまいません。でも、口出しはしないでください。(彼はオリヴァ夫人を見やっていた) それから、さっきポアロさんが言ったことは、絶対に秘密にしておいてください。あれはシャイタナ個人の秘密ですし、彼が何を目指していたかも、彼と一緒に葬られてしまったわけです。で、まあ、何も知らんということにしておいてください、いいですね?」

「わかりましたわ」とオリヴァ夫人が答えた。

バトルは大股でドアのところに行き、ホールで警戒に当たっている警官を呼んだ。

「喫煙室に行ってくれ。アンダースンが四人のお客と一緒にいる。そこにいるドクター・ロバーツに、どうぞこちらにおいでください、と言ってくれ」

「あたしだったら、彼を呼ぶのは、最後にするわ」オリヴァ夫人は言い、「ただし、小説の上でのことよ」と弁解するようにつけ加えた。

「実際の捜査はちょっと違いますんでね」とバトルが言った。

「ほんと。小説みたいにうまくできてないわね」とオリヴァ夫人。

ドクター・ロバーツが入ってきたが、そのはずんだような足取りも、いまはやや力なく見えた。

「ねえ、バトル」と彼はすぐ言った。「こりゃあたいした仕事だね。本当ですよ。医者としてみたって、こんな手ぎわ、ちょっと信じられん。数フィート離れたところに三人の人間がいるのに刺し殺したんだからね」彼は頭を振って、「とても、僕ならこんな危ない橋を渡りたくはないなあ」口の端がぴくぴく動いて、かすかな笑いが浮かんだ。

「僕がこれをやらなかった、と証明するには、どうすればいいんです？」

「まずですね、ドクター、動機があるかどうかですね」

医者は熱心に首を振って、「それは明らかですよ。僕にはシャイタナを殺そうなんていう理由は、これっぽっちもない。第一、僕は彼をよく知らんのです。そりゃ、彼に興味はひかれた——まったくおもしろい男だった。どっか東洋的なところがあってね。まああなた方でもいずれは僕と彼との関係をもっとよく調べるでしょう。それはかまいませんが、調べても何も見つかりませんよ。僕にはシャイタナを殺す理由はなかったし、彼を殺しもしなかったですよ」

バトルは表情を変えずにうなずいて、「ドクター・ロバーツ、そうなんです。どうも調査するのはわたしたちの仕事でして、許していただくとして……あなたはものわかりのいい方なんでお訊きするんですが、そのほかの三人の人たちについて、何か話してくれませんか？」

「どうも、あまりよく知らんです。デスパードとミス・メレディスは、今晩初めて会ったんでね。デスパードのことは前から知ってはいたが——彼の旅行記を読んでね。なかなか愉快な話ですね、あれは」

「彼とシャイタナ氏とが、前からの知り合いだとはご存じでしたか？」

「いいや、シャイタナは彼について何も言わなかった。僕も、彼の名は知っていたが、今日まで会ったことはなかった。ミス・メレディスにも今晩初めてでね。ロリマー夫人はちょっと知ってましたが……」

「彼女のどんなことをご存じでした？」

ロバーツは肩をすくめると、「未亡人で、かなり富裕で、頭のいい、上品な人で——ブリッジは素晴らしくうまい。前に会ったのも、実をいうと、ブリッジの相手としてなんだ」

「それで、シャイタナ氏は、彼女のことも話したことがないんですね？」

「そう」

「なるほど——どうもあまり手がかりになる情報はないですねえ。ドクター・ロバーツ、ではひとつ、ご面倒でも、あなた自身ブリッジをしながら何回席を離れたのか、思い出していただけませんか。それから他の三人の動きについても、記憶されている限り、お話しください」

ドクター・ロバーツはちょっと考えこんでいたが、

「それはむずかしいなあ」と率直に言った。「まあ、自分のことだけはなんとか覚えていますがね。僕の立ったのは三回——すなわち僕の休み《ダミー》の時に三回ね。その時に席を立って用を足したわけだが、一度は立っていって、火に薪をくべた。一度は二人の婦人に飲みものを持っていってやったし、もう一度は、自分でウイスキー・ソーダを飲みましたよ」

「それぞれの時間は覚えていますか？」

「だいたいなら言えるな。たしか九時半から勝負を始めたが、薪をくべたのは一時間ぐらいしてからだった。飲みものを取りに行ったのは、それから間もなくのことで、たしか次の勝負のあとだったと思う。自分でウイスキー・ソーダを飲んだのは、たぶん十一時半——もちろん、今言ったのは、だいたいの時間でね、正確には答えられんですね」

「飲みものを置いてあったテーブルは、シャイタナ氏の横にあったんですね？」

「そう、だから僕は三回彼の近くを通ったことになる」

「で、三度とも、彼が眠っていると、そうお信じでしたか?」

「最初の時はそう思いましたね。二度目の時は、彼の方を見なかった。三度目には、〝なんてよく寝るやつだ〟って考えがちらっと頭に浮かんだようだったが、とにかく、ろくに彼を見もしなかったね」

「結構です。ところで、他の人たちは、何時ごろ席を立ちましたか?」

ドクター・ロバーツは眉をしかめて、「むずかしいな――どうもむずかしい。デスパードは自分用の灰皿を取りに行った。それから、飲みに行ったが、それは僕より前でしたよ、なぜって彼が僕も一ぱい欲しいかって訊いて、結構って答えたのを覚えてるからね」

「それじゃあ、ご婦人たちは?」

「ロリマー夫人は、暖炉のところへ行った。火をかき立てたんだと思う。シャイタナと口をきいていたような気がするけれども、よくわからんですね。なにしろ、そのとき僕はきわどい切り札なし《ノートランプ》の勝負をやってたからね」

「ミス・メレディスは?」

「彼女もたしかに一度、テーブルを離れた。ぐるっと回ってきて、僕の手を見た――その時、彼女は僕と組んでいたからね。それから、ほかの二人の手を見て、部屋の中をぶらぶらしてた。何をしていたんだか、よく知らんですよ、別に注意を払ってたわけじゃないから」

バトル警視は考え深そうに、「あなた方がブリッジをしている時は、誰の椅子もまっすぐ暖炉の方には向いてませんでしたね？」

「そう、斜めといった角度かな、それに、間に大きなキャビネットがあって——中国製の美しい出来のものでしたよ。そうたしかに、彼を刺すのも不可能じゃないですな。なんていったって、ブリッジをやっている時は、ブリッジに夢中ですからね。あたりを見回して、他の人が何をしているか、気になんかしませんからね。何かすることができるのは、休み《ダミー》の人だけだ。だからこの場合——」

「この場合、明らかに、休み《ダミー》の者が犯人というのですね」とバトル警視が言った。

「いや、それは問題じゃないでしょう。結局のところ、度胸のいかんですよ。実際のところ、いつ三人の一人が頭を上げて自分の方を見るか、保証できないんだから……」

「そうです。非常に危険な仕事です」とバトルは言い、「よほど強い動機がなければやらんでしょうね。その動機が何かをつかめるといいんですが」とバトルは赤い顔もせずに嘘を付け加えた。

「それは彼の書類や何かを調べればわかるでしょう。あるいは犯人の手がかりもつかめるかもしれんし」

「そういけばありがたいですね」バトル警視は重々しく答えた。それから、ロバーツに鋭い一瞥を投げた。

「ドクター・ロバーツ、あなたの個人的意見を述べていただけると、うれしいんですが——男同士、ざっくばらんに、ですな」

「いいですとも」

「あの三人の中で、誰だとお考えですか？」

ドクター・ロバーツは肩をすくめた。

「それは簡単だ。僕は即座に、デスパードと言いますね。なんといっても彼は大胆だし、即座に行動することができる。危険な生活になれている。だからこんな危ない芸当をするのをなんとも思っていないでしょう。それに、この殺人は女のできることじゃあない。ある程度の腕力が必要だしね」

「それほど腕力は必要でないようですよ、これをごらんください」

バトルは手品つかいめいた仕草で、いきなり短剣を取り出した。薄刃で、長く光っていて、頭のところに、小さな円い宝石がついている。

ドクター・ロバーツはかがみこみ、それを取り上げ、医者らしい手つきで、ゆっくりと調べた。調べ終えると、彼の口から口笛がもれた。「こりゃあ、素敵な刃だ！　まったく、人殺しのために作られたようなもんだ。こりゃ、人体にだって、バターを刺すみたいに通るよ、バターを刺すみたいにね。犯人が持ってたものだね？」

バトルは首を振って、「いや、これはシャイタナ氏のものです。ドアの側のテーブルの上に、他のいろいろの骨董品と一緒に並んでいたんです」

「それを犯人が勝手に持ち出したわけだ。こんな道具を見つけるとは、運がよかったなあ」

「そう、それも一つの見方ですね」

「いや、もちろん、あのシャイタナにとっては、不幸なことだったたですがね」

「ドクター・ロバーツ、そういう意味じゃないんです。この事件を別の角度から見ることができると、申したかったんです。犯人の頭に、人を殺そうとする考えが浮かんだのも、むしろこの短剣を見たからだとわたしは思ったもんですから」

「この殺人が、前もって計画されていたんでなく——とっさの思いつきだと、言うわけだね？　この家に入ってから考えついた？　ふむ、何かそう思われるような節があるんですか？」

彼はバトルを探るように見た。

「単なる思いつきですがね」バトル警視はぼんやりと答えた。

「そう、もちろん、いま言ったようなこともありえるでしょうな」ドクター・ロバーツもゆっくり言った。

バトル警視は咳払いをすると、「ドクター、結構です。どうもすみませんでした。ご住所を教えていただけますか？」

「もちろんです。西二丁目、グロスター・テラス二〇〇番地です。電話はベイズウォーター二三八九六番」

「結構です。また近くお訪ねするかもしれません」

「どうぞ、いつでも来てください。ただ、あまり新聞には大きく載せないでくださいよ。僕の神経質な患者が驚くと困るんでね」

バトル警視はポアロを振り返った。

「どうぞ、ポアロさん。何か質問することがありましたら。ドクターは喜んでお答えすると思います」

「どうぞ、もちろんですよ、ポアロさん。僕はあなたの崇拝者でね。小さな灰色の細胞――整頓と方法。よく知ってます。あなたならきっと何か素敵な質問を出しますね、ええ？」

エルキュール・ポアロは両手を開いて、いかにも外国人らしい身振りをした。

「いや、いや。私はただ、細かい点まで頭の中ではっきりさせておきたいだけでして。たとえば、ブリッジは勝負《ラバー》を何回おやりになったんですか？」

「三回です」ロバーツはすぐに答えた。「あなた方が入ってきた時、四回目をやっていたんです」

「それで、誰と誰の組み合わせだったたですか？」

「一回目はデスパードと僕がご婦人たちと戦ったんです。負けましたよ。楽勝されましてね、なにしろ、こっちはろくな手が来なかったんですから。二回目はミス・メレディスと僕対デスパードとロリマー夫人でした。三回目はロリマー夫人と僕がミス・メレディスとデスパードを相手にした。そのつど札を引いてパートナーを決めたんですがね、順おくりになって、四回目はミス・メレディスとまた組んだんですよ」

「誰が勝って、誰が負けましたか？」

「ロリマー夫人は毎回勝ってた。ミス・メレディスは最初勝って、次に続けて二回負けた。総計で僕はちょっと浮いたが、ミス・メレディスとデスパードは、まあ沈んでましたね」

ポアロは微笑しながら、「さきほど、警視はあの人たちの人殺しの才能について、あなたの意見を求めましたが、私は、ブリッジの遊び相手としてはどうなのか、ご意見をお聞きしたいのです」

「ロリマー夫人は一流ですな」ドクター・ロバーツはすぐ答えた。「彼女はブリッジで相当の収入を一年間で得てますね。デスパードもうまい――まあ、僕に言わせれば堅実型でね――巧みなプレーヤーですよ。ミス・メレディスのは無難な遊び方だといってもいいでしょうな。間違いもしないが、素晴らしい手もできない方でね」

「それで、ドクター、ご自分はどうですか？」

ロバーツの目がちょっと光った。「僕は自分の持ち手よりも賭けすぎる。自分じゃあそう思わないが、人はそう言いますね。強気すぎるってね。しかしそれでまあ損はしませんね」

ポアロは微笑した。

ロバーツは立ちあがって、「他に何か？」

ポアロは首を振った。

「じゃあ、さようなら。オリヴァさん、お先に。この事件でいい材料が見つかりましたなあ。証拠の残らない毒薬よりいいんじゃないですか？」

ドクター・ロバーツは、また威勢のいいはねるような歩き方で、部屋を出ていった。ドアが彼の後ろで閉まった時、オリヴァ夫人は苦々しげに言った。「いい材料ですって！　まったく馬鹿馬鹿しいわ。人ってどうしてこんなに馬鹿なんでしょう。あたし、いつだって実際に行なわれた殺人よりも、素敵な殺人を書けるんですよ。あたし、話の筋で苦労したことなんか、ありゃしませんよ。それにあたしの読者は毒薬の方を欲しがりますよ、ナイフより」

5　第二の殺人者？

ロリマー夫人が上流婦人のような物腰で、食堂に入ってきた。顔色はちょっと蒼かったが、落ち着いていた。「ご迷惑をかけてすみません」と、バトル警視が口を切った。

「もちろん、あなたはお役目なんですから、仕方ございません」ロリマー夫人は静かに答えた。「わたし、いやな立場におかれたとは思ってます、でも、とぼけるわけにはまいりませんしね。なぜって、あの部屋にいた四人のうちの誰かがやったことははっきりしてますもの。といって、わたしが自分はやらなかったと言っても、あなた方が信じてくれるとは思っていませんわ」

彼女はレイス大佐がすすめた椅子に腰を下ろして、警視と向きあった。利口そうな眼差しをじっと警視にそそいで、警視が口を開くのを待っている。

「シャイタナさんをよくご存じですか？」

「それほどでもございません。数年前から存じ上げてはいましたが、それほど親しくありませんわ」

「どこでお会いになったんです?」

「エジプトのホテルでしたよ——たしかルクソールのウインター・パレスだったかしら」

「あの人をどうお考えですか?」

ロリマー夫人はちょっと肩をすくめた。

「さあ、なんていうのかしら、——ああいう人、山師というんじゃないかと思うのだけど……」

「で——こんな質問をしてすみませんが——彼を亡くしてしまいたいと思う動機はお持ちでありませんか?」

ロリマー夫人はちょっとふざけたような目つきをした。

「バトル警視。わたしがそう思ったことがあったら、本当に、そう思ったって、答えるものなんですかしら?」

「そう思いますね。本当に頭のいい人はどんな秘密でもいつかはもれるって知っていますから」

ロリマー夫人は考えこむように首をかしげていたが、「もちろん、そうですね。でも、バトルさん、わたし、シャイタナさんが死ねばいいなどと考えたことはないですよ。あの人が死のうが生きようが、わたしにとっては本当にどうでもいいことです。あの人は気取り屋で、それに芝居がかった態度なんでね、時には不愉快でしたよ。でも、そう思っているだけ——というよりは——そう思っていただけですわ」

「わかりました。で、ロリマーさん、ほかの三人の人についてご存じのことを話していただけますか？」

「別に話すようなこと、ないですわ。デスパード少佐とメレディスさんには今晩初めてお会いしたのです。お二人ともいい方たちだと思いましたよ。ドクター・ロバーツは前からちょっと存じてました。とても評判のいいお医者さんだそうですね」

「彼はあなたのかかりつけの医者ではないでしょうね？」

「まあ、とんでもない」

「それで、ロリマーさん。ブリッジをしている時に、何回あなたは席をお立ちになりました？　それからほかの三人の方はどうでした？」

　ロリマー夫人は即座に答えた。「それは訊かれるだろうと思ってましたわ。一生懸命思い出しておきました。わたしは休み《ダミー》の時に一度立ってます。暖炉のところへまいりました。シャイタナさんはその時は生きていましたわ。わたし、薪の燃えているのを見まもるのはほんとにいいものだって、シャイタナさんに話したんですから」

「彼は答えましたか?」

「自分は暖房器が嫌いだってね」

「お二人の話をほかに誰か聞いていた人はありますか?」

「いなかったでしょうね。わたし、ブリッジをしている方の邪魔にならないように、低い声で話したんですから」それから冷静な調子で、「シャイタナさんが生きていて、話もしたということも、わたしの言葉でしか証明できません。それを信じてもらうほか、ありませんよ」

バトル警視は別に異議も申し立てなかった。彼は静かに組織だった質問を続けた。

「それは何時でした?」

「勝負に入ってから一時間とちょっとたったころだったでしょう」

「ほかの人たちは何をしました?」

「ドクター・ロバーツは飲みものを持ってきてくれましたわ。ご自分でもお飲みになりましたが——それは少したってからですね。デスパード少佐も飲みに行って——あれは十一時十五分頃でしたかしら……」

「一度だけですか?」

「いいえ――二回、だったと思います。男の方は何度も立ったり座ったりしたようですがね――でも、何をなさっていたのか知りませんね。メレディスさんは一度しか立たなかったようでしたよ。組んでいた相手の手札を見にいったんです」

「ではブリッジのテーブルの側からは、離れなかったですか？」

「そうはっきりとは申し上げられませんわ。そこらへんを歩いたかもしれませんしね」

バトルはうなずいた。「どうも漠然としていますね」と不満そうに言った。

「お気の毒ですね」

またもバトルは手品つかいのような手際で、長い華奢な短剣を目の前に差し出した。

「ロリマーさん。ご覧ください」

ロリマー夫人は別に驚きもせずにそれを手に取った。

「前にご覧になったことがありますか？」

「ぜんぜん……」

「でも客間のテーブルの上にのっていたんですが」

「気がつきませんでしたね」

「これでしたら、ロリマーさん、女の方でも男と同じように簡単に使えることは、おわかりでしょうね」

「女でも使えますね」ロリマー夫人は静かに答えた。

彼女は身体を前にかがめて、この小さなきれいな短剣をバトルに返した。

「しかし、いずれにしても」とバトル警視が言った。「女がこんな物を使うとしたら、よほど死に物狂いだったに違いありません。それまでにずいぶん悩んだんでしょうね」

彼はそこでロリマー夫人の言葉を待ったが、彼女は黙ったままだった。

「あの三人の人たちとシャイタナさんの関係について、何か知っていることはありませんか？」

彼女は当惑したように頭を振って、「さあ、別に……」

「三人のうちで一番怪しいと思うのは誰か、ご意見を聞かせていただけませんでしょうか？」

ロリマー夫人は居ずまいを正した。

「そういうことはお答えしたくありませんわ。ずいぶんひどいご質問のように思えますよ」

警視はお祖母さんに叱られた少年のように赤くなった。

「お住居をどうぞ」彼は手帳を引き出しながら、口の中でそう言った。

「チェルシーのチェーン小路一一一番」

「お電話は？」

「チェルシーの四五六三二番」

ロリマー夫人は腰を上げた。

「ポアロさん、何かお訊きすることでも？」バトルはいささかあわてながら言った。

「奥様、あの三人の方について、人殺しの才能でなくて、単にブリッジの遊び相手としてはどんな腕か、これならお伺いして差し支えありませんでしょうか？」

ロリマー夫人は冷たく、「それはお答えしてもかまいませんわ――いまここで問題になっていることに関係がございますのならね、あたしにはそれがどう関係してるか、さっぱりわかりませんけれど……」

「それはこちらでなんとか判断いたします。どうぞ、おっしゃってください」

訳のわからない子供に我慢して相手をしてやっているような調子で、ロリマー夫人は答えた。

「デスパード少佐は堅実なよい勝負をする人です。ドクター・ロバーツは少し無茶ですが、腕は見事です。ミス・メレディスはとてもお上手なんですが、ちょっと慎重すぎますわ。ほかに何か？」

WE	THEY
〔デスパード少佐 ロリマー夫人〕	〔ドクター・ロバーツ ミス・メレディス〕
⑪	
1060	
~~450~~	
~~410~~	
~~440~~	
~~540~~	
~~490~~	
~~560~~	
~~500~~	
~~50~~	
ボーナス点	
基本点	
~~60~~	~~120~~
~~100~~	
70	30
80	

二回戦

デスパード少佐の書いたスコア

WE	THEY
〔ミス・メレディス ロリマー夫人〕	〔ドクター・ロバーツ デスパード少佐〕
+14	
700	
300	
50	
50	
30	
ボーナス点	
基本点	
120	
120	
1370	

一回戦

ミス・メレディスの書いたスコア

WE	THEY
［ドクター・ロバーツ ミス・メレディス］	［デスパード少佐 ロリマー夫人］
50	
100	
100	
50	100
200	50
50	100
50	50
ボーナス点	
基本点	
30	70

四回戦
（未完）
ドクター・ロバーツの書いたスコア

WE	THEY
［ドクター・ロバーツ ロリマー夫人］	［デスパード少佐 ミス・メレディス］
500	200
1500	100
100	200
100	100
300	100
500	50
200	50
200	
30	50
ボーナス点	
基本点	
	30
	120
100	
280	
3810	1000
	㉘

三回戦
ロリマー夫人の書いたスコア

ポアロも警視に劣らぬ手品つかいめいた手つきで、突然四枚のしわくちゃになったブリッジの得点表を取り出した。

「この四枚の得点表の中にあなたのもございますね？」

彼女は調べていたが、「これがわたしの書いたもの。第三回戦の得点ですよ」

「で、これは？」

「デスパード少佐。勝負のきまるたびに、線を引いて消していましたから」

「それじゃ、これは？」

「ミス・メレディスですよ。第一回戦のです」

「そうしますと、この途中までのが、ドクター・ロバーツのですね？」

「そう」

「ありがとうございました。これで結構です」

ロリマー夫人はオリヴァ夫人のほうを向いた。

「さようなら、オリヴァさん。さようなら、レイス大佐」

それから、四人のものとそれぞれ握手をして、彼女は部屋を出ていった。

6 第三の殺人者？

「彼女からはこれといった収穫もなかったですな」とバトルは意見を述べた。「それにわたしをぴしゃりとやっつけたね。ああいう婦人は古風で、他人のことにはひどく気を配るくせに、えらく横柄ですよ。まあ、彼女の犯行とは思わんですが、そうとばかりは言えんですね。だいぶ一徹なところがあるから……ポアロさん、ブリッジの得点表で何を考えていたんです？」

ポアロは得点表を机の上に並べた。

「これらはなかなか暗示的だよ。この事件で、何が必要だと思います？　性格への手がかりですよ。それも一人だけじゃなくて、四人の人全部の性格を知ることです。それを一番手近に発見できるのは——この走り書きした数字ですね。これが第一回戦です。つまらない勝負で——すぐ終わっている。数字は小さくて、きれいです——注意して計算しています——すなわちミス・メレディスの表なんです。ロリマー夫人と組んでました。

いい札を持ったんで、勝っています。

　次のこれは、一回ずつ数字を線で消しているから、勝負をたどっていくのが少しむずかしい。しかし、デスパード少佐の性質がいくらかわかります――こうして前の数字を消せば、いつでも自分の得点合計が一目で知れるわけで、そういうところを好む人だ。書いた数字は小さくて、独特の書体ですね。

　次の表はロリマー夫人のです。彼女とドクター・ロバーツとが組んで、残りの二人と勝負をしている。大変な好勝負で――こちらが一回勝つと相手もすぐ追いついて、両方の数字がこんなに高く重なっていますよ。ドクター側がせり上げ《オーバーコール》しては、落《ダウン》としてます。しかし二人ともブリッジでは一流ですから、そういくつもダウンしません。ドクターの高いせり上げ《オーバーコール》につられて相手も高くせっ《ビッドし》てくると、ダブルをするチャンスが生まれるわけです。ほら――こことかこの数字がダブルされて落としたボーナス点ですね。書かれた数字も、きれいで、しっかりしていて、大変読みやすい。

　これが最後の――途中でやめた勝負の表です。いままでの三人の人のに比べると、これはまたずいぶんと派手な字です。前の勝負のように得点の多くないのは、ドクターがミス・メレディスと組んでいて、メレディスが慎重だからなのでしょう。ドクターが強気にせり上げる《ビッド》と、彼女はますます慎重に手控えるといったわけです。

君はきっと、さっきの私の質問を馬鹿馬鹿しいと思ったでしょうな？　しかしそうでもないですよ。私は四人の人の性質を知りたいと思ったわけで、その場合、私がブリッジのことだけを質問すると、誰もが安心して簡単に話すのです」

「馬鹿な質問だなんてちっとも思いませんよ、ポアロさん」とバトルが言った。「あなたの仕事ぶりはもう何度も見てますからね。それに誰でも、仕事には自分のやり方があると思うんです。わたしはいつも警部たちに自由にやらしてます。どの方法が一番自分に合っているか、自分で見つけろって言ってやるんです。でも、こんな議論はしないでおいて、あの娘に来てもらいましょう」

アン・メレディスはだいぶ興奮していた。戸口まで来た時に、息がはずんでいた。

バトル警視は突然父親のような優しい態度を見せ、立っていって彼女の座る椅子の位置をちょっと直してやった。

「さあ、お座りなさい、ミス・メレディス。こわがらなくってもいいですよ。どうもこんなことはほんとに不愉快でしょうがね、でも、思ったほどひどいことはありませんよ」

「これ以上にひどいことってあるかしら」彼女は低い声で言った。「ほんとに恐ろしいわ——あたくしたちの中の誰かが——誰かが……考えただけで……」

「そういうことはこっちで考えてあげます、心配はいらんですよ」バトルは親切そうになだめた。「で、メレディスさん、最初にお住居を聞かせてください」

「ウォリングファドのウエンドン荘です」

「市内に家はないんですか？」

「ええ、一日か二日でしたら、クラブに泊まるんですの」

「で、クラブは？」

「陸海軍婦人クラブ」

「結構。ところで、あなたはどの程度シャイタナさんをご存じでしたか？」

「ほとんど知らないんですの。ただ、いつでもこわい人だと思っていました」

「どうして？」

「あの、とにかくあの方、こわい人でしたわ。気持ちの悪い笑い方。それにこっちへかがみこむ時の格好！　まるで食いつくみたいですし……」

「ずっと前からの知り合い？」

「九カ月ほど前からです。冬のスポーツ・シーズンにスイスでお会いしたんです」

「彼がそんなところへスポーツに行くとは知らなかったですなあ」バトルはいささか驚いたようだった。

「あの方、スケートだけしかしませんの。でも、素晴らしくうまくって、フィギュアの滑り方をたくさんご存じでしたわ。いろんな珍しいテクニックを使って」

「ほう、そうなると彼らしいね。で、その後、よく彼と会いました？」

「はあ――かなり会っています。パーティなんかによく呼んでくれました。みんなおもしろい集まりでしたわ」

「でも、彼を好きじゃないんですね？」

「ええ、あの人、なんとなく気味が悪くて」

「なにか彼を恐れる特別なわけでもあるんですか？　あったら聞かせてください」

アン・メレディスは大きな澄んだ瞳を彼に向けると、「特別なわけ？　いいえ、なんにも」

「結構です。で、今晩のことですが、あなたは席を立ちましたか？」

「立たなかったと思うんですけど。ああ、そう。一度立ちました。テーブルを回って他の人の手を見に行きました」

「それでと、ずっとブリッジのテーブルのそばは、離れなかったの？」

「はい」

「ミス・メレディス、本当にそう？」

メレディスの頬にさっと血が上った。

「いいえ——いいえ、ちょっと離れたような気がします」

「なるほど……堪忍してくださいよ、メレディスさん。だが、本当のことを言うようにしてください。あなたの神経が立っているのは知っていますよ。人間は神経が過敏になるとどうも——その、事実よりも、こうあった方がいいと思うほうを言ってしまうんです。だがそれは結局は損になりますからね。でと、あなたはテーブルから離れた。シャイタナさんの方には行きませんでした？」

メレディスはちょっと考えていたが、やがて、「本当に——本当に覚えてないんですの」

「いや結構です。あるいはあなたも彼のそばに行ったかもしれぬ、まあそういう程度にしておきましょう。他の三人の人について、何か思いつくことがある？」

メレディスは首を振って、「今夜初めてお会いした方ばかりなんです」

「ねえ、あの人たちをどう思います？　誰が一番人を殺しそうですか？」

「信じられませんわ。とても信じられませんわ。デスパード少佐のはずはありませんし、それに、なんていっても、ドクターとも考えられませんわ——お医者さんなら人を殺すのにもっと簡単な方法を使うでしょうし……。毒薬とか——何かそんなような……」

「それじゃあ、誰かっていうことになるとロリマー夫人と考えるわけですね」

「あら、いいえ。あの方がしたなんてとても思えませんわ。あの方、ブリッジで組になると、とても素敵で親切なんですもの。あの方、親切でいて押しつけがましくなくって、寛大ないい方ですわ」

「それでもあなたは彼女の名前を残しましたね」

「それは、あの、人を刺すのは女の人のやることだと思ったからですわ」

バトルは例の手品をまた使った。アン・メレディスは身体を後ろにそらした。

「まあ、こわい。あたくし、それを……手に持たなきゃいけませんの？」

「どうか、そうお願いしたいですね」

彼女が用心深く短剣を持つのを、じっとバトルは眺めていた。彼女は恐ろしそうに顔の筋肉をこわばらしている。

「こんな小さな――こんなもので――」

「バターに刺すみたいに入りますよ」とバトルは眼を細めてうれしそうな口つきで、

「子供だってできますね、きっと」

「というと――あたくしが」恐ろしさのために、大きく見開いた両目をじっと彼にそそいで、「したかもしれないというんですの。でもあたくし、しませんわ。しやしませんわ。

まあ！　なんであたくしがするはずあるんですの！」

「それがわれわれの知りたいところなんですがね。動機はなんだろう？　なぜシャイタナは殺されたのか？　彼は風変わりな男だったが、調べた限りでは、危険人物ではなかったですからね」

彼女の胸が突然ふくれ上がった――息を吸いこんだのだろうか？

「たとえば、彼は脅迫とかそういった種類のことをやらなかったし」とバトルは言葉を続けた。「とにかく、ミス・メレディス。あなたは何か悪いことをしてそれを隠しているような娘さんにはみえないですよ」

初めて彼女は微笑した。彼が優しいのに安心したのだ。

「ええ、そうですわ。あたくし、秘密なんか一つもありませんもの」

「ミス・メレディス、じゃあ、心配しないで大丈夫。たぶん、お宅へ伺ってもう少し質問させていただくでしょうがね、しかしあなたが特にどうというわけでなくて、その、役所仕事なんですからね」

彼は立ち上がった。

「どうぞ、お帰りになって結構。巡査にタクシーをひろわせます。夜、心配して寝られないなんていうことがないようにね。帰ったら、アスピリンを一、二錠お飲みなさい。

気が落ち着きますから……」

彼は部屋の外まで送っていった。帰ってくると、レイス大佐が小さな、おかしそうな声で言った。「バトル、君は実に完璧な嘘つきになりおおせるんだな。あの優しい父親ふうの口ぶり、ちょっと真似できるものはおらんね」

「あの娘と時間をつぶしていたって何もならんですよ、レイス大佐。あの娘は死ぬほどびっくりしているのかもしれん――その場合は責めるのは残酷でしょう、わたしはどうも残酷なことのできん人間だもんでね――それともあの娘は立派な俳優でうまい芝居をしていたのかもしれない、そうなると夜中まで質問ぜめしたって、何にも吐かせられないでしょうし……」

オリヴァ夫人は溜息をつき、垂れている前髪を手でかき回した。そのために、切り揃えてある前髪は突っ立ってしまい、酒に酔っぱらったような顔つきになって、

「ねえ、こりゃあの娘がやったんだわ。小説でなくてよかった。若くて美しい娘が人殺しをするなんて、読者は喜びませんからね。ともかく、あの娘がやったんだとあたし思いますね。ねえ、ポアロさんはどうお考えです？」

「私？　私はあることを発見しました」

「また、ブリッジの得点表のこと？」

「そうです。ミス・アン・メレディスは前に使った紙をひっくりかえして、裏に線を引いて、使っています」

「それはどういうことなんです？」

「彼女は貧乏なのか、または倹約する習慣が身についているのか、どっちかですな」

「でもあの人、素晴らしい服を着てたじゃないの」とオリヴァ夫人が言った。

「デスパード少佐をお連れしてくれ」とバトル警視が言った。

7　第四の殺人者？

　デスパードはすばやい、ばねのような歩き方で部屋に入ってきた。その歩き方を見て、ポアロは何かを、といって悪ければ、誰かを、思い出した。

「デスパード少佐、最後までお待たせして申しわけありません。つい、ご婦人たちにはできるだけ早く帰っていただこうと思って」とバトルが言った。

「いや、詫びるには及びません。よくわかっていますから」

　彼は腰を下ろすと、質問を待ちうけるように、警視の顔を見つめた。

「シャイタナ氏とはどの程度のお知り合いだったのです？」

「二度会いました」デスパードはきびきびと答えた。

「たった二度ですか？」

「そのとおり」

「どんな時にです？」

「一カ月ほど前、ある晩餐会で一緒になった。それから、一週間たって、カクテル・パーティに呼ばれた」

「カクテル・パーティはやはりここでしたか?」

「そう」

「どこでやりました――この部屋ですか、客間の方ですか?」

「全部の部屋を使ってましたね」

「これが陳列されていたのをご覧になりましたか?」

バトルはふたたび短剣を出した。

デスパード少佐は唇をちょっと曲げて、「いいや、それで人を殺してやろうなんて考えていませんでしたよ」

「デスパード少佐。わたしの訊くことを先回りしないでください」

「これはすみません。だが、訊こうとすることがあまりはっきりしているもんだから……」

しばらく黙っていたが、バトルはふたたび質問を始めた。

「あなたは何かシャイタナ氏を好きになれないような動機をお持ちでしたか」

「あらゆる点でね」

「え？」警視は驚いて声をたてた。

「嫌いだといったって——殺す気にはなりませんがね。殺そうなんて全然思わなかった。だが、うんと蹴っとばしてやりたかったですね。残念ながら、もう遅いが」

「デスパード少佐、どうして彼を蹴っとばしたかったんです？」

「どうしてって、あんなのはうんと蹴っとばしでもしなきゃ眼の覚めん奴でしたからね。奴を見るたびに足の先がむずむずしましたよ」

「彼について何かご存じですか——そのあなたの不信を生むような原因でも……」

「彼の服はしゃれ過ぎてた。髪も長すぎていやらしいし、——香水をつけてやがった」

「それでも、彼の晩餐に招待されると出かけたんでしょう」バトルは痛い所を指摘した。

「バトル警視、自分の気に入った人の呼ぶ晩餐だけにしか出席しないとなると、僕なんかほとんど晩餐に出かけるところなどなくなりますよ」とデスパードは冷たく答えた。

「社交は好きだが、それを承認はできないってわけですか？」

「ごくちょっとの間は社交界もいいもんです。遠い未開の土地から、灯のついた部屋と美しい着物をきた女たちのいる所に帰ってくる。踊りとうまい食物と笑い声——ねえ——楽しいですよ——ちょっとの間は……。だが、そのうちにどれもこれも誠実さがないんで、いやになってしまう。で、また外地に行きたくなるんです」

「そういう未開の土地を歩いていると、ずいぶん危険な目にもおあいになったでしょうね」

デスパード少佐は肩をすくめ、ちょっと微笑した。

「シャイタナ氏は危険な生活さえしていなかった――それなのに、彼は死んで、僕はこのとおり生きていますよ」

「彼はあなたの考えておられるよりも、もっと危険な生活をしていたのかもしれませんよ」バトルは意味ありげに言った。

「それはどういう意味なんです？」

「亡くなったシャイタナ氏は、ちょっとおせっかい屋でしてね」

デスパードは前に身を乗り出して、「彼が人の生活をせんさくしたり、干渉したりしたっていうんだね――で、彼は何を見つけたんです」

「いえその――わたしはですね――その、どうも彼が婦人におせっかいをしたがると申したんです」

デスパード少佐は椅子に背を落とした。そして笑ったが、少し落胆したような笑い方であった。

「彼のような山師を、女が真面目に相手にしますかなあ」

「デスパード少佐、誰が殺したとお考えです？」

「わからんねえ。ミス・メレディスはやらないし、ロリマー夫人がやるとも考えられない——あの人は信心深い僕の叔母さんに似てるよ。ということになると、残りはあの医者だね」

「あなたとそれから他の人のもですが、あの部屋での行動についてお教えくださいませんか？」

「僕は二回ほど席を立った——一回は灰皿を取りにいって、その時は暖炉をつつきもした——もう一回は酒を取りにいった」

「何時でした？」

「わからないね。初めの時は十時半頃で、二度目は十一時頃だったろうが、いずれにしてもはっきり断言できない。ロリマー夫人は一度暖炉のところへ行って、シャイタナに何か話しかけていたね。彼が答えたのを実際に聞いたわけではないが、しかしあの時は僕も別に耳をすましてたわけじゃないからね。彼が答えなかったとは言い切れない。ミス・メレディスはちょっと部屋の中を歩いていたが、暖炉のところまで行ったとは思わないね。ロバーツは立ったり座ったりしていて——少なくとも、三回か四回は立ったんじゃないですか」

「ポアロさんのかわりにお尋ねしますがね」とバトルは笑いながら、「ブリッジの遊び相手として、あの人たちはどの程度ですか？」

「ミス・メレディスはうまいですね、ロバーツはまるで無茶に賭けすぎる。本当はもっと負けるはずなんだが。……ロリマー夫人はいまいましいくらいにうまいね」

バトルはポアロの方に向いて、「ポアロさん、ほかに何か？」

ポアロは首を振った。

デスパードはオールバニイにいると、その住所を教え、皆に別れの挨拶をして、部屋を出ていった。

彼の後ろでドアが閉まると、ポアロはちょっと驚いたように頭を振った。

「どうしたんです？」バトルが尋ねた。

「いやなんでもありません。彼の歩き方から、偶然に虎を思い出したんです。そう――まったく似てます――軽く、しなやかで、――虎が動きまわっているようです」

「ふうん」バトルは三人の人々をぐるっと見回した。「そこで、と、あの四人の誰がやったんでしょうな？」

8 犯人は誰か？

バトルは一人ずつ順に顔色をうかがった。彼のもの問いたげな視線に応えたのは、オリヴァ夫人だけだった。自分の意見を控えることを知らない彼女は、いきなりしゃべりはじめた。

「あの娘か、でなきゃあ医者ですよ」

バトルは、何か言ってもらいたいように、他の二人を見た。だが、二人の男は何も言いたくなさそうだった。レイスはただ首を振り、ポアロはしわになったブリッジの得点表を丹念にのばしていた。

「あの四人のうちの一人がやったには違いないですな」バトルが言った。「だから誰か一人は大嘘をついている。しかし四人のうちのだれが？　これはむずかしい――たしかにむずかしいですよ」

彼は一、二分黙っていたが、ふたたび、言った。「彼らの言ったとおりだとすると、医者はデスパードの仕業だと思い、デスパードは医者だと思い、娘はロリマー夫人を疑い――ロリマー夫人は何も言わない。これじゃあろくに助けにもならないですな」

「まあそうでしょう」とポアロが言った。

バトルはちらりとすばやい視線を投げて、「何か助けになるようなヒント、つかめましたか？」

ポアロは軽く手を振って、「ちょっとした言葉のニュアンスは感じた。でもそれだけ！　とても手がかりとはいえません」

バトルは続けて、「どうもお二人とも考えていることを言いたがらないらしくて……」

「証拠がないからねえ」とレイスが素気なく言った。

「ほんとに男の人ってまあ……」オリヴァ夫人が彼らの慎重さを軽蔑するように、溜息をついた。

「およその可能性ということから考えてみましょう」バトルはちょっと考えてから、「ではまず医者から検討しますよ。彼は見かけよりも悪党ですね。それに短剣を突き刺す場所も知っているでしょうし……だがそれ以上なんの特徴も見あたらない。次はデスパードです。えらく大胆な男です。行動をするのが早いし、危険なことをするのには慣れている。ロリマー夫人はどうでしょう。これまた度胸のすわっている人ですね。それにあるいは何か秘密を持っているといった婦人です。かなり苦労したらしい顔つきをしてますものね。もっとも、女学校の校長にでもしたいような——まあ、高潔な女史とでも言いたいようなところもあります。その点、ちょっと人に短剣を突き刺すとは想像しにくいです——。事実、わたしは彼女がやったんだとは考えません。さて、最後は可愛いミス・メレディスです。彼女のことは何もわかっていません。ごく普通の、ちょっと内気な美しい娘ですね。だが、彼女のことは、今言ったように、全然わかっていないも同様です」

「彼女が人を殺したとシャイタナが信じてたことは私たちも知ってますよ」とポアロ。

「悪魔が天使のお面をつけているのね」とオリヴァ夫人。

「バトル、こうやっていて、どういうことになるね？」とレイス大佐が尋ねた。

「あなたは考えたって無駄だとお思いなんですね？　しかしこういう事件では、よく考えることが必要なんですよ」

「あの人たちの経歴を調べるほうがましじゃないかね？」

バトルは微笑して、「ええ、それも懸命にやりますよ。それにこの点ではあなたのご援助をおねがいしたいですね」

「そりゃあいいとも。だが、どんなふうに？」

「デスパード少佐についてです。彼は外地のいろんな所へ行っています――南アメリカ、東アフリカ、南アフリカとね――あなたはこういう土地を調べる手段をお持ちです。彼についての情報を入手していただきたいんで」

レイスはわかったとうなずいた。「いいですとも。必要な情報を集めましょう」

「ああ、いいことがあるわ」オリヴァ夫人が大きな声を出した。「あたしたち四人いるでしょ――いわゆる探偵仕事の人間たち四人――それと四人の容疑者よ。一人ずつ割りあてればいいじゃないの。それぞれ自分が怪しいと思う人にね。レイス大佐はデスパード少佐、バトル警視はドクター・ロバーツ。わたしはアン・メレディス、そして、ポアロさんがロリマー夫人を担当するの。みんながそれぞれ自分が犯人と信ずる者を調べるってわけよ」

バトル警視ははっきりと首を振って、「それはいけませんよ、オリヴァさん。これはご承知のように、公の事件で、わたしの責任の仕事なんです。で、わたしが全部の容疑者を調べなけりゃあならんのです。それに、あなたの考えは少し空想的すぎやしませんか？　あるいは二人の人が同じ馬に賭けたがることだって起こりますよ。レイス大佐はまだ一度もデスパード少佐が怪しいって言ってませんし、それからポアロさんもロリマー夫人を取りたいと思っていないかもしれないんですから……」

オリヴァ夫人は情けなさそうに溜息をついて、「いい考えなのにねえ、ほんとにうまく当てはまって……」それから少し元気づいて、「でもあたしが一人でちょっとした調査をしたっていいんでしょ？」

「ええ、まあ、それは結構です」バトル警視はゆっくりと言った。「それに反対することはできませんね。事実、わたしにそれを断わる力はないんですから。今晩のパーティに出席していたんで、好奇心が湧き、特別な思いつきが浮かんで何かをすることになったって、それはまったく自由ですよ。しかし、オリヴァさん、充分注意していただきたいって、申し上げたいですね」

「それは慎重にしますよ。一言だって事件のことは――しゃべりませんわ……」オリヴァ夫人の終わりの方の言葉は弱かった。

「どうもバトル警視の言葉を間違えてお取りのようです」とポアロが口をはさんだ。「あなたがこれから取り組む相手はすでに二人の人を殺しているのです。ですから、もしあなたが充分用心しないと、その人物はまた平気で殺人を犯す、とバトルは言ったのです」

オリヴァ夫人は彼をじっと見ていたが、にっこりと笑った――なかなか愛嬌のある―

――いたずら盛りの子供のような笑いだった。

「ご注意してくださったのね。ありがたいわ。ポアロさん。よく用心しますよ。でもね、あたしこの仕事から除け者にはなりませんよ」

ポアロはうやうやしく頭を下げて、「奥様、なかなかご活発でいらっしゃいますな」

オリヴァ夫人は椅子にもたせていた背をぐっと伸ばして、重役会議で話すような調子となり、「あたしたちがつかんだ情報はみんな共同のものにしたいと思うんです。どんな情報でも一人じめにしないことです。もちろん、自分の推理とか印象というようなものは、自分の懐にしまっておいてもかまいませんけれど」

バトルは溜息をついて、「オリヴァさん、これは探偵小説ではないんですよ」

「当然、情報はすべて警察に渡さなければならん」とレイスは自分の〝司令室〟で命令する時のような厳正な口調で言い、それからいたずらっぽい眼になって、「オリヴァさんは勝負を公明正大になさるでしょうな。血痕のついた手袋とかコップについている指紋とか焼けた紙の切れ端とかいったものは――その、みんな、このバトル君の手にお渡しなさること」

「おからかいになっても結構ですよ」とオリヴァ夫人は言った。「でも女の直感はね……」彼女は何か心にきめたことがあるように何度もうなずいた。

レイスは立ち上がって、「バトル、デスパードの調査はやっておくよ。ちょっと時間はかかるかもしれんな。他に何かすることは？」

「ありがとうございます。他には別にありません。ところで、何か参考になる考えはありませんか？　そういうのがあると、助かるんですが……」

「そう、――射撃、毒薬、事故といったものには特に気をつけるべきだね。もっともそれはもう承知だろうがね」

「ええ――それは手帳につけておきました」

「バトル、仕事について君に教えることなんかないよ。さようなら。オリヴァさん、ポアロさん、おやすみ」最後に、バトルに軽く会釈すると、レイスは部屋を出ていった。

「あの方は誰なの？」とオリヴァ夫人が訊いた。

「軍人としてたいした経歴を持っています」とバトル。「それにずいぶん旅行してますよ。世界中で彼の行かない所は少ないんでしょう」

「諜報局員なのね、じゃあ」とオリヴァ夫人は言った。「あんたがそうは言えないこと、わかってますよ。それにしても、彼がそういう仕事でもなかったら、今晩ここに招待されなかったわけね。人殺しが四人と探偵が四人――警視庁、諜報局員、私立探偵、探偵小説家と。おもしろい考えだわ」

ポアロは首を振って、「奥様、それは間違っています。実際、馬鹿な考えだったのです。虎はおびえて、かえって飛びついたのです」

「虎？　なぜ虎が出るの？」

「虎というのは、人殺し犯人のことですが」

バトルはだしぬけに、「ポアロさん、どの道を取るのが一番いいとお考えですか？　それがまず問題ですよ。それから、あの四人の心理をあなたがどう考えるかもお訊きしたい。あなたはさっき、この心理の面を馬鹿に強調してましたが……」

なおもブリッジの得点表をのばしながら、ポアロは言った。「そのとおり――犯人の心理を考えることはとても大切です。いまわれわれは一つの型の殺人を眼の前に見ましたね。一つの特徴ある殺し方です。それでですね、いまひとりの人間は心理的に見てそういう型の殺人をしないとわかれば、その人を容疑者の列からはずせます。今、あの四人について、私たちはいくらか知っていますね。彼らについて、ここにいるものが、それぞれの印象を持っていますね。また、一人一人に、それぞれの調査方針があります。彼らの気質と性格についても、ブリッジのやり方や得点とその筆跡などから、少しはわかっています。しかし、それにしても、これとはっきり指摘することはけっして容易ではありません。この殺人は図太さや度胸のいる仕事でした――あえて危ない橋を渡ろうとするような人物の仕業といえます。まずドクター・ロバーツですが——はったり屋で——自分の腕を過信していて——危険なことをするのに絶対の自信を持っている人物です。彼の気質はまったくこの犯罪には適していません。この点から考えれば、ミス・メレディスは容疑者から除いてもいいと考えられるかもしれませんね。臆病で、あまり賭けすぎることをこわがり、用心深い倹約家で、慎重な上に、自信がありません——。危険で勇気のいる犯罪は一番犯しそうにないといった人柄です。しかしですね、臆病な人間は恐怖から人殺しをすることがあります。気の小さい、驚きやすい人間も絶体絶命になると、隅に追いつめられた物置のねずみになることがあるのです。もし彼女が過去に罪を犯しており、その事情をシャイタナ氏が知って、彼女を警察の手に渡そうとしているのだということがわかったら、彼女は恐怖から半狂乱になるでしょう——自分を救うためなら、どんなこともためらわないでやるでしょう。こうなると、たとえ冷静な頭と大胆な神経がなくても、絶望的な恐怖から、やはり同じような犯罪を犯すかもしれません。次はデスパード少佐です。彼は絶対に必要だと信じたら、どんな困難な仕事でも進んでやるといった冷静で機略のある人です。彼は成否をよく計ります。そして成功しそうだと目算をつけると、ためらったりせずに実行する方でしょう。それも、成功のチャンスがあるとわかれば、危険にもけっして尻ごみしない人ですね。最後にロリマー夫人です。

年は取っていますが、おいぼれているどころか、頭はよく働く婦人です。冷静で、数学的な頭脳の持ち主で、おそらくあの四人の中では頭は一番いいでしょう。ロリマー夫人が犯罪を犯したとしたら、それは前から計画した犯罪だろうと思います。彼女はゆっくりと、注意深く犯罪を計画して、その計画にはちょっとのきずもないでしょう。こういったことから、他の三人に比べるとこの犯罪は彼女らしくないように思うんです。ただし、彼女は一番意志の強固な人ですから、やろうと決心したことは、あくまで完全にやりぬくでしょう。彼女はまったく有能な婦人ですよ」彼は一息つくと、続けて、

「ねえ、これでおわかりのように、今までの分析はたいして役に立ちません。この犯罪を解決するにはたった一つの方法しかありません。それには過去を調べねばならないのです」

バトルは溜息をついて、「それは前に聞きました」

「シャイタナ氏の意見によると、その四人はいずれも人殺しをしているのです。彼は証拠を握っていただろうか？　単なる推測なのだろうか？　それはわかりません、ただ、彼が四人全部のはっきりした証拠を持っていたとは考えられないんだが……」

「その点は同感ですね」うなずきながらバトルが言った。「ちょっと、うまくできすぎていますから――」

「あるいはですな、彼はこんなふうに察したのかもしれません――何かの折に殺人とか殺人の方法が話題になった、すると誰かの顔色が変わったのを見逃さなかった。彼はよく顔色に気がつく人でしたからね。それで、おもしろくなって試してみたのですね――おそらく何気ないような会話にちょっとヒントを挟んでみた――すると相手は顔をしかめるか、言葉をにごすか、または話題を変えようとしたりする、それを見て、信じこんだのかもしれません。こんなことはよくあります。何か秘密があるとにらんでその気で見ていると、いかにも相手はそれを隠しているように思えるものです。相手のどんな言葉も、みんな自分の疑ってることに関係するみたいに聞こえます――もし相手をそんな目で見ればね」

「あの男ならそんなことをおもしろがってしたでしょうな」バトルはうなずきながら言った。

「そこでですね、シャイタナ氏の持った疑惑も、四人のうちの一人か二人は、こんなふうだったと考えていいでしょう。彼はあるいは証拠を見つけて、それを追及したかもしれません。しかし、すべての場合に、たとえば警察にすぐにも持っていけるような充分な証拠を見つけていたかどうかは疑わしいです」

「それに探ってみたら、何の事件もなかったということもありえますね」とバトルが言った。「よく、そんなまやかしの事件がありますよ——臭いと思って探ってみても、ネタはまるで出ないというのがね。……まあとにかく、進む道ははっきりしています。あの四人の過去を調べてみるのが第一。それに彼らのまわりの人で変わった死に方をしたのは全部調べておきましょう。あなたは、大佐の気づいたように、シャイタナが晩餐の席で言った言葉を覚えているでしょうね」

「あの悪魔の使い」とオリヴァ夫人はつぶやいた。

「毒薬、事故、医者のもみ消せる手違い、射撃中の事故といったことを彼は巧妙に何気なく言いましたね。彼はあんなことを口にしたために殺されるはめになった、という考えも成り立ちますねえ」

「彼がそう言ったら、みんな妙に黙りこんだじゃあないの、あの時」とオリヴァ夫人が言った。

「そうです」ポアロが言った。「彼のあんな言葉は少なくとも一人の人間の胸に思い当たることがあったのです——そう言われて、シャイタナはすべてを知りつくしているのだと、その人は考えたのでしょう。そして自分の最後が迫っていると受け取った——このパーティは、最後になって自分を人殺しの罪で逮捕させる、そのようにシャイタナはたくらんでいる、と思ったのです。さよう、君の言うように、彼はあんな言葉のエサを撒いたために、自分の黒枠の手紙に署名するようになったのです」

　ちょっとの間、誰もが無言であった。

「これはえらい大仕事ですよ」バトルが溜息をつきながら言った。「こっちの望む情報はそう簡単には手に入らんでしょうし――それに用心深くしなければならんでしょう。あの四人に、わたしたちのやることを疑われてはまずいですからね。こっちの質問や調査なんぞも、この――新しい殺人事件だけに関係しているよう思わせなければなりませんし、この殺人の動機をわれわれが知っているなんて、におわせてはいけません。そればかりか、一人だけでなく、四人全部の過去の殺人容疑を調べなければならないなんて、まったくの大仕事ですよ」

　ポアロはそれに異議を唱えるように、「あのシャイタナ氏の判断が絶対に正しかったこともありますまい。彼も――あるいは――間違っていたかもしれない」

「あの四人が全部殺人を犯してないっていうんですか？」

「いいや――彼はそれほど間抜けでもありません」

「二人が当たって二人が間違い？」

「そこまでさえいきません。いえば四人のうち一人だけ違っているのです」

「一人は罪を犯していないが、三人は犯してるというんですか？　それじゃあ、やはり大仕事ですよ。それに、厄介なのは、たとえそんな過去の犯罪がわかったところで、何の役にも立たないかもしれんことです。何年も昔に、大伯母さんを階段から突き落としたことがわかったたって、今日のわれわれには、役に立ちませんからね」

「いや、いや、充分役に立つはずです」ポアロは彼を激励するように、「それは君もわかってるでしょう。わかっているはずですよ」

バトルはゆっくりうなずいて、

「あなたの言うのは、手口は同じだから、ということでしょう？　それはわかります」

「前の殺人も短剣でやったとおっしゃるんですか？」オリヴァ夫人が訊いた。

「オリヴァさん。そんなに簡単なものじゃありませんよ」バトルが彼女の方を向いて答えた。「しかし、本質的には同じ型の犯罪を犯すだろうと思うんです。細部はおそらく違っています。しかし、主要なところは同じなんです。奇妙なことですがね。犯人はいつも手口によって自分の特徴をむき出しにしますからね」

「人間はそれほど変わった考え方をしないものです」とポアロが言った。

「女には無限に変化する能力がありますわ」とオリヴァ夫人が言った。「あたしは、二度も同じような殺人はしませんよ」

「あなたは同じような構想の小説を二つと書いたことはありませんか？」とバトルが尋

ねた。

「『蓮花殺人事件』」ポアロが小さな声で言った。「それから『ろうそくの謎』がありますね」

オリヴァ夫人は彼の方に向き直ったが、その目は賞嘆の輝きを帯びていた。

「まあ、油断なりませんね——本当に頭がいい方ですわ。たしかに、あの二つの小説は両方とも同じ構想ですの——だけど、わかった人はいませんでしたよ。一つの方は内閣の非公式な週末パーティで盗まれた書類を扱ったものだし、もう一方はボルネオのゴム栽培者の小屋で起こった殺人だったんですから……」

「ですが、話の筋の要点は同じですね」とポアロが言った。「あなたが使った一番おもしろいトリックの一つです。ゴム栽培者は自分の自殺を殺人と見せかけたし、大臣の方は自分で自分の書類を盗んだのです。最後の瞬間に第三者が介入して、その謀略を暴露する……」

「わたしもあなたの一番新しい作品をおもしろく読みました」とバトル警視は親切に口をそえた。「ほら、大ぜいの警察署長が一度にバタバタ撃ち殺されるやつです。あの作品で警察内部の細かいことで一、二ヵ所おかしな所がありました。あなたはきっと正確な描写がお好きでしょうから、何でしたらわたしが……」

オリヴァ夫人は彼の言葉を途中でさえぎって、「実際をいうと、あたし、正確ということそんなに気にしていないの。すべてに正確な人なんている？　いまでは誰もいないんじゃないかしら。たとえば、二十二歳の美しい処女が、窓から海を眺め、可愛がっていたラブラドル犬のボブに、さようならの接吻をした上、ガスの栓をひねって自殺した、という記事が載った時に、その女が二十六歳で、その部屋の窓は海に面していないし、犬はシーリアム・テリヤでボニーというんだと、騒ぎたてる人がいるかしら、新聞の記事がそうなんだから、小説の中であたしが警察の階級を間違えたり、オートマチックをリヴォルヴァーと言ったり、蓄音機《フォノグラフ》をうっかりディクタグラフと言ったり、それから最後の一言《ひとこと》がちゃんと言えるようにできた毒薬を使ったりしたって平気ですわ。

もっと大切なのは、人をうんと殺すことね。小説が少しだれてきたら、だらっと血を流させれば引き締まりますよ。誰かが何かを打ち明けようとする——すると、まずその人が殺される。この手はいつもうまくいくわ。これ、あたしのどの小説にもあるのよ——もちろん、いろいろな方法で、カムフラージュされているけれど……それに読者は、証拠の残らない毒薬や間が抜けた警部が好きだし、地下室に娘が閉じこめられて、ガスとか、水とかが流れ込んでくるような面倒くさい殺し方が好きだしね、主人公は片手で悪漢の三人から七人くらいはやっつけてしまうほうがいいのよ。あたし、今までに三十二冊も本を書いてますけど、だいたいは似たり寄ったりのものね――ポアロさんはそれに気がついたらしいけれど――ほかに誰も気がついていないわ――ただ一つ、あたしの後悔してることがあるの――それはね、主人公の探偵をフィンランド人にしたことなの。フィンランドのこと、あたし全然知らないでしょ。ところが、フィンランドからよく手紙がきて、その探偵の言動がおかしいだのなんだの言ってくるの。フィンランドじゃあ探偵小説がとても愛読されているのね。冬が長くって、その間は日光がささないからじゃないかと思うわ。ブルガリアやルーマニアじゃあ、探偵小説は読まれないでしょ。あたし、探偵をブルガリア人にしとけばよかったわ」

彼女はちょっと言葉を切ると、「あら、すみません。自分の仕事の話ばかりしちゃって――。目の前に本物の殺人事件があるのにね」それからふと彼女の頬が紅潮した。

「ねえ、あの四人がみんな殺人を犯していないっていうのはどう？　シャイタナが一同を招待して、それから大騒ぎをさせてやろうと思って、一人で自殺をしたっていうアイディア、素敵じゃない？」

ポアロは満足したようにうなずいた。「素晴らしい解釈です。洒落《しゃれ》ていて、しかも、皮肉《アイロニイク》ですね。しかし、残念にも、シャイタナ氏はそんなたちの人間でありません。あの人は生きることを楽しんでいました」

「あの人って本当に立派な人物とは思わないわ」オリヴァ夫人がゆっくりと言った。

「あの人はたしかに立派な人間ではなかったです」とポアロは言った。「しかし、かつては生きておりー――いまは死んでいます。私は、前にあの人にも言いましたが、殺人に対してごく健全な見解を持っています。私は殺人を、どんなものにせよ、認めたくないのです」

それから、彼はそっとつけ加えた。

「それですから――私はいま、虎の檻の中に入る覚悟をしているのです」

9　ドクター・ロバーツ

「これはバトル警視」

ドクター・ロバーツは椅子から立ち上がって、かすかに石鹸と石炭酸の臭いがする桃色の大きな手を差し出した。

「その後はいかがですか？」

バトル警視はゆったりとして気持ちのいい診察室を見回してから、答えた。

「そうですね、ドクター・ロバーツ、率直に言うと、進展はないですね。あのままです」

「新聞にはあまり載っていませんでしたね。うれしかったですよ」

「著名の人シャイタナ氏、自宅のイヴニング・パーティの席上で急死。当座はこれでごまかしているんです。ところで、検屍があって――その結果を書いた書類を持ってきているんです――興味がおありじゃないかと思いましてね――」

「それはご親切に——ええ、非常に見たいですね」

バトルはそれを渡した。

「それからわれわれはシャイタナ氏の弁護士に会いまして、彼の遺書を見せてもらいました。別にこれといったこともないです。親類はシリヤにいるらしいですね。それから、もちろん彼の持っていた帳簿や書類を全部調べたんですが……」

ドクター・ロバーツのよく剃りを当てた大きな顔がちょっとゆがんで、こわばったように見えたのは、思い過ごしだったろうか？

「で？」

バトルは彼の顔をうかがいながら、「特にこれといったものは見つかりませんでしたよ」

ドクター・ロバーツは別にほっとしたような溜息ももらさなかった。そんな明らかな態度は一つも見せなかった。ただ、椅子に座っている姿がほんのちょっとくつろいだように見えた。

「そこで僕の調査に来たわけですか？」

「そこで、お言葉のように調査に伺ったわけです」

ドクター・ロバーツの眉がぴくっと上がり、すばやい目がじっとバトルを見つめた。

「僕の個人的な書類を調べたいんだね、え？」

「そうお願いしたいですね」

「捜査令状は持ってますか？」

「いいえ」

「まあ、令状なんて必要ならあんたは簡単に手に入るんだろうからね。別に面倒なことをいい出そうという気はないですよ。どうも人殺しの容疑者になるのは気持ちがよくないが、しかし、それが君の仕事なんだから、文句は言いませんよ」

「ありがとうございます」バトル警視は本当に感謝したようだった。「まったく、あなたの態度には感謝のほかありません。他の方々にもこういうふうに言っていただけるとありがたいんですが」

「いやだと言っても、やるっていうんだから仕方ないじゃないですか」ドクターは笑いながら答えた。「いま宅診の患者は全部診察を終えたところで、これから往診に行くところです。鍵はここに置いて、秘書にも言っとくから、好きなだけ調べてください」

「ご親切を感謝します。それから、お出かけになる前に二、三お尋ねしたいんですが……」

「あの晩のこと？　それなら知ってるかぎり話したと思うんだがな」

「いや、いや、あの夜のことじゃなくて、あなた自身について、ちょっと……」

「じゃあ、訊いて結構ですよ。何です、質問は?」

「あなたの経歴をざっと知りたいんです。お生まれだとか結婚だとか、そういったことを」

「紳士録を作る時の用意っていうわけだね」とロバーツは冷淡に言った。「経歴は簡単ですよ。シュロップシャー出身。生まれたのはラドローです。父がそこで開業していたからね。僕が十五の時に死んだが。シュリュースバリの学校を出てから、父と同じように医者を志したわけです。セント・クリストファ大学で学位を取った——まあ、こんな僕の公式の経歴はもう調べたと思うけれどね」

「ええ、それは、調べたんですが……一人っ子だったんですか? ご兄弟はいないのですか?」

「一人っ子です。両親とも死んでます。結婚はまだ。この点は簡単すぎるかな? それから、はじめはエメリイ博士と共同してやっていたが、博士は十五年ばかり前に隠退してね、いまアイルランドに住んでいる。ご希望なら、彼の住所を知らせましょう。僕のこの家は料理人と小間使とメイドとを置いています。秘書は通いです。収入は相当あり、患者はまあ普通の数ぐらいしか殺さないできた……こんなところでどうです?」

バトル警視は苦笑して、「たいへんよくわかりました。ドクター・ロバーツ、あなたにユーモアのセンスがあるんで助かりますよ。で、もう一つお訊きしたいんですが……」

「警視、わたしは道徳堅固な男ですよ」

「いや、その方のことじゃないんです。そうじゃなくって、あなたのお友達を四人ばかり挙げていただきたいのです――ここ数年間つき合って、あなたのことをよく知っている方です。言うならば、あなたの身元問い合わせ先といったような……」

「わかった。そうだなあ、いまロンドンに住んでいる人のほうがいいですかね？」

「その方が都合いいですね。でも、別にそう堅苦しくお考えにならなくとも結構です」

ドクターはしばらく考えていたが、一枚の紙に四人の名前と住所を万年筆で書いて、机ごしにバトルに差し出した。

「これでいい？　思いついたところではこんなものだが……」

バトルはじっと見ていたが、満足したようにうなずくと、その紙を内ポケットにおさめた。

「これは算術の消去法です。一人ずつ嫌疑を消して、次の人にかかるのが早ければ、それだけ全関係者にとってはうれしいわけです。それにはあなたがシャイタナ氏と仲も悪くなかったし、それに彼と個人的なつき合いや取引関係もなかったとか、彼があなたに損害を与えたり、あなたが彼を恨んだりすることもない――まあこんな点をはっきりさせたいわけです。わたし個人はあなたが彼をほとんど知らないと言ったのを、信用したいんです――しかし、これはわたしが信じただけじゃすまなくて、実際に確かめなきゃならんことですので」

「いや、よくわかりました。とにかく、相手の話していることが事実だと証明されるまで、その人物を疑わねばならないわけだ。警視、ここに鍵を置いときますよ。これが机の引出し――こっちが用だんす――この小さいのは毒薬の戸棚の鍵です。あとでまた鍵をかけといてください。それにしても、秘書に一言《ひとこと》いっといた方がいいだろうな」

彼が机の上のボタンを押すと、すぐにドアが開いて、なかなかきつそうな顔の若い女性が現われた。

「先生、お呼びですか?」

「この人はミス・バージェスです――こちらは警視庁のバトル警視」

ミス・バージェスはバトルに無関心な一瞥を与えた。それは〝まあ、これ、なんていう名の動物かしら?〟といった目つきであった。

「バージェスさん、バトル警視のお訊きになることに答えてあげて、それから頼まれたことはしてあげてくれ」

「かしこまりました」

「じゃあ」ロバーツは立ち上がって、「それじゃあ出かけるよ。鞄にモルヒネは入っている？　ロックハートさんのところで使うと思うんだが――」

彼はしゃべりながら、ミス・バージェスとともに忙しそうに出ていった。

一、二分すると彼女が引き返してきて、「バトルさん、ご用がありましたら、そのボタンをお押しになってください」

バトル警視は礼をいってそうすると答え、仕事に取りかかった。

彼の捜査は注意深く、秩序だったものだった。しかし、別に何か重要なものが見つかるだろうと期待を持っていたわけではない。ロバーツがすぐに黙って出ていったのは、そのようなチャンスのないのを物語っている。ロバーツは馬鹿な男ではない。彼は捜査されるのを予期していただろうし、したがってその準備も忘れなかったであろう。ただ、ロバーツはバトルの捜査の真の目的を知らないのだから、バトルにしても、本当に狙っている情報を得るチャンスもなくはなかった。

バトル警視は引出しを開けたり、書類の分類棚を取り出したり、小切手帳を開いて未支払金の計算をしたり――何に使われたのかを手帳に書きとめたりした。また、ロバーッの通帳を詳しく調べ、診療簿に目を通し、部屋にある書類はだいたい調べつくした。しかし予期したように、これといったものは見つからなかった。彼は次に毒薬の戸棚を調べ、ドクターと取引のある薬卸商の名前とその決済の方法を手帳にひかえ、戸棚に鍵をかけてから、用だんすを調べにかかった。用だんすにはドクターの個人的な書類が入っていたが、今の調査に関係のあるものは見当たらなかった。彼は首を振り、博士の椅子に腰を下ろすと、机のボタンを押した。

ミス・バージェスがすぐに入ってきた。

バトル警視は丁寧に椅子をすすめ、彼女と話し合うにはどういう方法がいいか考えるように、しばらくの間黙っていた。彼はすぐに彼女の敵意を感じていたから、彼女を怒らせてその敵愾心《てきがいしん》をかき立て不用意な話をさせようか、それとも、もっと柔らかな方法で、彼女に近づこうかと迷っていたのだ。

「ミス・バージェス、あなたはこの事件をすべてご存じですか?」

「ドクター・ロバーツから伺いました」ミス・バージェスは短く答えた。

「どうもいろいろと、むずかしいことが多いんでね」

「そうですの?」

「そう、ちょっと不愉快なことなんですが、四人の容疑者がいて、そのうちの一人がやったに違いないんです。そこで、お訊きしたいんですが、あなたはこのシャイタナ氏にお会いになったこと、ありませんか？」

「いいえ」

「ドクター・ロバーツからお聞きになったことも」

「ぜんぜん――ああ、間違いました。一週間ほど前に、ドクター・ロバーツが手帳の予定表にシャイタナ氏、十八日八時十五分と晩餐の約束を記入してくれと申しましたわ」

「その時、あなたは初めてこのシャイタナ氏の名をお聞きになったわけですね？」

「ええ」

「彼の名前を新聞で見ませんでしたかねえ？　社交欄にはよく出るんですが……」

「社交欄を読むよりも、もっとほかにすることがございます」

「ああ、それはそうでしょう」警視は優しくうなずいた。「それはそうでしょう」ともう一度言い、それから、おもむろに口を開いて、「この四人の人々は皆シャイタナ氏とほんの知り合い程度だというんです。しかし、その一人が彼をよく知っていて、彼を殺したことは明らかです。それが誰なのか、それを見つけるのがこっちの仕事なんです」

ミス・バージェスは黙りこくっていた。彼女はバトル警視の仕事にはまったく興味がなさそうだった。彼女の主人の言いつけだから、警視の言うことを座って聞き、どうしても答えねばならぬ質問には答えているというありさまなのだ。

「そこで、ミス・バージェス、あなたにはわれわれのこの仕事のむずかしさが半分ほどもわかっていただけないようですが」バトル警視はバージェスから何か訊き出すのが大骨折りなことだと改めて思った。しかし彼は辛抱強かった。「たとえば人はいろんなことを言ってるんです。それをわれわれが全部信じるわけじゃない。しかし、それにしても、それに一応は注意しなければならんのです。特に、こういう事件では必要です。僕は別に女性のことを悪く言うつもりはないんですが、女の人は興奮すると、どうも口数が少し多くなりますね。別に根拠のない悪評を立てたり、あれこれのことをささやき合って、その事件には関係のなさそうな昔の醜聞といったものまではやし立てるんですから……」

「ほかの人が先生について何か言っているとおっしゃるんですの？」

「そうはっきり申し上げたわけではないんですが」バトルは用心深く答えた。「しかし、とにかく、変な死に方をした患者さんなんかについては、調べなければならないんです。おそらく、みんなでたらめだと思うんですが……先生にそんなことでいやな思いをさせたくありませんのでね」

「グレーヴズ夫人のことでそんな噂を立ててるんですわ、きっと」ミス・バージェスは憤慨したように言った。「本当のことを何も知りもしないで、勝手な噂をする人なんて、恥知らずですわ。年取ったご婦人の中には、毒殺されるんじゃないかと心配している人が多いんです――親類とか召使とか、ひどい人になると、医師にまで毒殺されるんじゃないかと疑うんですわ。グレーヴズ夫人はドクター・ロバーツのところへ来るまでに、三人の先生を渡って歩いているんですよ。ドクター・ロバーツにかかっても、殺されるんじゃあないかって妄想がとれないものだから、先生は喜んでリー先生に彼女を回したんです。こういう場合にはこうするのが一番いいんだって、ロバーツ先生はおっしゃっていましたわ。それからリー先生から、スティール先生へ、スティール先生からファーマー先生と変わって、しまいに死んだんです――しようのない人でしたわ」

「ちょっとしたことがひどい噂になるのには驚きますねえ。患者が死んだ時に医者が何かもらうと、世間の人はきまって何か意地悪い噂を立てますが、しかしですね、患者たちが感謝の気持ちから、大なり小なり、何らかの遺品や金を自分のかかった先生に残すわけですよ、ねえ」

「死人の親類たちがきっと何か言うわね」とミス・バージェスが言った。「あたし、死ぬことほど人間の意地汚なさをむき出しにするものはないと思っておりますの。まだ身体が冷えてしまわないうちに、誰が故人の何をもらうんだと、けんかが始まるんですもの、幸いに、ドクター・ロバーツには、贈り物でうるさい問題は起こったことありません。先生いつも患者から何ももらいたくないって言っていますの。一度五十ポンドの遺産をもらいましたわ。それから散歩用のステッキが二本と金時計一個。たったこれだけですわ」

バトルは溜息をついて、「お医者の仕事もむずかしいもんですな。うっかりすると恐喝されることも多いでしょうし、ごく何でもないことででも時にはひどい悪辣《あくらつ》な人間にされかねないんですからね。だからお医者さんは服装や容貌の効果にも気を配らなけりゃならんわけですな――格好が悪党じみているだけで、もう悪い評判が立ちますからな」

「あなたのおっしゃること、ほんとですわ。先生もヒステリーの女には手を焼きますのよ」

「ヒステリーの女。ああ、そうそう、あれにはまったく困りましたな」

「あのクラドック夫人のことをおっしゃってるんでしょ?」

バトルは考えるふりをして、「ええと、あれは三年前でしたね? いや、もっと前だったか」

「四年か五年前でしたわ。まったく変わった人――外国へ行ったんでほっとしましたわ。

先生もとても喜びましたの。あの人はご主人にあんな嘘を言うんですもの。お気の毒にね、ご主人もその頃にはご丈夫じゃあなかったもんで——もう病みはじめてたんですから、で、癰《よう》で亡くなられたんです。髭剃りブラシにばい菌がついててね」

「ああ、そうでしたね」とバトルは嘘をついた。

「それで、夫人はそれから外国へ行って、間もなく亡くなりましたわ。でも、ああいうのが男狂いの型《タイプ》っていうのじゃないかしら」

「そういう型がありますな。ああいうのはえらく危険ですよ。お医者さんが適当な場所に隔離してしまうべきですなあ。ところで、夫人が亡くなったのは、外国のどこでしたっけねえ？　ええと、たしか……」

「エジプトだったと思いますわ。敗血症になったんです——原地の伝染病がもとですって」

「もう一つお医者さんにとっていやなことがありますな」バトルは会話につじつまが合わぬのを平気で無視して、「患者にその親類のものが毒を与えているらしいことがわかった時です。こんな時に医者はどうしたらいいのでしょう？　そのことを確かめるか——それとも黙って見過ごすかですね。もし黙っているとすると、その後、こういった事件が話題になった場合、その医者の立場は非常にまずくなりますね。そういったようなことが、ドクター・ロバーツに今まで起こりませんでしたか？」

ミス・バージェスは考えながら、「そんなのは一度もなかったと思います。それに似たことも聞いたことありませんわ」

「統計的な立場からお訊きしたいんですが、一人のお医者さんのところへ来る患者で死亡する者は一年に何人ぐらいでしょう？　たとえばですね、あなたはドクター・ロバーツのところに勤めてもう年数で……」

「七年です」

「七年。で、その七年の間にほぼ何人ぐらい亡くなりました？」

「はっきり言えませんわ、正確にはねえ」ミス・バージェスは今では疑念を忘れてまったく打ち解けていた。いま、しきりにその計算に頭を悩まし、「二十七人か八人です——もちろん、正確には覚えていませんが——全部で三十人以上のことはありませんわ」

「じゃあドクター・ロバーツは大抵の医師より優秀ですね」バトルは優しく言った。「それに、先生の患者はほとんど上流階級の人たちで、自分の健康に気をつける余裕があるんでしょうね」

「お見立てがとてもよろしいって評判ですわ」

バトルは溜息をついて、椅子から立ち上がった。「どうもドクター・ロバーツと例のシャイタナ氏との関係という調査の目的から離れたようなことをしゃべってしまいました。彼が先生に診てもらわなかったことは確かでしょうね？」

「ええ、確かですわ」

「名前を変えて来たことはないかな？」バトルは彼女に一枚の写真を渡した。「全然見覚えないですか？」

「あら、何てわざとらしい格好の人なんでしょう。そう、ここにお見えになったこと絶対にございませんわ」

「そうですか。結構です。いろいろと調査に協力していただいてドクター・ロバーツには感謝のほかありません。どうか先生にそうお伝えください。それから、僕は先生が終わったので第二の人物を調べに行くともお伝えください。さようなら、バージェスさん。いろいろとありがとう」

彼は握手をし、ロバーツの家を出た。街を歩きながら、ポケットから小さな手帳を取り出すと、ロバーツの頭文字Rの下にいくつかの項目を書きいれた。

グレーヴズ夫人か？　そうらしくなし
クラドック夫人か？

もらった遺産なし
妻なし(気の毒)
死亡した患者を調査する——困難

彼は手帳を閉じると、ロンドン・アンド・ウェセックス銀行のランカスター・ゲイト支店に入っていった。

彼は職名の入った名刺を出して、支店長に個人的に面会を申し入れた。

「おはよう。じつはドクター・ジェフリー・ロバーツは、この銀行に口座を持っていると聞いたもんでね」

「さようでございます。警視さん」

「ここ数年のドクターの金の動きを知りたいんだが……」

「よろしゅうございます。何とかお見せいたしましょう」

三十分ばかり一生懸命調べたが、やがてバトルは溜息をつき、鉛筆で数字をいっぱい書いた紙をポケットにしまった。

「何かございましたか?」支店長が何か話してもらいたそうに訊いた。

「いや、何もない。これと思うものはぜんぜんないね。いや、とにかく、ありがとう」

ちょうどそれと同じ頃、ドクター・ロバーツは診察室で手を洗いながら、後ろに立っているミス・バージェスに訊いていた。

「あの刑事はどうだった？　そこらへんをかき回して、しつっこく訊いたのかい？」

「あたしは別に何も話しませんでした」ミス・バージェスは唇をきっと結んで答えた。

「ああ、そんなに黙ってることもなかったんだよ。訊かれたことはみんな話せって言ったろう。ところで、どんなことを訊いた？」

「ええと、シャイタナっていう人を先生が知ってるかどうかって、繰り返し訊きましたわ——変名で患者になってここに見えたんじゃないか、なんて言って。写真も見せてくれました。ずいぶんわざとらしい格好をした人なんですのねえ」

「シャイタナかい？　ああ、そう、現代の悪魔派ってとこだよ。みんなにもそんなふうに思いこませてた……ほかにバトルは何を訊いた？」

「別にありませんわ。ああそうでした、グレーヴズ夫人について、誰かがずいぶんひどいことを言ったんですって——それをあの人、聞きこんだらしくって、グレーヴズさんのこと、訊いてましたわ」

「グレーヴズ、グレーヴズ？　ああ、そうだ。あのお婆さんか。こりゃあ愉快だ」ドクターはすこぶるおかしそうに笑った。「こりゃあ、まったく愉快な話だよ」

彼は上機嫌で、昼食を食べに部屋を出ていった。

10　ドクター・ロバーツ（続）

バトル警視はエルキュール・ポアロと昼食をしていた。

警視が意気銷沈しているのにポアロは同情しているといったふうだった。

「では、午前の仕事はうまくいかなかったのだね？」ポアロは考えながら言った。

バトルはうなずいた。

「どうもポアロさん、こりゃ厄介な仕事になりそうです」

「彼をどう考える？」

「ドクターですか？　そう、やっぱり、シャイタナが言ったとおりだと思いますね。人を殺してますすよ。ウェスタウェイを思い出しました。それからノーフォークのあの弁護士。二人とも人が善さそうで自信たっぷりの様子だったし、世間の評判のいい点もあの医者とそっくりですよ。そしてひどく頭はよかった――ロバーツもやはりそうですね。そうかといって、ロバーツがシャイタナを殺したことになりませんし――事実わたしはそうとは思わんのです。医者ですから、シャイタナが目を覚まして大声をあげるかもしれんという危険を、素人よりもよく知ってたでしょう。とすればあんな危ない殺し方はまずやりませんよ。どうもロバーツがやったんだとは思えませんね」

「しかし、ロバーツが前に人を殺したとは考えているんだね？」

「おそらく、ずいぶん殺してるでしょう。ウェスタウェイがやはりそうだった。ですが、はっきりさせるのはむずかしいですね。彼の銀行預金も調べたが――別に怪しいところもない――大金が一時に払い込まれた跡もありませんしね。とにかく、ここ七年ばかり、患者から遺産を受けたことはないんです。したがって、何かをもらいたくてやる殺人は考えられんです。彼は結婚したことがない――だから気の毒にも――医者が簡単に自分の女房を殺すっていう理想的機会には恵まれずにいます。それに彼の生活は贅沢ですが、しかし、患者の金持ち階級からだいぶしぼってますからね……」

「すると、今までのところ彼は非難する余地のないように見えるし――おそらく、そういう生活をしてきたんだと……」

「そうなんです。ですが、彼が人殺しをしていると、わたしは確信したいですね。ある女性と――彼の患者の一人でね――クラドックという名の女性と、間違いがあったらしいんです。これは調べる値打ちがありますね。誰か部下に調べさせますよ。この女はエジプトで、風土病か何かで死んだんで、それに怪しい点があるとは思いませんが——彼の性格、ものの考え方を知るたしにはなると思うんです」

「夫がいたのですか」

「ええ、その夫は癰《よう》で死んでいるんです」

「癰《よう》？」

「そうです。あの当時、安い髭剃りブラシをたくさん売っていたことがありますね——細菌のついたのが中にまじっていたそうですが、それから伝染したんだそうです」

「つじつまが合いすぎますな」とポアロが指摘した。

「わたしもそう考えていたんです。その夫がみんなに知らせるぞと、脅迫していたとしたら……しかし、これは臆測にすぎんです。証拠がないですから」

「勇気を出しなさい。君は忍耐強い人です。最後には両腕に抱えきれないほど証拠を挙げられますよ」

「そして前が見えなくなって溝に落っこちるんですか」警視は笑い、それからだしぬけに尋ねた。「ポアロさん、あなたの方はどうなんです？　何か始めますか？」

「私もドクター・ロバーツを訪ねようと思っています」

「一日に探偵が二人も訪ねたら、彼に少し用心させてしまいませんか？」

「いや、私は慎重にやります。彼の過去を尋ねたりはしない」

「どんなふうにおやりになるのか、知りたいですね」バトルはいかにも聞きたそうだった。「でも、お話ししたくなかったら、強いてとも言えませんが……」

「いいえ《デュ・トゥ》——いいえ《デュ・トゥ》。かまいませんとも。ブリッジについてちょっと話をしたいんです。それだけ」

「また、ブリッジ？　ポアロさんはブリッジにずいぶん執着してるんですね」

「これは非常に役に立つ材料だと思うのでね」

「なるほど、人にはそれぞれの行き方がありますからな。わたしはそういう空想的なというか、派手な方法はやりませんね。わたしの流儀じゃないですよ」

「じゃあ、警視、君の流儀は？」

　警視は、いたずらっぽく光るポアロの眼を、自分もいたずらっぽい目つきで見返した。

「誠実かつ真面目で熱心な警官は身を粉にして任務を遂行する——わたしの流儀もこれです。地味に、足をつかってする。真面目に汗をかいて——頑固で、少し馬鹿馬鹿しいと見えるぐらいのやり方、これすなわちわたしの流儀ですね」

　ポアロはグラスを挙げて、「たがいの流儀のために乾杯しましょう——二人の協力が成功するように……」

「レイス大佐がデスパードについて、何か知らせてくれると思うんです。あの人はたくさん情報網を持っていますから」

「で、オリヴァさんは？」

「うまく行くかどうか五分五分のところじゃないですか。わたし、あの人が好きですよ。馬鹿馬鹿しいことばかり言っていますが、元気がいいですからね。それに女は得で、他の女のことになると、男じゃあ取れないような情報が取れますからね。あの人も何か役に立つ種を見つけるかもしれませんよ」

そこで二人は別れた。バトルはこれからの捜査に必要な指示を与えるために、警視庁へ帰った。ポアロはグロスター・テラス二〇〇番地に出かけた。

ドクター・ロバーツは彼を迎えると、おどけたように眉を上げて、「一日のうちに探偵が二人もご入来。晩までには手錠ですかな」

ポアロは微笑した。

「ドクター・ロバーツ、正直なところ、私はあなたばかりを特別に注意いたしているのではありません。他の三人の方などと同じに公平に見ております」

「それはありがたいですね。煙草は？」

「いや結構です。私はこれがいいんです」

ポアロは自分の小さいロシア煙草に火をつけた。

「で、どういうことを知りたいんです？」

ポアロは一、二分黙って煙草をふかしていたが、やがて、

「ドクター、あなたは人間をくわしく観察しているでしょうね？」

「さあ、どうですかね。まあ、そうでしょう。医者はそうじゃなきゃいかんですから」

「私の考えていたとおりでした。私はこう自分に言いました。〝医者はいつも患者を注意して見ている——その表情、顔色、呼吸の早さ、不安の徴候——こういうものを自分では別に注意していなくても、自然に観察しているものだ。したがって、ドクター・ロバーツはきっと助けてくれる……〟」

「ああ、喜んでお助けしますよ。問題は何です？」

ポアロはきれいな小さい紙入れから、丁寧に折りたたんだ三枚のブリッジ得点表を出した。

「これがあの晩の最初の三回戦《ラバー》ですね、これが第一回戦で——メレディスさんの書いたものです。で、これで記憶をあらたにされて、どんなふうに戦いが進行したのか、話していただきたいのです」

ロバーツは驚いて、ポアロを見つめた。

「冗談でしょ、ポアロさん。覚えちゃあいませんよ」

「覚えていらっしゃらない？　覚えていらっしゃると、まことにありがたいんですがねえ。まあ、この表を見てください。第一戦《ゲーム》の切り札はハートかスペードなんですよ。先にドクター側が立って落としていたとしたら、敵の最初のボーナス点は五〇点のはずですから」

「ええと最初の回《ハンド》ですね。わかりました。向こうがスペードを切り札にして、三〇点余計に稼いだんです」

「で、次の回《ハンド》は？」

「僕たちは一つダウンして、敵に五〇点取られたが――せり落とした《ディクレアラー》のがデスパードだったか、僕だったか、それに切り札が何の札だったんだかも忘れましたね。ポアロさん、僕はそんなことまで覚えてられませんよ」

「どんなせり《ビッド》をやったか手札が来たか、一つも覚えていないですか？」

「僕がグランド・スラム（十三組全部をとること）をやった――それは覚えてますよ。それもダブラれたやつなんです。それから、一か八かの勝負で負けたのを覚えてる。スリー・切り札なし《ノートランプ》でやったんです。これで、すっかりすっちまった。いや、これは後のことでしたがね」

「その時は誰と組んでいました」

「ロリマーさんです。たしか、ちょっと苦い顔してましたよ。僕があまり高くせり上げ《ビッド》るんで気に入らなかったんですな」

「それで、ほかの手札やせり《コール》は覚えていないですか？」

ロバーツは声を出して笑いながら、「いや、ポアロさん、そこまで僕が覚えていると思うんですか？　第一あの時人が殺されたんですよ――あれを見たら、大抵のものはどんな素敵な手のことだって、忘れちまいますよ。それに、あれからだって、僕は少なくても六、七回はブリッジをやってるんですからね」

ポアロはがっかりしたように黙っていた。

「申し訳ないですね」ロバーツが言った。

「いや、気にしないでください」ポアロはゆっくりと、「少なくとも、どんな手《ハンド》が来たか一つや二つは覚えていられると思っていたのです。それを覚えていられると、これからお訊きすることもすぐお答えになれると思ったもんで……」

「というと、このほかに何か……」

「ええ、たとえばあなたと組んだ人がまったく簡単な切り札なし《ノートランプ》の勝負で札を出し損なったり、相手の人が、わかりきった札を台札《リード》にし損なって、あなたが思いがけない勝ちを拾ったなんていうことを教えていただけるかと思っていたのです」

ドクター・ロバーツは急に真面目な顔つきになった。そして椅子から身体を乗り出して、

「ああ、あなたの考えてることがやっとわかった。どうもすみません。さっきはあなたが冗談言ってるんだとばかり思ってましたよ。結局、この犯人は――まんまと人殺しをやりおおせたこの犯人はですよ――罪の意識でブリッジをやっている間に、きっと他の人とは違ったことをしただろう、というんですね」

ポアロはうなずいて、「そのとおりです。あのとき勝負した四人ともおたがいに相手の勝負のやり方を知っている人たちだったら、事件の鍵はそこから手に入ったでしょうね。突然勘がにぶくなったり、勝負にいくところを間違えたりしたら、すぐ気づかれるはずでした。ところが、残念なことに、おたがいに全然知り合いではなかった。それで勝負をしている最中の変化にも気づかれなかったわけですな。しかし、考えてみてください、ドクター。一つ考えてみてください。誰かが何か変わったことを――急に明らかな間違いをしたなんていうことを、思い出しませんか？」

ドクター・ロバーツはしばらく黙っていたが、やがて、首を振って、「どうも駄目ですね。お役に立ちませんねえ」と率直に話しだした。「どうも覚えていない。言えるの

は前に話したことばかりですね。ロリマーさんの腕は一流で――僕が気がつくような失敗はまったくなかった。初めから終わりまで冷静な顔でしたよ。デスパードも大体よかった。ちょっと定石どおり運びすぎたけれど――特にせり《ビッド》の時などは定石以外の何ものでもないですね。ああ基本通りでは、長蛇を逸しますよ。それから、ミス・メレディス……」言葉が途切れた。

「で、ミス・メレディスは？」ポアロは後をうながした。

「彼女は一度か二度間違いをしましたよ――これは覚えてる――だいぶおそくなってからだった。しかし、これは疲れたからでしょうな。あんまりブリッジをやりつけてないから疲れたんですね。それに手も震えて……」彼はそこで口をつぐんだ。

「いつ彼女の手は震えたんですか？」

「いつだったか、覚えていないですねえ――彼女はただちょっと興奮してただけでしょう。ポアロさん、どうもあんたは僕に、妙な想像ばかりさせますな、困りますよ」

「申し訳ありません。ところで、もう一つあなたにご援助を願う点があるんですが……」

「ほほう、それは？」

ポアロはゆっくりと、「これはむずかしいのです。いいですか、こちらから誘導的に質問はいたしません。私がこれこれのことを覚えておいでですかと訊けば――その、ですね、何かを先にあなたの頭に入れてしまうことになります。それではあなたのお答えの値打ちが少ないものになります。そこで今度は別の方法でやってみようと思うんです。ドクター・ロバーツ、あなた方がブリッジをしていた部屋の中にあったものを言ってみてくれませんか」

ロバーツはすっかり驚いたようだった。「部屋の中にあったもの？」

「どうぞお願いします」

「さあ、どこから始めたらいいかなあ？」

「どこからでも結構です」

「そうですね、家具がずいぶんたくさん……」

「いや《ノン》、いや《ノン》、どうか、もっと細かく」

ドクター・ロバーツは溜息をついたが、競売人のような、ふざけた調子で始めた。

「ええと象牙色綴織《つづれ》カバーの大長椅子一つ。カバーは緑色の同じく長椅子一つ。大椅子四、五脚。ペルシャ絨毯八、九枚。ナポレオン時代風の小型金めっき椅子十二脚一組。ウイリアム三世時代の大机。――まったく僕は競売人みたいな気分になってきましたよ。――それから、実に美しい中国製キャビネット。グランドピアノ。家具はそのほかにもあったが、注意して見なかったですね。日本の版画が六枚、これは一級品だった。鏡の上に中国の絵二枚、大変立派な嗅煙草入れが五、六個。日本の象牙の根付《ねつけ》がこれも五、六個、これは一かたまりに机の上にのっていた。古い銀の皿形の大盃数個、チャールズ一世時代のものでしょう。バターシーの焼付ガラスの破片一、二個……」

「素敵《ブラボー》、素敵《ブラボー》」ポアロが賞めた。

「古いイギリスの鳥の置きもの一組――そして、たしか、ラルフ・ウッド製の肖像、それから、東洋のものがありましたっけ――銀で複雑な模様のものです。宝石類もありましたが、よく覚えていません。チェルシー焼きの鳥が五、六体ありましたね。ああ、それからガラス箱に細密画があった――きれいな素晴らしいものだったな。もちろんこれで全部じゃありませんがね――いま急に言われて思い出せるのはこんなところです」

「たいしたものです」ポアロも賞嘆の声を上げた。「あなたの観察力はたいしたものです」

ドクターは気になるように、「あなたの考えていたものを、僕は覚えてましたかね?」

「それはおもしろい問題です」とポアロは言った。「もしあなたが、私の考えているものを覚えていたら、それこそ私は驚嘆してしまいます。しかしやっぱり私の想像どおり、あなたは思い出せませんでした」

「なにを、です？」

　ポアロは目をくるくるさせて、

「おそらく――覚えていようにもそこにはなかったものですから……」

　ロバーツはポアロをにらみつけるように見ていたが、「というと、そこにないものを、たとえば……」

「たとえばシャーロック・ホームズみたいに、とおっしゃるんでしょう。夜になってもその犬は吠えなかった。これはおかしいぞ！　そうなんです。私だって、ほかの方たちのやり方と同じようなものです」

「ポアロさん、あなたが何を狙ってるのか、僕にはちっともわからんですよ」

「ああ、それでいいのです。実を申しますと、私の狙っているちょっとした効果は、そういうところから生じるのですから」

　そして、ドクター・ロバーツがまだ訳がわからんといった顔つきでいるのに、ポアロは立ち上がって、微笑しながら言った。

「少なくとも、これだけはおわかりになっていただきましょう。あなたが今お話しになってくださったことは次の人を訪ねた時に、大変に役に立つに違いありません」

ドクターも立ち上がった。「どう役に立つか、見当がつかんですが、まあ、お言葉どおりに受け取りましょう」

二人は握手した。

ポアロはドクターの家の石段を下り、走っているタクシーを呼びとめた。

「チェルシーのチェーン小路一一一番」と運転手に行先を告げた。

11　ロリマー夫人

チェーン小路一一一番地の道には気のきいたきれいな家が静かに立っていた。ドアには黒くペンキが塗られ、踏段はよく洗われていて、真鍮のノッカーと取っ手が午後の太陽に光っていた。

ドアを開けた年取った小間使も真っ白のこざっぱりした帽子とエプロンをつけていた。

ポアロの質問に答えて、奥様は家にいると答えた。

彼女は狭い階段を上へ彼を導きながら、

「お名前は？」

「エルキュール・ポアロです」

これといって変わった所もないL字型の応接間に通された。ポアロは細かな点まで気をつけながら、見回した。旧家風の、よく磨かれた上等な家具。椅子と長椅子に張った更紗《さらさ》がすれて光っていた。写真の入った銀の写真立てが三つ四つ古めかしく並んでいる。

しかし部屋の広さと採光の具合は申し分ない。それにたいへん美しい菊の花が長口の瓶にさしてあった。

ロリマー夫人が入ってきて挨拶した。

彼が訪ねてきたのにはさほどびっくりした様子もなく握手をかわすと、彼に椅子をすすめた。そして自分も腰を下ろし、お天気がよくて結構だと言った。

言葉がちょっと途切れた。

「マダム、突然お訪ねしたことをお詫びいたします」エルキュール・ポアロが言った。

相手をまともから正視しながら、ロリマー夫人が尋ねた。

「私立探偵としてあなたはいらっしゃったんですか？」

「実はそうなんです」

「ねえ、ポアロさん、わたしはバトル警視や警察の人には、お尋ねになることに素直にお答えもし、知っていることはお話ししようと、思っているんですが、私立探偵の方にも同じようにする義務はありませんでしょう？」

「マダム、それはよく存じております。で、おいやでしたら、ドアをお指しください。私はただちに玄関口へ行進いたしますから」

ロリマー夫人はほんのかすかに微笑した。

「まだそんなにひどいことをいたす気はありませんよ。じゃあポアロさん。質問は十分間にしてください。十分たったら、ブリッジの会に出かけなくてはならないんですから……」

「十分で充分と存じます。マダム、あの晩ブリッジをおやりになっていた部屋——シャイタナ氏が殺された部屋なのですが——あの部屋でお目にとまったものを言っていただきたいのです」

ロリマー夫人は眉をぴくっと上げて、「おかしな質問ですね。なんのことだかわかりませんよ」

「マダム、ブリッジをやっている最中に、誰かにこんなことを訊いたとします——なぜいまエースを出したんですか——あるいは——キングを出したら勝てるのに、ジャックを出してクイーンで取られちゃったのは、どうしたわけか——とかね。こんなことを質問されたら、あなたはどうも面倒な質問だとお思いになりませんか——長たらしく説明してやらねばわからない、とお思いでしょう？」

ロリマー夫人はかすかに笑った。

「というと、この探偵の仕事ではあなたが専門家でわたしは見習いだから、というわけですね。たしかにそうだわ。じゃあ余計な質問はよしましょう」彼女はちょっと考えていたが、「大きな部屋で、立派なものがたくさんありましたよ」

「どんな物だったか言ってくださいい」

「ガラスの造花があった――モダンで――美しいものだったわね。それに中国か日本の絵が四、五枚あったようだし、それから、小さな赤いチューリップの鉢――あれはずいぶん早咲きでしたよ」

「そのほかには？」

「どうも細かくは覚えていないようだわ」

「家具はどうでした――覆いの色を覚えていませんか？」

「絹のようだったわ、たしか。それしか覚えていませんね」

「いろいろ小さな物が並べてありましたが、その中で何か覚えていませんか？」

「覚えていません。ずいぶんありすぎてね。まるで収集家の部屋に入ったような気がしました」

しばらく、沈黙が続いた。ロリマー夫人はちょっと微笑を浮かべながら言った。「お気の毒ですね、お役に立てなくって」

「実はほかにもお尋ねしたいことがありますが」とポアロはブリッジの得点表を取り出し、「これが最初に行なわれた三回戦《ラバー》の表なのですが、これを基にして、勝負のありさまを話していただけますでしょうか」

「拝見」ロリマー夫人は興味をひかれたらしく、身をかがめた。

「これは第一回戦《ラバー》ですね。メレディスさんと組んで、男の方二人を相手にしたんですよ。初めのゲームはフォー・スペードで、わたしたちが一つ余分に取りました。二回目はロバーツのツー・ダイヤを一つダウンさせたんですよ。三回目はせり合い《ビッド》が激しかった。メレディスさんがパスをして、デスパード少佐がワン・ハートときました。わたしもパスをしたら、ドクター・ロバーツはスリー・クラブにジャンプしました。するとメレディスさんがスリー・スペードとせり上《ビッド》げて、デスパード少佐がフォー・ダイヤと返し、わたしがそれをダブったら、ドクター・ロバーツがフォー・ハートに替えて、結局そこに落ち着いたけど、男側は一つ落《ダウン》としたんですわ」

「素晴らしい。なんとみごとな記憶力でしょう！」とポアロが声をあげた。

ロリマー夫人はそれを無視して言葉を続けた。

「次の回はデスパード少佐がパスをして、わたしがワン・ノートランプでオープンした。するとドクター・ロバーツがスリー・ハートとせり上げ、メレディスさんがパスをしたので、デスパードがさらにフォー・ハートに上げた。そこでわたしがダブって勝負して、彼らをツー・ダウンさせた。次の回はわたしが札を配《ディーラー》り、フォー・スペードで勝ったんですよ」

　彼女は次の表を取りあげた。

「それは読みにくいです。デスパード少佐は得点に線を引いて計算してますからね」とポアロが言った。

「この戦いは、たしか初め両方とも五〇点ずつ負けたわ。それから、ドクター・ロバーツがファイブ・ダイヤと宣言したのをわたしたちがそれをダブって、スリー・ダウンさせた。それからわたしたちはスリー・クラブを成立させたけど、すぐに相手にフォー・スペードでゲームを先取された。第二戦はファイブ・クラブでわたしたちがゲームを取って、すぐに一〇〇点負けた。それから、相手がワン・ハートで勝ち、こっちはツー・切り札なし《ノートランプ》で勝ち、最後にフォー・クラブで勝って、第二回戦《ラバー》の勝ちをものにしたんですよ」

　彼女は次の表を取りあげた。

「この三回戦は熱戦でした。初めは穏やかに始まったわ。デスパード少佐とミス・メレディスがワン・ハートで勝ち、こっちはフォー・ハートとフォー・スペードと二回挑戦したんですが、いずれも負けて五〇点ずつ二回取られてしまいました。ところが相手はフォー・スペードでゲームをさらった。こう勝運に恵まれては仕方ありません。それから三回続けて負けました。ただしダブられて負けるんじゃないのが幸いでした。次のゲームはこっちがスリー・ノートランプでもらった。それから接戦が始まったんですよ。おたがいに交替で落としたり落とされたりです。ドクター・ロバーツの心臓の強い勝負手は一、二度失敗したけれど、結局成功しましたね。というのはね、彼のはったりでメレディスさんすっかりおじけちゃって、まともにせり《ビッド》ができなくなったんですよ。そんなことが二度以上ありましたね。それから、彼がいきなりツー・スペードをビッドしたのに、わたしがスリー・ダイヤと返し、彼がフォー・切り札なし《ノートランプ》とビッド、これにわたしがファイブ・スペードと答えたら、彼は急にセブン・ダイヤにはね上げたんです。もちろん、敵はさっそくダブルしましたよ。彼はそんな高い賭け《コール》をする手ではなかったのですものね。ところが、奇蹟みたいに、この勝負が勝ったんじゃありませんか。初め、彼の手がさらされた時、まさか勝てるなんて思わなかったですよ。もし相手がハートを台札《リード》にしてくれれば、わたしたちはスリー・ダウンするところだったんですからね。ところが相手はクラブのキングを出してきたものだから、勝ったんです。まったくあれには興奮しちゃいましたよ」

「そうでしょうとも。グランド・スラムの勝負で——しかも、バルネラブル（一つのラバーでワン・ゲームを取っている状態）の割増し点やダブル（得点を倍にする宣言）もついてるんですからね。興奮もしますね。

私、自分でもわかります。私にはそういう大勝負、する勇気ありませんですね。ゲームを取れれば満足しますね」

「まあ、それだけじゃいけませんね。勝負は勝負らしくしなくちゃね」

「危険も冒せとおっしゃるのですか？」

「せり《ビッド》を正確にすれば危険はないですよ。数学的な確率がありますからね。情けないことに、正しいビッドをする人って少ないわね。最初のビッドはみんな心得てるんですけど、だんだん頭が混乱してくる。勝つカードのある手札と、負けるカードのない手札という、この区別が頭の中でできなくなるんですよ――ああ、ポアロさん、ブリッジの講義をする気じゃなかったけれどつい……」

「マダム、きっと、私の手もおかげで少しは上達するでしょう」

ロリマー夫人はまた得点を調べだした。

「あの興奮した勝負の後はおとなしい勝負になったわ。四回戦の得点表をお持ち？　ああ、これ、どちらも負けず劣らずの――シーソー・ゲームでした」

「夜がふけると勝負はどうもこうなりますね」

「初めのうちはおとなしくやっていますが、しまいにはカードにあおられてくるんですよ」

ポアロは表を集めると、頭を下げ、「マダム、すっかり感心いたしました。奥様のトランプ札の記憶力はたいしたものです――まったく素晴らしいです。あなたは、言ってみれば、遊んだ時の一つ一つの札を全部覚えていらっしゃいますね」

「ええ、だいたいね」

「記憶力は貴重な贈り物です。それがあれば過去もけっして過ぎ去ったものになりません――マダム、あなたには過去のことも、目の前に巻物を広げるように開けて、すべての出来事が昨日のようにはっきり映るんじゃございませんか？」

彼女はすばやくポアロを見やった。大きく開いた目に疑惑の影が過ぎた。しかし、それは一瞬であった。すぐに、もとの交際慣れた婦人の姿に返った。しかし、ポアロはその影を見逃さなかった。彼の放った矢は的を貫いたのだ。

ロリマー夫人は立ち上がった。

「申し訳ないけど、もう出かけなければなりませんの。本当にすみませんが――でも、どうしても遅れられませんのでね」

「ええ、もちろんさようでしょう――さようでしょうとも。お手間を取らせたことをお詫びします」

「お役に立たなくてすみませんね」

「いや、ずいぶん助かりました」とポアロ。

「そうは自分でも思えませんけどね」彼女の言葉には強い調子がひそんでいた。

「でも、本当なのです。あなたは私の知りたかったことを話してくださいました」

彼女はそれが何であるかを尋ねなかった。

彼は手を差し出した。「長いことありがとうございました」

彼女はポアロの手を握りながら言った。「ポアロさん、あなたはずいぶん変わった方ですね」

「マダム、私は神様につくられたままの人間です」

「でも、そう言えば、わたしたちもみんなそうだけども……」

「マダム、全部がそうではございません。神様からいただいた自分を変えようとしたものもございます。たとえば、シャイタナ氏がそうでした」

「どんな点で？」

「彼は美術品《オブジエ・ドウ・ヴィルテユ》や骨董《ブリカ・ブラク》といった美しいものが大好きでした——それだけで満足していればよかったのです。ところが、彼はほかのものを集めはじめたのです」

「どんなものですか？」

「さよう——スリルや興奮などとでも申しましょうか」

「でもそれはあの人の性格の中に《ダン・ソン・キャラクテール》あったんじゃございませんか？」

ポアロは重々しく首を振った。

「彼は悪魔の役を大変うまくやりこなしましたが、悪魔ではありませんでした。本当は《オ・》むしろ《フォン》、彼は愚かだったんです。ですから――彼は死にました」

「彼が馬鹿だったから？」

「マダム、罪はけっして許されることなく、常に犯したものを罰すものでございます」

ちょっと沈黙が続いた。やがて、ポアロが、「マダム、私は失礼します。本当にありがとうございました。あなたからのお使いが来ない限り、私の方からふたたびお伺いすることはありませんでしょう」

彼女の眉がきっと上がった。

「まあ、ポアロさん。どうして、あなたに使いを出す理由がありますか？」

「そういうことがあるかもしれないと思ったのです。でも、その時には必ずお伺いします。このことはお忘れにならないようにしてください」

彼はもう一度頭を下げると、部屋を出た。

通りで、彼は一人言を言っていた。

「そうだ――私は正しいぞ――正しいに違いないのだ」

12　アン・メレディス

　オリヴァ夫人は小さな二人乗りの自動車の運転台から下りるのに、大骨折りだった。それというのも、第一に現代の自動車製造者が、ハンドルを握る者はみな、すんなりした脚の持ち主ばかりだと考えているからである。それに加えて座席の低いのが流行ときている。そこで、肉付きのいい中年の婦人が運転台に座ると、外へ出るのに身体をあっちへやったり、こっちへやったり、超人的努力をしなければならなくなる。第二には運転台の横の席に、地図が五、六枚、ハンドバッグ、小説本三冊、りんごの大きな袋といったものが、雑然と積みこまれていたからだ。オリヴァ夫人はりんご好きで、『排水管の中の死体』の錯綜した筋を考えていた時は、続けて五ポンドも食べたそうだ。そして胃が痛みだしてから、あと一時間十分したら自分を主賓にして開かれる重要な昼食会に出なければならぬと気がついて大いに慌てたものである。

　うんとこしょと身体を懸命に持ちあげ、また閉まりかかるドアを膝で押して、やっとのことで外へ出ると、その勢いで夫人は思わずよろめきながら、舗道に立った。りんごの芯がいくつか座席から夫人の足許にころがりだした。しかしいま、目的のウエンドン荘の入口は目の前にあった。

彼女はほっと溜息をつき、カントリー・ハットをひどくあみだに押し上げ、わざと着こんだ田舎風のツイードの服を満足げに眺め、それからうっかりロンドンではくエナメルのハイヒールをはいてきたのに気づいてちょっと眉をひそめた。それからウエンドン荘の門を開け、板石の敷いてある小路を玄関に向かって歩いていった。彼女はベルを鳴らした。それからひきがえるの頭の中におさまっているちょっと変わったノッカーをたたいた。ノッカーはタッタッタッと小さな可愛い音を立てた。

なんの答えもないので、もう一度やってみた。

一分半もたつと、オリヴァ夫人は待ちきれずに、様子を見ようと家の横手へ足早に回っていった。

家の裏には小さな古風な庭園がつくられていて、アスターや痩せた菊が植わっていた。庭園の後ろに畑が連なり、その後ろには河が流れていた。十月だったので、陽の光は暖かかった。

二人の女が畑の中を家の方に歩いてくるところだった。門を入って庭園に来かかると、先に歩いていた女ははっとして立ち止まった。

オリヴァ夫人は前に乗り出して、「メレディスさん、こんにちは。あたし覚えてるでしょ？」

「ええ――ええ、もちろんです」アン・メレディスは急いで手を差し出した。驚いたように目を大きく開けていたが、やがて、気を取り直すと、

「こちら親友のローダ・ドーズさん――一緒に暮らしてるんです。こちらはオリヴァさん」

色の浅黒い、背の高い、活発そうな娘だった。彼女は興奮して、

「あら、あのオリヴァさんですの？　アリアドニ・オリヴァさんですの？」

「そうですよ」とオリヴァ夫人は答え、アンに向かって、

「どっかで一緒に座らない？　ね、お話ししたいことがうんとあるんだから」

「ええ、それにお茶を差しあげ……」

「お茶は後でもいいですよ」

アンは先に立って、ちょっとした庭の空地へ歩きだした。そこにはいささかよごれた籐椅子が並べてあった。オリヴァ夫人は注意して一番頑丈そうに見える椅子を選んだ。今までこういう見かけばかりよくて弱い椅子に座って、椅子をつぶしたり、床に尻もち

をついたり、いろいろ情けない目にあってきたからである。

「そこで、ねえ」彼女はてきぱきと言った。「おたがい、遠回しに話すのはよしにしましょうよ。この間の晩の殺人事件のことね。これ、あたしたちの手でなんとかしなきゃならないと思うの」

「なんとかするって？」とアンが尋ねた。

「もちろんよ。あんたがどう考えてるか知らないけど、あたしは犯人の目星、ちゃんとついてるの。あの医者、何ていったっけ、名前は？　ロバーツ。そうそう、ロバーツですよ。これ、ウエールズ系の名前ね。あたしはウエールズ人なんて絶対に信用しないの。むかしウエールズ人の乳母にお守りしてもらったんだけど、彼女、あたしをハロゲイトに散歩に連れてって、あたしを忘れて家に帰っちゃったんだからね。実に頼りにならないわよ。まあ、乳母のことはとにかく、やったのはロバーツ——これが要点。それで、あんたと二人で知恵を合わせて、彼がやったと立証しましょうよ」

突然ローダ・ドーズが笑いだした——それから、彼女は顔を赤くして弁解するように、

「すみません。でも、あなたが——想像してた方とあんまり違うもので……」

「失望したでしょ」オリヴァ夫人は平気な顔で言った。「もう慣れてますよ。別に気にしないわ。問題は、ロバーツが犯人だって立証することよ！」

「でも、どうやって？」とアンが言った。

「ああ、アン、そんなに敗北主義的になっちゃ駄目よ」ローダ・ドーズが大きな声を出した。「オリヴァさんは大丈夫よ。そんなことよく知っておいでだわ。スヴェン・イエルソンみたいになんでも解決しちゃうわよ、きっと」

自作に登場するフィンランド人の名探偵スヴェン・イエルソンの名前が出ると、オリヴァ夫人もちょっと顔を赤くしたが、「どうしても証明しなきゃあね。どうしてってね、そうしなきゃあ、あんたがやったんだと人に思われるものね」

「どうしてそう思われるんですの？」そう尋ねたアンの顔には赤味がさしてきた。

「世間の人間がどんなに口やかましいか、あんただって知ってるでしょ。あの四人のうちの、三人は犯人じゃないとしたって、その人たちも犯人と同様に疑われたり噂されたりしてるんですよ」

アン・メレディスはゆっくりと、

「オリヴァさん、あなたがどうしてあたくしのところへいらっしゃったのか、まだよくわかりませんわ」

「あたしの考えじゃあ、あとの二人は放っといてもかまわないのよ。ロリマー夫人は一日中ブリッジ・クラブで、ブリッジをやっているような人よ。こういう人は装甲板でできてるようなもの。ひとがどう攻撃しようと平気の平左……それにあの人は年寄りで、先がないもの。たとえ人殺しだって言われてもかまわない。ところが娘の場合は別ですよ。まだ先が長い身なんだから、妙な噂など立てられたら、一生傷がつきますよ」

「では、デスパード少佐は？」とアンが訊いた。

「そりゃ、あんた」オリヴァ夫人は軽蔑したように言った。「彼は一人前の男ですよ。ちゃんとした男には心配しないこと。自分の面倒は自分で始末するものね。それにデスパード少佐は危険の多い生活が好きでしょう。今度の事件だって、彼はイラワジ河——いや、リンポポだったかな——とにかく、そんなアフリカの河の岸でやる代わりに本国で楽しめるスリルだぐらいにしか、考えてやしませんよ。ねえ、だからこの二人はどちらも心配なんぞしないでいいの」

「ご親切、ありがたいですわ」とアンがゆっくりと言った。

「まったくひどいことが起こったものねえ」とローダが言った。「アンはびっくりしちゃってるんですの。とてもびくついてるわ。でも、あなたのおっしゃること、正しいと思いますわ。ここに座って、そのことばっかり考えているのより、何か行動するほうがよっぽどましだわ」

「もちろんそうですよ。本当のことを言うとね、あたしは実際の殺人事件にぶつかったの、初めてなの。それに、もうひとつ打ち明けて言うと、本当の殺人事件ってあたしの手に負えそうもないの。本の中でいつもこっちの勝手に作りつけてるでしょ。だから本物だと困っちゃうの。でも、だからって、あたし、自分だけ探偵の除け者にされたくないわ。あとの三人が楽しんでるのに、あたしだけぼんやり見てるなんて癪よね。あたしはいつも言ってるんだけれど、女性が警視総監だったら……」

「——だったら？」ローダは口を開け、身を前に乗り出した。「あなたが警視総監だったら、どうなさいますの？」

「あたしはすぐにドクター・ロバーツを逮捕して——」

「それから？」

「でもね、あたしは警視総監じゃなくって」とオリヴァ夫人はこの危なっかしい話から後退しはじめて、「ただ一人の女にすぎないんだから……」

「ああ、そうじゃあございませんわ」ローダが訳のわからぬお世辞を言った。

「ねえ、ここに三人の人間がいるわね——みんな女性よ。どう、みんなで知恵を出し合って、この事件を解決しない？」

アン・メレディスは何か考えているようにうなずいていたが、

「どうしてドクター・ロバーツがしたとお考えですの？」

「彼はそういう男ですよ」オリヴァ夫人はすぐに答えた。

「ですけれど……」アンはためらっていたが、「お医者さんって……毒薬かなんかのほうがお医者さんには、ずっと簡単なんじゃないかしら？」

「全然駄目ね。毒薬――って言うより、薬はなんでも、すぐに医者ってわかっちゃいますからね。まして専門の毒薬は医者しか使えないとすぐ考えつかれるもの。だから、彼が医者であればなおさら、自分の商売に使うものは使わないように特に注意をしたのよ」

「ああ、そうですね」とアンはまだ疑いのとけないような面持ちでうなずいたが、続いて、「でも、なぜあの人、シャイタナさんを殺そうと思ったのかしら？　それはどうお考えですの？」

「あたしの考え？　それはいくらでもありますよ。実際を言うとね、ありすぎて困っちゃうの。いつもそれで悩んじゃうわ。あたしにはね、一つの筋だけしか頭に浮かばないなんてことはないの。いつも、少なくとも五つの筋は考え出せるのよ。それだから、どれを採ろうかっていうことで苦しんじゃうの。この殺人事件にもね、ちゃんとした理由が六つは考えられるわね。ただ、どれが正しいかを知る手立てが全然ないんで、困っちゃうの。第一に、たぶんシャイタナは高利貸だったとするの。いかにもそんなずるそうな顔してたもの。ロバーツは彼のわなにかかった。で、借金を返せなくなって、殺しちゃった。そうでなければ、シャイタナが彼の娘か妹を堕落させたと考えるの。それからロバーツが重婚をしていて、シャイタナに知られたということも考えられるし、じゃなきゃあ、ロバーツがたぶんシャイタナのまたいとこと結婚をしていて、その関係から、シャイタナの全財産を相続することになっていたというわけ。それでもなければ——もう、いくつ言ったっけ？」

「四つですわ」とローダが答えた。

「じゃなきゃあ——この考え方はとてもいいんだけど——シャイタナがロバーツの過去の秘密を知っているっていうのがあるわ。メレディス、あんたは気がつかなかった？ シャイタナは晩餐で、ちょっと変なことをしゃべりましたよ——みんなは変に黙りこんでしまったわ、あの時」

アンは這っている芋虫をつつこうと身をかがめた。そしてその姿勢で言った。「覚えてませんわ」

「彼、なんて言ったんですか？」とローダが尋ねた。

「何かについてだった——ええとなんだったっけ？——事故と毒薬と……あなた覚えていない？」

籐椅子に置かれたアンの左手がぎゅっと固くなった。

「なんだか、そんなこと言ったのは覚えてますけれど」と彼女は落ち着いて言った。

ローダが急に、「ねえ、あんたコート着てなきゃあ駄目よ。夏じゃあないんだから。行って、着てきなさいよ」

アンは首を振って、「ううん、暖かいわ」

しかし、そう言いながらも、アンは身をこまかく震わせていた。

「あたしの理論、わかったでしょ」オリヴァ夫人はまた先へ続けた。「たぶん彼の患者が一人、間違って毒でも飲んで死んだ。だけど、もちろん、実際は、彼がやったことなの。彼はそういうやり方で、ずいぶん人を殺したに違いないわ」

急に、アンの頬に血がのぼった。彼女は言った。「お医者さんっていつも患者を殺すことばかり考えているのかしら、そんなことしたら、医者としてやっていけなくなりゃしません？」

「もちろん、それも一つの考え方でしょうね」オリヴァ夫人は曖昧に答えた。

「その考え、馬鹿げてると思いますわ」アンはきっぱりと言った。「まるっきり馬鹿げてて、芝居がかっていて……」

「ああ、アン」とローダはオリヴァ夫人に申し訳なくて叫んだ。彼女はオリヴァ夫人を見た。その利口なスパニエル犬のような目が何かを言おうとするように輝いていた。

〝わからないの？　考えなさいよ、わからないの？〟とその目は訴えていた。

「オリヴァさん、あなたのそれ、素晴らしいお考えだと思いますわ」熱心にローダは言った。「それにお医者さんは、全然後に証拠の残らない薬だって使えますしね、そうでしょう？」

「ああ！」とアンが大きな声を出した。

夫人とローダは振り向いて彼女の顔を見た。

「別のあることを思い出したんです。シャイタナさんはたしか、薬物の研究所のこと、何か言っていましたわね。彼はその話をした時、何か匂わせていたんですわ」

オリヴァ夫人は首を振って、「それを言っていたのは、シャイタナさんでなくって、デスパード少佐でしたよ」

庭園に足音がしたので、夫人は振り返った。とたんに、大声をあげて、

「まあ、噂をすれば影だわねえ」

デスパード少佐がちょうど家の角を回ったところであった。

13 二人目の客

オリヴァ夫人のいるのを見て、デスパード少佐は驚いたようだった。日焼けした顔がさっと煉瓦色に染まった。動作がぎこちなくなった。彼はアンの方に進みよると、

「メレディスさん、失礼しました。玄関でベルを鳴らしたんですが、答えがなかったので……。この近くを通りかかったので、ちょっとお寄りしてみようと思ったのです」

「ベルを鳴らしたんですの、それはすみません」アンが言った。「メイドがいないんですの――通いの人が午前中だけ来るものですから」

そして、彼女は彼をローダに紹介した。ローダがすぐに言った。

「お茶をお上がりになりません？　少し冷えてきましたわ。家に入りましょう」

そこで、みんなは家に入った。ローダは台所へ姿を消した。オリヴァ夫人が言った。

「まったく偶然ですね――皆がここで会うなんて……」

デスパードがゆっくりした口調で、「そうですな」と相槌をうったが、目はじっと彼

女を見つめていた——値ぶみをしているような眼だった。

「あたし、メレディスさんにお話ししたんだけど」とオリヴァ夫人は一人で悦に入りながら言った。「皆で戦う計画を立てなきゃあ駄目ですよ、ねえ。あの事件のことですけどね。もちろん、犯人はあの医者です。どう、賛成なさらない？」

「言い切れんですな。手がかりが少なすぎる……」

オリヴァ夫人は、例の〝やっぱり男は駄目ね〟の表情をしてみせた。

その場の雰囲気は、何となくしっくりしないものがあった。オリヴァ夫人はじきにそれを察した。ローダがお茶を持って入ってくると、夫人は立ち上がって、町に帰らなければならないと言った。いいえ、本当にありがたいけれど、どうしてもお茶は飲んでいられないの——と言い、それから、「ここに名刺を置いていきますよ。あたしの住所が入ってますから、町に出てきた時は訪ねてくださいね。いろんなことを話し合って、事件の真相をきわめるにはどうすればよいか、考えてみましょうよ」

「門までお見送りします」とローダが言った。

正門に出る小路を下っていた時、アンが家から駆け出してきて、彼らに追いついた。

「いろいろ考えてみたのです」と言った彼女の顔は青く、いつもと違った決意の色が浮かんでいた。

「なあに？」

「オリヴァさん、あなたにわざわざ来ていただいたりして、申し訳ないんですが、あたくし、別に何もしたくないんです。というのは――あたくし、このこと、恐ろしくって、早くすっかり忘れたいんですの」

「でもね、問題は、忘れることが許されるか、っていうことよ」

「ああ、警察が放ってはおかないのは、よくわかっていますわ。今にきっとやってきて、いろいろ訊かれると思うんです。その覚悟はできてます。でも、あたくし、自分としては、そのことを考えたくないんです――とにかく、思い出したくないんですの。自分でも臆病なんだと思ってますわ。でも、こんなふうにしか、受けとれないんです」

「まあ、アン！」ローダ・ドーズが大声をあげた。

「あなたの気持ちはわかりますよ。でも、それが賢明だとは思いませんね」とオリヴァ夫人が言った。「警察にまかしておいたら、おそらく、真相を発見できっこないんだから……」

アン・メレディスは肩をすくめた。

「でも、それでかまわないんじゃありません？」

ローダが叫んだ。「かまわない？　もちろん、かまうわよ。ねえ、オリヴァさん、そうですねえ？」

「ええ、そう思いますがねえ」オリヴァ夫人が感情を殺した声で答えた。

「そうは思わないわ」アンは強情であった。「あたくしを知っている人なら、あたくしがしたなんて絶対に考えてませんわ。だから、あたくしが口出しする必要なんかないんです。真相を見つけるのは警察の仕事ですわ」

「ああ、アン、元気ないのねえ」とローダが言った。

「とにかく、そう思ってますの」とアンは答え、手を差し出した。「オリヴァさん、どうも、すみませんでした。ご迷惑をおかけして……」

「そういうふうにお考えなら、別に言うこともないわ」オリヴァ夫人は気を悪くした様子もなかった。「とにかく、あたしはこの事件をこのまま放っとけないのよ。さよなら。気が変わったら、ロンドンに訪ねてきてくださいよ」

彼女は自動車に乗ると、エンジンをかけ、二人の娘に陽気に手を振りながら、車を動かしはじめた。

突然、ローダが自動車に向かって駆けだすと、車のステップに飛び乗った。

「さっきおっしゃったこと——ロンドンに訪ねてこいっておっしゃったこと——アンだけになんでしょうか？　あたしもよろしいんでしょうか？」彼女は息を切らせながら、

尋ねた。

オリヴァ夫人はブレーキに足をあてて止める用意をしながら、

「もちろん、お二人のことですよ」

「まあ、うれしいわ。止めないで結構です――。あたし――たぶん、あたし、お伺いしますわ。ちょっとお話ししたいことが――いいんです、止めなくって、いいんです、飛び下りられますから」

彼女はその言葉どおり飛び下りると、手を振りながらアンの立っている門の方に駆けもどった。

「どうしたの、いったい――?」アンが尋ねた。

ローダはそれに答えないで、熱っぽい口調で言った。「いい人じゃないの? あたし、あの人、好きだわ。変な靴下をはいてたの気がついた? あれで、きっと頭はすごくいいのね。じゃなきゃ、あんなにたくさんの小説書けるはずないわ。素晴らしいわ、ねえ、もし警察や探偵なんかが誰も解けなかった真相を、あの人が解決したら!」

「どうして、あの人は来たのかしら?」アンが尋ねた。

ローダは驚いたように目をむいて、

「まあ、――あの人、ちゃんと言ったじゃないの――」

アンはいらいらしたように、手を振って、「中に入りましょうよ。忘れてたわ。彼を置きっぱなしにしちゃって……」

「デスパード少佐？　アン、彼、すごい美男子ね」

「そうね」

二人は連れだって小路を入口に向かった。

デスパード少佐は手にカップを持って、マントルピースの横に立っていた。

アンが、一人置きっぱなしにしておいた詫びを言いはじめると、彼はそれをさえぎって、

「メレディスさん、こんなふうに僕の飛びこんできた理由を、お話ししようと思うんです」

「あら――でも、さっき……」

「ちょっと通りかかったって、言いましたが――あれは本当じゃないんです。ちょっと訳があって来たんです」

「どうして住所ご存じでしたの」アンは落ち着いた口調で訊いた。

「バトル警視から聞いたんです」

バトルの名前を聞くと、アンがちょっと身をすくめたのを、デスパードは見逃さなか

った。

彼は早口で、後を続けた。

「バトルはやがてここへ来ます。パディントン駅に立っているのを見たんです。で、車を飛ばして来たわけです。汽車より早く着くのを知ってましたから……」

「でも、どうして？」

デスパードはちょっと、ためらっていたが、「あつかましいかと思いましたが――しかし、あなたは〝ひとりぼっちだ〟っていう印象が強かったものですから……」

「彼女には、あたしがついてますわ」ローダが言った。

デスパードはちらっとローダを見た。マントルピースに寄りかかって熱心に彼の話を聞いているローダは勇敢な少年めいた姿だった。二人とも、なかなかの魅力のある娘たちだった。

「ミス・ローダ、あなたほどアンさんのことを思っているお友達はないと思いますが、こういう特別な場合には、広い知識を持っている者を相談相手にすることもけっして悪いことじゃないと思うんです。率直に言うと、事態はこうなんです。メレディスさんは殺人の容疑を受けている。僕も、それからあの晩、あの部屋にいた他の二人も同じです。どうもこういう立場にいるのはいい気持ちじゃありません――特に、メレディスさん、あなたのように若くて経験のない人には、自分でわからないむずかしいことや危険なことがいっぱいにあるものなんです。で、僕は信用できる弁護士に相談した方がいいと思ったんです。あなたはもうご相談になっているでしょうね」

アン・メレディスは首を振った。

「そんなこと、ちっとも考えませんでした」

「ああ、心配していたとおりだった。いい人がいますか——相談するとすれば、ロンドンにいる人がいいでしょうね？」

アン・メレディスはまた首を振った。

「あたくし、弁護士に相談したことなんかほとんどありませんから……」

「バリさんていう人がいるけど」とローダが言った。「でもすごい年寄りで、まるっきりぼけちゃってるわね、あの人」

「ミス・メレディス、もしよかったら、僕の弁護士のマイハーン氏の所に行くことをお勧めします。ジェイコブ——すなわちピール・アンド・ジェイコブというのが事務所の名前です。一流の人で、こういうことのこつはよく知っています」

アンは前より蒼ざめた顔になって、椅子に腰を下ろした。そして、低い声で尋ねた。

「本当に必要でしょうかしら？」

ですから」

「絶対に必要だと申し上げますね。警察の尋問には法規上のおとし穴がいっぱいあるん

「そういう人たち――ずいぶんお金をとるんでしょうね？」

「そんなの問題じゃないわ」とローダが言った。「デスパード少佐、その点はまったくかまいませんわ。あなたのおっしゃること、本当にそうだと思いますわ。アンには守ってくれる人が必要なんです」

「弁護士の相談料はけっして高くないと思うんです。メレディスさん、そうする方が賢明だと、僕は確信してます」

「わかりました。あなたがそうお考えなら、あたくしそうしますわ」アンがゆっくりと答えた。

「そりゃいい」

ローダが暖かな気持ちのこもった言葉で言った。「デスパード少佐、本当に親切にしていただいてありがたいですわ。本当にお礼申しますわ」

アンが言った。「ありがとう」それから、少しもじもじした後、言った。「バトル警視がやってくるって、おっしゃいましたわね？」

「ええ、でも、びくついちゃいけませんよ。仕方がないことなんだから……」

「ええ、わかってますわ。それに実際のところ、いらっしゃるだろうと思っていたんです」

ローダはいきなり叫んだ。

「可哀そうに——こんなことしてたら、アンが死んじゃうわ。なんてひどいんでしょう——まったくいやだわ」

「そうですよ——実にけしからんことです——若い女の人をこういう事件にまきこむなんて。シャイタナを刺そうと思うんなら、どこか他の場所で、別の機会にやりゃよかったんです」

「誰がやったとお考えです？ ドクター・ロバーツですかしら、じゃなきゃあ、あのロリマー夫人なんですの？」とローダが肩を怒らせて尋ねた。

デスパードは口ひげを少し動かして微笑し、「案外、僕がやったのかわかりませんよ」

「とんでもないわ」とローダ。「アンもわたしも、あなたはやらなかったぐらいよく知ってますわ」

彼は二人の娘を暖かい目つきで眺めた。

二人ともいい娘たちだ。どちらもいじらしいほど誠実さと信頼に溢れている。しかし、どちらかといえば、アンは臆病で、おとなしそうだ。心配しなくてもいい、弁護士のマイハーンが最後まで骨折ってくれるだろうから。ローダの方は勇敢で、気の強そうな娘だ。ローダがもしアンの立場に立ったとしたら、こんなにしおれ返ってしまうかな、と彼は思った。とにかく、いい娘たちだ。もっと、二人をよく知りたいものだ。

こうした考えがデスパードの頭を走りすぎた。彼はことさら声を高めて言った。「ドーズさん、なんでもそんなふうに頭から信じこんじゃいけませんよ。僕は他の人と違って、そんなに命を大事にする方じゃない。たとえば世間の人は変死をひどく大変なことに考えてますね。しかし人間はいつも危険にさらされているんです――交通事故だとかばい菌だとか、その他いろいろありますよ。どれにぶつかったって、死んでしまう。〈安全第一〉をモットーにして行動しはじめた途端に死んでしまう人だってあると思いますね」

「ああ、ほんとにそうね」ローダが叫んだ。「どうせ生きるんなら、うんと危険な冒険生活をすべきだわ――その機会さえあればね。でも、人生って、だいたいは、退屈なことが多いんですわ」

「いや、そうでない場合もありますよ」

「そう、あなたの場合はそうですわ。未開の土地へ行って、虎にかみつかれたり、いろんなものを撃ったり、熱帯ダニがつま先に入ってきたり、毒虫に刺されたりしているんですもの。どれもこれも、気持ちが悪いことばかり。でも、すごく、スリルがあるわ」

「しかしまた、ミス・メレディスもスリルを体験してるわけですよ。人殺しが行なわれた時、偶然同じ部屋にいあわせたというのは、あまり、起こることじゃないですからね」

「ああ、やめて！」アンが叫んだ。

「すみませんでした」と彼は急いで言った。

しかし、ローダは溜息をついて、「もちろん、あれ、恐ろしかったろうけど、でも、刺激もあったんじゃない！　アン、こわがってばかりいないでこの刺激を味わうようにするといいんだわ。ねえ、あの、オリヴァ夫人も、あの晩あそこにいたのをすっかり楽しんでるようですわ」

「オリヴァ――？　ああ、あの変なフィンランド人の出る小説を書いているでぶさん。この本物の事件でも探偵の手なみを見せようというわけですか？」

「そう考えてるんです」

「彼女、うまくやるといいですね。彼女がバトルの一味を出し抜いて手柄を立てたら愉快だ」

「バトル警視はどんな人なの？」ローダが訊いた。

「非常に抜け目ない男ですね。たいした腕を持ってます」デスパード少佐が真面目に答えた。

「あら、アンはちょっと馬鹿みたいに見えるって、言いましたけど……」

「それは彼の得意な手の一つですよ。間違っちゃあいけません。バトルは馬鹿どころじゃありませんよ」

彼は立ち上がった。

「さあ、失礼します。ただもう一つ、申し上げたいことがあります」

アンも立ち上がり、彼に手を差し出しながら、

「何ですの？」

デスパードは言おうとする言葉を考えているように、ちょっと黙っていた。彼はアンの手を取り、ぐっと握りながら、灰色の大きな美しいアンの目をじっと見た。

「気を悪くしないでください。こう申し上げたいんです。ええ、シャイタナとの関係で、なにか個人的なことで、発表したくないような事柄があるかとも思うんですが、もし、そうだったら——ああ、怒らないでください」——アンが手をぐっと引っこませようとするのが感じられた——「もしそうだったら、弁護士がいるところで話すと言って、バ

トルの質問を拒否する権利があるんですから……」

アンは手を振り放した。彼女の目はますます大きくなり、灰色の目が怒りで黒ずんで見えた。

「そんなこと何もありませんわ――ぜんぜんありませんわ――、あんなシャイタナさんなんて、ろくにおつき合いもしてないんですから……」

「すみませんでした」とデスパード少佐は言った。「ただこれだけは言った方がいいと思ったものですから」

「それ、本当なのよ」ローダが言った。「アンは彼をほとんど知らないんです。それに、そんなに好きでもなかったんだわ。ただ、あの人、素晴らしいパーティを開くもんですから……」

「それだけが、死んだシャイタナ氏の存在価値のようでしたね」デスパード少佐は腹立たしげに言った。

アンは冷たい声で、「バトル警視が何を尋問してもあたくしかまいませんわ。あたくし、隠すことなんか、何もないんですから。何ひとつ」

デスパードは非常におとなしく、「どうか許してください」

彼女は彼を見つめた。怒りが次第に流れ去り、アンは微笑した――それは素晴らしく優しい笑いだった。

「ええ、いいんですの。ご親切からおっしゃったことですものね」

彼女はふたたび手を差し出した。彼はその手をとって、「われわれは同じ舟に乗りあわせたんです。仲よくやっていきましょう」

アンが彼を門まで送っていった。家に帰ってみると、ローダは窓から外を眺めながら、口笛をふいていた。アンが部屋に入ると、彼女は振り返って、

「アン、彼、ずいぶん魅力的ね」

「いい人でしょう、ねえ」

「いい人なんていうものじゃないわ……とっても魅力を感じちゃったわ。ああ、あの晩、あなたの代わりにあたしがあそこにいればよかった。あたしなら、刺激があって楽しんじゃうんだけどな——網が次第に狭まってくる——絞首台の影が見えてくる……」

「うそ、あなただって楽しめやしないわよ。あなた、人のことだから馬鹿ばかり言ってられるのよ」ローダの言葉をさえぎったアンの声は鋭かったが、やがて、優しい声になって、「ねえ、一度会っただけでほとんど知らない女の子のところに、わざわざやってくるなんて、あの人ずいぶん親切な人ねえ」

「ああ、あなたが好きになったのよ。きまっているじゃないの。ぜんぜん興味がないの

に、親切なことをする男ってあるかしら。あなたが不器量で、にきびでもいっぱいできていたら、こんな所まで来やあしないから」

「そうだったら来ないかしら？」

「きまっているじゃないの、馬鹿ねえ、オリヴァ夫人の方はそういう点ではずっと純粋な人よ」

「あの人は好きじゃないわ」と不意にアンが言った。「どうもわからないわ――本当になんのためにあの人、訪ねてきたのかしら？」

「それが女同士の猜疑心よ。そんなこと言うのなら、デスパード少佐こそ胸に一物持っているのよ」

「そんなこと絶対にないわ」アンはむきになって叫んだ。

そしてローダ・ドーズが声を立てて笑い、アンの顔がだんだん赤くなっていった。

14　三人目の客

バトル警視は六時頃ウォリングファドに着いた。ミス・アン・メレディスと会っていろいろと尋ねる前に、できるだけ多く、近所の噂話を聞き出したいと思っていた。田舎でそんな情報を収集するのはむずかしいことではなかった。彼は自分の身分についてはなにもはっきりとしたことを言わなかったから、土地の人々はバトルの職業と地位について、いろいろ違った推量をしたようであった。

少なくとも、彼の会った二人の人は、彼のことを別荘に新しい棟を増築しに来たロンドンの建築家だと思いこんだらしかった。また、別の人は彼を、〝家具付きの別荘を探しに来た週末客〟だと告げただろう。さらに警視と話した別の二人も、自分たちこそ、彼をよく知っているのだが、本当のところ、彼はテニス・コート設備会社の社長さんだと、知ったかぶりしたことであろう。

こうした人たちからバトルが集めた情報は、いずれもメレディスに好意的なものであった。

ウエンドン荘？　うん、そう――マールベリ・ロードにありますよ。行きゃあすぐわかる。そう、若い娘たち二人だで。ミス・ドーズとミス・メレディス。二人ともいい娘でさあ。親切で、おとなしくて。

幾年住んでいるだろうって？　いや、そんなに長いこともないね。二年とちょっと。九月上旬に移ってきたんだからね。ピッカズギルさんから買ったんで。そう、あの人もろくに使わなかった、奥さんが死んでからはね。

バトル警視に話して聞かせた人々は誰も、二人がノーサンバランドから来たとは言わなかった。ロンドンから来たのだと思いますね。近所の評判はいいですよ。もっとも、なかには旧式に、若い娘が二人だけで住むのはよくないなんて言う人もいますがね。しかしあの人たち、えらくおとなしいね。週末にカクテル・パーティをやってどんちゃか騒ぐなんてこと一度もないしね。ミス・ドーズはそれでも勇ましいほうで、ミス・メレディスの方がずっと静かだね。そう、お金を払うのはミス・ドーズの方さ。あの娘の方がたんまり握ってるようだよ。

警視の調査は最後にアストウェル夫人にまでたどりついた――ウエンドン荘で娘たちの家事をしている女だ。

アストウェル夫人はおしゃべりであった。

「でも、近いうちにあの家を売り出すなんて、とても考えられませんよ。あの方たち、二年前に買ったばかりですから、ええ、そうなんです。その時から働かせていただいてます。八時から十二時まで仕事することになってます。優しくって元気のいい娘さんたちで、いつも冗談を言ったり、ふざけたりしてね。すましてるところなんて全然なくって……

ええ、もちろんあなたさまのお知り合いと、ミス・ドーズがおなじかどうか、よくわかりませんけども——出がおなじ家なんじゃないんでしょうか。ドーズさんの故郷はデヴォンシャー（イングランド南部の一州）だと思いますわ。時々クリームが送られてまいりますから。それを見ると、故郷を思い出すとおっしゃってますもの、本当にそうだろうと思いますわ。

あなたさまのおっしゃるとおり、この頃の若い娘たち、大抵は自活のためにあくせくしてて、かわいそうですよ。あの二人は、お金持ちっていうほどじゃありませんけれども、とても楽しく暮らしてますね。お金を持ってるのは、もちろん、ドーズさんです。アンさんは、いわばコンパニオンですわ。あの家もドーズさんのものでございます。

アンさんがどこの生まれだか、よく存じませんわ。ワイト島（イングランドの南岸にある島）の話をなさっているのを聞きました。それであの人は北部地方が好きじゃないんだとわかりました。ローダさんと一緒に、デヴォンシャーで一緒だったんですよ。だってあそこらへんの丘のことで冗談を言い合ったり、浜辺や入江がきれいだって、話をしているのを聞きましたから……」

話は果てしなく続いた。バトルは時々、重要だと思うところを頭にきざみつけた。話が終わると、手帳に、人には意味のわかりそうもない言葉を二つ三つ書きこんだ。

その夜の八時半に、彼は小路をウエンドン荘に歩いていった。

玄関のドアを開けたのは、色の黒い、背の高い娘であった。オレンジ色のクレトンのフロックを着ていた。

「メレディスさんのお住居はこちらですか?」

彼はまるで愛嬌のない、無表情な顔で尋ねた。

「そうですわ」

「アンさんにお目にかかりたいのです。バトル警視です」

たちまちバトルは好奇の視線を浴びるのを感じた。

「どうぞ」ローダは先に立って歩きだした。

アン・メレディスは火の側の暖かそうな椅子に腰を下ろして、コーヒーをすすっていた。彼女は縫い取りのついたクレープデシンのパジャマを着ていた。

「バトル警視よ」とローダが彼の来訪を告げた。

アンは立ち上がり、手を差し出して、迎え入れた。

「ちょっと、お訪ねする時間が遅すぎましたが」とバトルは言った。「ぜひお会いしたかったもので……今日はお天気がよかったので、昼間はお留守かと考えましてね」

アンは微笑した。

「警視さん、コーヒーをめし上がりません？　ローダ、もう一つカップを持ってきてちょうだい」

「メレディスさん、すみませんな」

「コーヒーの入れ方は、ちょっとばかりうまいと思っておりますの」アンはバトル警視に椅子をすすめ、バトルはそれに腰を下ろした。ローダがカップを一つ持ってきて、アンはそれにバトルのコーヒーを注いだ。暖炉の火がぱちぱちと音をたて、花瓶に花が盛られていて、バトルの気持ちをくつろがせた。

家庭的な暖かな雰囲気だった。アンは落ち着いてのびのびして見えた。もう一人の娘はさっきから、すっかり興味をひかれた目つきで彼を見つめている。

「二人とも、あなたがいらっしゃるのをお待ちしていたんですのよ」アンの声にはほとんど非難に近い調子がこもっていた——まるで、「何故あたくしだけ除け者になすったの？」とでも、言っているかのように。

「ミス・メレディス、申し訳ありません。どうもいろいろ仕事が多いものですから……」

「うまくまいりまして？」

「別にこれということもないです。ただ、どれもこれも面倒なことばかりでしてね。ドクター・ロバーツを、いわば〝裏返しにして〟調べましたし、それから、ロリマー夫人も同じようにやりました。そこで、ミス・メレディス、今度はあなたの番というわけでまいったんです」

アンは微笑して、「結構ですわ」

「デスパード少佐はしないんですの？」とローダが訊いた。

「ああ今にやります。間違いなくやりますとも」

彼はコーヒー・カップを置いて、まっすぐにアンを見た。彼女は椅子に、さっきよりいくらか背を伸ばした格好で座っていた。

「本当によろしいんですのよ。どうぞ。何がお知りになりたいんですの？」

「ミス・メレディス、そのう、簡単に言えば、あなたについてならばどんなことでもなんです」

アンは微笑しながら、「あたくし、本当に品行方正な女なんですけれど……」

ローダが、「アンは今まで悪いことなんかなんにもしていないわ。それは、あたしが保証するわ」

「いや、それは結構ですね」と警視は愛想よく言った。「すると、あなたは、ミス・メレディスを昔から知っているんですか？」

「一緒に学校に行っていたんです。アン、もう何年も何年も前のように思えるわねえ、そうじゃない？」

「もう忘れてしまったぐらい昔のことなんですね」とバトルは笑った。「そこで、ミス・メレディス、申し訳ありませんが、旅券に書きこむような式で、ひとつおっしゃってください」

「あたくしの生まれたのは……」とアンが始めた。

「貧しくはあれど、正直なる両親のもと」とローダが横から口をはさんだ。

バトル警視はちょっと非難するように手を挙げて、「さあ、さあ、お嬢さん」

「まあ、ローダ、真面目なのよ、これは……」アンが落ち着いた声を出した。

「ごめんなさい」

「そこで、ミス・メレディス、生まれた所は――どこですか？」

「インドのクェッタです」

「ああ、なるほど、お家は軍人だったんですね？」

「はあ、父はジョン・メレディスと言いまして、少佐でした。母は十一になった時、亡くなりましたわ。あたくしが十五の時、父は軍人をやめて、チェルトナム（イングランドとウエールズの境、グロスター州の町）に帰ってきました。十八になった時に、父が亡くなったんですけど、別にお金も残してくれませんでしたの」

バトルは、いかにも同情するようにうなずいた。「それはショックでしたでしょうね」

「そうなんですの。それまでも暮らしが楽じゃないのはわかってました。でも、無一文になったと知った時は……」

「ミス・メレディス、それで、どうしました？」

「とにかく、働かなければなりませんでした。あたくし、別にこれといった教育も受けておりませんでしたし、それに頭もいい方じゃございません。タイプとか速記とかいったものも知りません。でもチェルトナムにいたお友達が、自分のお知り合いのところにお世話くださいましたの――休日には子供二人の相手、普段は家事の手伝いでした」

「その家の名前は？」

「ヴェントナ（英国南部ワイト島にある一都市）のエルドン夫人でした。あたくし、その家に二年おりました。それから、その一家が外国へ行かれたので、ディアリング夫人のところへまいりました」

「あたしの叔母なんです」とローダが口をはさんだ。

「ええ、ローダが紹介してくれましたの。とても、幸福でしたわ。時々ローダが来て泊まっていきました。その時は二人でふざけまわったりして」

「その家で何をやっていたんです？　コンパニオンでしたか？」

「はあ――そう言われておりました」

「名前はそうでも、植木屋みたいだったわね」とローダは言い、その説明をした。「そのエミリー叔母さんていうのが、花壇のことになると、まるで夢中なの、だからアンも、一日の大部分、草取りをしたり、球根を植えたりして暮らしてたんです」

「それから、ディアリング夫人のところをやめたのは？」

「あの方、だんだんお身体が悪くなって、ちゃんとした看護婦さんが必要になったものですから」

「気の毒にね、癌になっちゃったんです」ローダが言った。「だから、モルヒネやなんか打たなきゃならなくなってね」

「とても親切な方でした。あたくしそこをやめるの、つらかったですわ」とアンが続けた。

「あたしちょうどその時、別荘を探していたし」とローダが言った。「それに一緒に住んでくれる人も欲しかったの。パパは再婚して――それがあたしとまるで合わない女の人でしょ。だもんだからあたしアンに来てちょうだいって頼んで、それから、ずうっと一緒に暮らしてるんです」

「なるほど、まさに品行方正な暮らしをしてきたと言われるとおりですな。細かいところをはっきりさせていただきましょう。エルドン夫人の所に二年いらしたんですね。えぇと、その方たちはいまどこにお住まいですか？」

「パレスチナです。ご主人がそこで、何か外交関係の仕事をなさってるんです――よくは知りません」

「いや、結構です。すぐわかりますから……その後で、あなたはディアリング夫人のところへ行かれたわけですな？」

「三年間勤めましたの、住所はデヴォンシャー、リトル・ヘンベリのマーシュ・ディーンです」アンがすぐに答えた。

「わかりました。そこで、メレディスさんのお年は二十五と……ああ、もう一つだけお訊きしとくことがあるんです――チェルトナムに住んでいて、あなたやお父さんのことをよく知っている人を、二、三人、名前と住所を教えてくれませんか」

アンがその質問に答えた。

「で、今度はスイスへ行った旅行のことなんですが――そこでシャイタナ氏に会ったんですね。一人で行かれたんですか――それとも、ここにいられるドーズさんもご一緒でしたか？」

「一緒にまいりましたの。他にもまだ連れがあったんです。八人で行ったんですから」

「シャイタナ氏に会った時のことを話してくれませんか」

アンは額にしわをよせて、「別になんていうこともございませんわ。あの方もちょうどそこにいられたんですの。世間によくあるように、同じホテルに泊まっていて、自然と知り合いになったんです。あの人は仮装舞踏会で一等になりましたの。メフィストフェレスに仮装したんですの」

バトル警視は溜息をついた。

「なるほど、いつもその仮装はうまかったですからね」

「本当に嘘みたいなんですよ。顔なんかほとんどつくらなくったって、地のままでよかったんですから」とローダが言った。

バトルは娘たちを順に眺めながら、「お二人のうちでどちらがよけいに彼とつき合いました？」

アンはためらっていて、答えたのはローダの方だった。

「はじめは二人とも同じだったわ。言い換えればね、ろくにおつき合いしなかったの。あたしたちの一緒に行った仲間はスキーに夢中でしょ。だからあたしたちも昼間はたいがいスキーをやり、夜は一緒にダンスをやってたのよ。そのうちにシャイタナはアンが気に入ったらしいの。つんとしている癖に、アンにはお世辞やらなんやら言うようになったの。あたしたち、それでアンをからかったりしましたわ」

「彼はあたくしを困らせようとして、あんな態度してたんだと思いますわ」とアンが言った、「だって、あたくし、あの人が好きじゃなかったんですもの。あたくしを困らせて、それでおもしろがっていたんですわ」

ローダが笑いながら、

「あたしたち、アンに言ったの、これは素晴らしい玉の輿よってね、アンたら真っ赤になって怒ってんの」

「すみませんが、一緒に行かれた人たちの名前を教えてください」

「ずいぶん信用がないんですね。今までお話ししたことをみんな嘘だと思ってらっしゃるの？」とローダが言った。

バトル警視はおどけた目つきになり、「どうせ調べても嘘じゃないと出るんでしょうがね」

「疑い深いのね、あなたって」とローダは言ったが、五、六人の名前を紙に書くと、彼に渡した。

「結構です。メレディスさん、どうもありがとうございました。ドーズさんの言われるとおり、あなたの経歴はまったくなんのやましいところもなかったですね。別にご心配になることはありませんよ。それにしてもシャイタナ氏があなたにとった態度はちょっと珍しいですねえ。こんなことを訊いて申し訳ありませんが、彼は結婚を申し込むとか――あるいは――そのう――何かの素振りをして、あなたを悩ましたりはしませんでしたか？」

この質問には、ローダが助け舟を出した。

「彼はアンを誘惑しようなんてしなかったわ、あなたの質問がもしそのことならね」

アンは赤くなって、「そんなこと全然ありませんでしたわ。とても丁寧で、それに――それに形式ばってました。あんまり上品に振る舞われたので、かえって、気が落ち着きませんでしたの」

「彼がちょっと言ったり、ほのめかしたりしたようなことは？」

「ええ——少なくとも——いいえ。あの人、ほのめかすような言い方は一度もしませんでした」

「失礼しました。どうもこういう女たらしは、時にそういうことをやるものですから。ではさようなら、ミス・メレディス。どうもありがとう。素晴らしいコーヒーをご馳走になりました。ドーズさん、おやすみなさい」

アンがバトルを送っていった。玄関の鍵を閉めて部屋に帰ってくると、ローダが話しだした。「ああ、あ、これですんだわね。でも、思ったほどひどくなかったじゃないの。彼、なかなかいいおやじって感じね。あんたのことなんか、ちっとも疑っていないわ。何もかも想像してたよりもずうっとうまくいったわね」

アンは溜息をつきながら椅子に腰を落とした。「本当に簡単だったわ。あたし、自分で勝手におびえきってて、馬鹿だったわね。でも、彼が来る前までは、うんと脅かされるのかと思っていたの」

「あの人、ものわかりよさそうだわ」ローダが言った。「あんたが人を殺せるような女じゃないこと、理解できそうよ、あれなら」

それからローダは少しためらい、そしてふたたび口を開いた。

「ねえ、アン、あんた、コンビーカーに住んでたこと、言わなかったけど、あれ、忘れたの？」

アンはゆっくりと答えた。

「それ問題にしなくてもいいと思ったの。あそこにいたのもほんの一、二ヵ月だったし、それにあそこにはあたしのこと知ってる人、誰もいないんですもの。でも、もしあなたがそれが重大だと考えるなら、バトルさんに手紙を書いてもいいけれど、そんなに重大なことじゃないんじゃない？　放っておきましょうよ」

「そうね、それでいいわね」

ローダは立ち上がって、ラジオをつけた。

ラジオではしわがれた声がしゃべっていた。「ただいまお送りいたしましたドラマは、《おまえ、なぜ嘘をつくんだい？》でございました」

15 デスパード少佐

デスパード少佐はオールバニイ街から出てくると、急に曲がって、リージェント・ストリートに入り、バスに飛び乗った。

乗客の少ない時間で、二階の席にはほとんど腰をかけている客はなかった。デスパードは、前の方に歩いていき、一番前の席に腰を下ろした。

彼はまだバスの走っているうちに飛び乗ったのであった。それからバスは止まり、そこに待っていた数人の乗客を乗せると、ふたたびリージェント・ストリートを走りだした。

二番目の客がステップを上がってきた。彼も前方に歩いてきて、正面の席のデスパードとは反対側の端に座った。

デスパードは新しく入ってきた客にさして注意も払わずにいた。ところが二、三分たつと、相手は、誘うように話しかけてきた。

「バスの二階から見ますと、ロンドンもいい眺めですな」デスパードは振り返った。瞬間、戸惑った面持ちだったが、すぐに笑顔になり、

「ポアロさん、これは失礼しました。あなたとは気がつかなかった。そう、おっしゃるとおり、ここからだと、広々と見えますね。しかし昔のほうがよかった、こんなにガラスをはめこんだりしなかった頃のほうがね」

ポアロは溜息をついて、「それでも《トウ・ド・メーム》ですね、満員の時に雨でも降ってくると、あまり気分がよいとは言えませんでしたよ。それに、この国は雨がよく降りますからねえ」

「雨？　雨では別に怪我もしませんよ」

「それは間違いですよ、雨にあたると、肺の炎症《フルキシオン・ド・ポアトリン》を起こしやすいですから」

デスパードは微笑して、

「ポアロさん、どうやらあなたは用心深く着ぶくれるようですね」

ポアロはたしかに着込んでいた。秋の空の変わりやすさにそなえて、大きな外套を着て、そのうえマフラーも巻いていた。

「こんなところでお会いするなんて、ちょっとした偶然ですね」とデスパードは言った。

彼はマフラーの下で、ポアロが小さく微笑したのに気づかなかった。バスの中でこんなふうに会ったのも、けっして偶然ではなかった。デスパードがホテルから出かけそうな

時間を見はからって、ポアロは外で待っていたのだ。彼は用心深いから、バスに飛び乗るような離れ業はしなかったが、停留所まで小走りに追いかけて、バスに乗りこんだのである。

「そうです、あの晩、シャイタナ氏のところでお会いして以来ですね」

「あなたはあの仕事に加わってるんじゃなかったんですか？」

ポアロはわざとゆっくり耳をかきながら、「私は考えます。さかんに思索はいたします。しかしあちこち歩きまわり、調査したりすることは、しません。それは私の年齢、私の性質、私の習慣に合わないですから」

「思索ね？　まあ、それも悪くはないでしょうな。この頃じゃあ、何でもスピードばやりでね。もう少し、仕事にかかる前に椅子にじっくり座って考える人間がふえないと、いまに手に負えなくなりますよ」

「デスパード少佐、それはあなたのいつものやり方ですか？」

「まあ、そうです」デスパードは簡単に答え、続けて、「まず態度をきめる、それから先の見通しをつけ、成否を比較検討する、そして結論を出す——出したらそれをあくまでやりぬく、それが僕のやり方ですね」そう言って彼はぐっと口を結んだ。

「で、いったんやりだしたら、どんなことがあっても変更しない、そうですか？」

「そんなことはない。何にでも頑固頭すぎるのは良し悪しでね。間違ったと知ればいさぎよく直しますよ」

「しかし、デスパード少佐、あなたはあまり間違いをしないでしょうね」

「ポアロさん、人間は誰でも間違いをやりますよ」

「しかし間違いの多い人と少ない人とはあります」ポアロはいくらか冷淡に言った。デスパードの使った「人間は誰でも」という言葉が気にさわったようであった。

デスパードはそれを見てとり、ちょっと微笑しながら、「ポアロさん、あなたは失敗ということはありませんか？」

「ここ二十八年間はありません」と彼は威厳を見せて言った。「もっとも、失敗をした時だって、いろいろの事情があったんですが——まあ言い訳はよしましょう」

「それは、ずいぶん立派な記録だ」とデスパードは言った。それからまたつけ加えるように、「で、シャイタナの変死はどうなんです。あれは数に入らんのでしょうね、あなたが正式に頼まれたんではないですから……」

「そう——私の仕事ではありません。しかし、それでも私の自尊心《アムール・プロプル》には挑戦するものです。ずいぶん無礼な仕打ちと申してよいと思っています——私の鼻先で人を殺したのですからね——犯人は私の能力を軽視嘲笑しております！」

「鼻先はあなたばかりじゃない。〝犯罪捜査部〟の鼻先でもあるんですよ」とデスパードは言った。

ポアロは重々しく、

「それも犯人の大きな誤算でしょう。あのがっしりしたバトル警視、彼は一見でくの坊に見えますが、頭の中まででくではありませんよ——けっして」

「そう。鈍感のように見せかけているが、ありゃえらく頭のいい有能な警官だ——」とデスパードが言った。

「それに、この事件には、大変な意気込みですから……」

「たしかに、そのとおりですな。手ぬかりはない。ほら、後ろの席に兵隊みたいな顔つきの男がいるでしょう」

ポアロは後ろを振り返ってみた。

「誰もいませんよ。いるのはわれわれ二人だけです」

「そうですか、じゃあ、中に入ったんだ。僕をいつもつけているんです。実際有能な男ですよ。それに時々変装するんですが、芸術的といっていいうまさだ」

「なるほど。しかしあなたの目はごまかせないでしょう。あなたは実にしっかりとした目をお持ちですからね」

「僕は人の顔は忘れませんね――アフリカの黒人の顔だって見分けられますよ――これは、大抵の人にはまずできないことですがね」

「私はちょうどそういう人を探していたのです」とポアロが言った。「ここでお会いできるなんて、まったく素晴らしい。目がよくって、記憶のたしかな人、残念《マルルーズマン》にも、この二つを持つ人はごくごく少ない。実はドクター・ロバーツに質問したんですが駄目でしたし、ロリマー夫人にしても同じでした。あなたなら、あるいは私の求めているものを思い出していただけるかもしれないです。いいですか、シャイタナ氏の家の、あなた方がブリッジをしていた部屋を思い出してください。そして覚えていることをすべて言ってもらいたいのです」

デスパードは不思議そうに、「おっしゃることがよくわからんのですが……」

「部屋の様子を話してもらいたいのです――いろいろの家具だとか――飾ってあるものだとか……」

「ああいう物についちゃあ、助けになるほど覚えてそうもないなあ。僕にはあの部屋はくだらん所としか考えられなかった。男のいる部屋じゃない。金襴だとか、絹だとか、そんなものばかりで。いかにもシャイタナみたいな人間のいる部屋だ」

「しかし、何か特に目についたものでも――」

デスパードは首を振って、「どうも覚えていない……いい絨毯がいく枚かあったっけ。ロシヤのボカーラ製のが二枚、ペルシャ製のごくいいやつ――ハマダン製一枚とタブリーズ製一枚を入れて（いずれも近東の諸都市の名称）――それが三枚か四枚それから、イーランド羚羊（アフリカ原産の稀種）の首が飾ってありましたな――いや、違う、あれは外廊下にあったっけ。ロウランド地区のものだったかな」

「亡くなったシャイタナ氏は外地で野獣を撃つような人じゃなかった、そうでしょうね？」

「そうです、やれたのは座ってするゲームだけでしょうね。そのほかにはと、部屋には何があったかな？……申し訳ないが、どうも覚えていませんね。骨董品がテーブルにいっぱい並んでたなあ。その中で覚えているのは、陽気な格好をした木像だけですね。イースター島の出来だと思うんだが。あんなに光沢の出る木は、ちょっとざらには見当たらんですよ。それからマレー半島の出来もあったが……どうもいけない、さっぱりあなたの役に立たんですよ」

「いや結構です」ポアロはちょっとがっかりした様子だったが、さらに続けて言った。「ところで、ロリマー夫人、ご存じですね？　あの夫人は、カードのことでは、素晴らしい記憶力を発揮しました！　あの時のほとんどすべての勝負のせり《ビッド》と出た札を教えてくれましたよ。驚くべきものです」

デスパードは肩をすくめて、「女の中にはそういう人もいますよ。一日中トランプばかりやっているんですからね」

「あなたはできませんか？」

デスパードは首を振って、「僕はあの勝負二回しか覚えていない。一回はダイヤの切り札で勝てた時――この時はロバーツがこっちを驚かすつもりか、いやに高いせりをやって結局、彼は自滅しましたがね、しかし僕たちもダブらなくって、残念なことをしたですよ。それから、もう一つは僕が切り札なし《ノートランプ》の宣言《コール》をして勝負した時ですよ。えらく危ない勝負《ゲーム》だった――。持ち札がみんな悪くいってね。二回負けましたが、――それ以上負けなかったのは、運がよかった」

「デスパード少佐、ブリッジはずいぶんおやりですか？」

「いや、おもしろいゲームだとは思うけれども、まあ、たまにやる程度ですね」

「このゲームの方がポーカーよりもお好きですか？」

「まあ、そうですね。ポーカーはあまり賭博性が強すぎてね」

ポアロは何か考えているように、「シャイタナ氏はどんなゲームも――どんなカードでやるゲームも、という意味ですが――やったとは思えないですな」

「シャイタナがいつもやっていたゲームが一つだけありますよ」デスパードは腹立たしげな声を出した。

「それは何です？」

「人の内幕をあさる遊び《ゲーム》ですよ」

　ポアロはちょっと黙っていたが、やがて、

「あなたはその事実を知っているのですか？　それとも、そう考えるだけなのですか？」

　デスパードの顔が煉瓦色になった。「証拠がなければ、何も言っちゃいけないっていう意味ですね？　そりゃそのとおりでしょう。ところで僕の今の意見は正しいもんですよ、なぜって、僕はたまたまそれを知るような機会を持ったからです。ただしどこで誰から知ったかという情報は、いまのところ、提供できない。僕が個人的な関係を通して知ったことですからね」

「ということは、一人か数名かの女性が関係しているという意味ですね？」

「そう。シャイタナはいやな男にふさわしく、女をいじめつけるのが好きでしたからね」

「彼が恐喝家だと考えるんですね。これはおもしろい」

デスパードは首を振って、「いや、いや、それは誤解ですよ。ある意味で彼は恐喝家だった。しかし、普通の、なまやさしいゆすり方と違う。なぜって金が目当てじゃないんですからね。まあ、言ってみれば、彼は精神的恐喝屋とでもすべきかな」

「では、彼がゆすって得たものは――なんです？」

「ゾクっとする愉《たの》しみ――そうとしか言えんですね。人がびくびく恐怖におののくのを眺めて、興奮《スリル》を感じていた。そうすることで、なんとか自分がろくでなしでなくて一人前の人間だと感じたわけです。それにこのやり方は女には有効ですよ。いかにも全部を知っているように見せかける、すると彼女たちの方から、進んで彼の知らないことまで話しはじめるんだ。これで奴はたまらなく愉しくなる。そして例の悪魔的な身振りで歩きまわって、〝私はなんでも知っているんだよ。私は偉大なるシャイタナだ〟ってわけだ。あんな下劣な奴は知らんですよ」

「そんなふうにして、彼はミス・メレディスを脅かした、とお考えなんですね」ポアロはゆっくり言った。

「ミス・メレディス？　僕は彼女のことを頭において言ったんじゃないですよ。彼女はシャイタナみたいな奴を恐れてませんよ」

「これはすみません。ではロリマー夫人の方をお考えでしたか」

「いや、いや、あなたは誤解してる。僕はただ一般的な話をしたんだ。ロリマー夫人はなかなか人に脅かされるような人じゃない。それに、何か犯罪の秘密を持ってるなんて考えられない。そうですよ。僕は特に誰をと考えて言ってたわけじゃないんです」

「あなたは単に一般的なやり方《メソッド》を話しただけなんですね？」

「もちろん」

ポアロはゆっくりとした口のきき方になり、「ただですね、ああいうような人物は、とかく女性をだます点では上手なものです。うまく信用させて、その女性の秘密をかぎだし――」

ポアロがちょっと言葉を切ると、デスパードはいら立った調子で口をはさんだ。

「馬鹿くさいぐらいですよ。彼は山師だといっても――実際は何の危険もない奴でしたよ。それだのに女たちはみんなこわがって――それも滑稽なほどでしたからね」

彼は突然立ち上がった。

「おや、乗り越しちまった。どうも話に身が入りすぎて……。さようなら、ムッシュー・ポアロ。見ててごらんなさい、僕がバスから降りると、例のつけている男も一緒に降りるから」

彼は急いで、後部に歩いていき、ステップに下りた。車掌がベルを鳴らした。しかしバスが止まらぬうちに進行のベルが二つ鳴り、バスはまた走りだした。

ポアロが歩道を見おろしていると、大股で向こうへ歩いていくデスパードの後ろ姿が見えた。ポアロはデスパードの跡をつけていく男などもう気にしなかった。もっと別のものに興味をひかれていた。「特に誰というわけでない、とか」と彼はつぶやくように独り言を言った。「さて、どんなものかなあ」

16 エルシー・バットの証言

オコナー巡査部長は、警視庁の同僚から〝メイドの憧れのまと〟というありがたくない仇名をちょうだいしていた。

彼が素晴らしい美男であるのはたしかだった。しかし背がすらっと高く、肩幅が広いという点よりも、彼の目のいたずらっぽい、大胆な輝きが、女性にはたまらない魅力だったのである。それを用いて、この事件でオコナー巡査部長は実に素晴らしい功績を、しかも迅速に挙げたのであった。

彼のやることはすばやかった。シャイタナ氏の死から四日もすると、オコナー巡査部長は、クラドック夫人の家に以前勤めていた小間使ミス・エルシー・バットと並んでウイリイ・ニリイ劇場の安席に腰かけていたのである。

もはやだいたいの地ならしを終わった彼はいま総攻撃を開始しようとするところであった。

「そういえば、僕の昔の主人も、やはりそんなことをやってたな。クラドックっていう名前でね、どうも、まったくおかしな奴だったよ」

「クラドック？　あたしも前にクラドックという人の家にいたことあるわ」

「へえ、それはおもしろいね。おんなじ家かな？」

「北オドレイ街に住んでいたのよ」

「僕がやめてから、あの人はロンドンに行ったそうだ。たしか北オドレイ街だったなあ。クラドックの奥さんというのは、見栄っぱりで……」

エルシーは頭を上げて同感を示し、「あたし、あの奥さんにゃ我慢できなかったわ。いつでも文句つけたりおどしたりばっかりしててさ。人のやることはなんでも難癖つけて……」

「じゃあ、旦那のほうもちっとは彼女の被害をこうむったろう、ええ？」

「奥さんたら、いつもあなたに無視されてるとか、あたしをちっとも理解しないって文句言ってたわ。それに奥さんたらいつも身体の具合が悪いって泣き声出してた。でも本当のこと言うと、どこも悪いとこなんかなかったのよ」

オコナーは膝をたたいた。

「わかった。奥さんと医者との間に、何かあったんだろ。ちょっと口じゃ言えないようなことがさ」

「ドクター・ロバーツのこと言ってるの？　あの人は立派な紳士よ」

「ちぇっ、女ってみんなそうなんだ。悪党や女たらしに会うと、きまってそいつをいい人だって思いこむんだ。僕は彼みたいなタイプ、よく知ってるんだぜ」

「いいえ、違うわよ、あなたの言うこと、みんな間違ってるわ。そんな変なこと、なんにもなかったわ、クラドックの奥さんがいつもあの先生を迎えにやったからって、別に先生が悪いことにならないでしょう？　医者が往診するのは当たり前じゃなくって？　あの先生は奥さんのこと、患者として見る以外に、なんにも考えていなかったわ。何かあったのは奥さんの方ね。先生を一時《いっとき》でも放っとけなかったんですもの」

「それはよくわかったがね、エルシー——ところで君のこと、エルシーって呼んでもかまわないだろう？　何だかもう君とはずっと長く知り合ってるような感じなんだ」

「でもね、知り合ってまだ三日よ！　エルシーだなんて、なれなれしすぎるわ」

「うん、わかったよ、ミス・バット」オコナーはちらっと彼女を見て、「で、君の言ったことはよくわかったけれど、しかし、旦那はやっぱり怒らずにはいられなかったろう、ええ？」

「いちど、とても怒ったことがあるわ。でも旦那さま、ちょうどその時病気でね、そのすぐ後で亡くなったわ」

「そう、そう――何か変な病気だったねえ？」

「日本の風土病みたいなもの――買ってきた日本製の髭剃りブラシからうつったのよ。日本人ってよく注意しないのかしら、こわいわねえ。それからあたし、日本製は敬遠してるの」

「英国製品を買えってのが、僕のモットーだね」オコナー巡査部長は、もったいをつけて言った。「ところで、君は旦那と先生がひと騒動やらかしたって言ったねえ？」

エルシーはうなずいた。昔の騒《スキャンダル》ぎを思い出すのが、自分でも楽しかった。

「猛烈な勢いだったの。少なくとも、旦那さまのほうはそうだったわ。ドクター・ロバーツはとてもおとなしく出てね、〝そんな馬鹿な〟とか、〝あなた、何か考え違いしてられるんですよ！〟ってふうなことばかり言ったわ」

「あの家の中で、やったんだろうねえ？」

「そうよ。奥さんが先生を迎えにやったの、それから奥さんと旦那さまと口げんかをしているところに、ドクター・ロバーツがやってきたっていうわけ。で、旦那さまが先生にくってかかったの」

「いったい旦那はどんなこと言ってた？」

「そうね、もちろん、あたしその場に居合わせたわけじゃないのよ。みんな奥さんの寝室の中で起こったことなんだから。でもね、何かが起こっているような気がしたの。それで、ちりとりを持って、階段を掃除してたわけよ。あたし、こういう機会は絶対に逃さないたちですものね」

オコナー巡査部長は、相手の調子に、すっかりうれしくなりながら、エルシーに個人として接近したやり方が成功だったと、改めて思った。警視庁巡査部長のオコナー氏に尋問されたならば、彼女はきっと何一つ盗み聞きなどいたしませんとかしこまって答えたであろう。

「それでさ」とエルシーは、しゃべりつづけた、「ドクター・ロバーツだけど、あの方とてもおとなしかったわ――どなったりなんかしたのは旦那様のほうばかりでね」

「で、旦那はなんて言っていたんだい？」オコナーはふたたび重要な箇所にふれる質問をした。

「先生をうんとののしっていたわ」とエルシーはおもしろそうに言った。

「なんて言ってののしっていた？」

いったいこの娘は、具体的な言葉や文句では何一つ言えないんだろうか？

「そう、大部分はあたしにわからなかったの」とエルシーが白状した。「長い言葉が多くってねえ――〝職業規定に違反行為〟だとか、〝自己の立場利用〟だとか、そんなようなことよ。それから旦那さまは、ドクター・ロバーツの名前を削除するって言ってたわ――医師登録簿からとか――なんだかとにかくそんな名前だったわ」

「ああ、それはわかった。医師評議会に公訴するわけだ」とオコナーは言った。

「そう、旦那さまはそんなようなこと言ってた。それから奥さんがヒステリーみたいになってさ、〝あなたはちっとも、わたしをかまってくれなかった。わたしを放りっぱなしにしておいた〟なんて言ってね、それから、〝ドクター・ロバーツはわたしの救い主なのよ〟なんても言ったわ。

それから、先生は旦那さまと化粧室へ入っていって、そのドアをぴしゃっと閉めたの――それでもね――中で先生が言うこと、とってもはっきり聞こえたわ。〝ねえ、あなたは奥様がヒステリーなのを理解できないんですか？　奥様は自分の言っていることが何か、おわかりにならないんですよ。本当のことを申し上げると、これは非常にむずかしい、骨の折れる病気なんです。だから、わたしも、医者としての……なんとか言ってたわ……義――なんだか長い言葉、ああ、そうだ、義務観念……そうだった――医者としての義務観念がなかったら、とっくの昔に投げてしまっていたですよ〟そう言ってたわ。それから、医者と病人の間の越えてはならない境界についても――何か話してたわ。

そこで旦那さまがちょっと静まったの。それから、先生が言ったわ。〝あなたは事務所に遅れますよ。お出かけになったほうがいいでしょ。静かにお考えになってごらんなさい。すべてが、根も葉もない、馬鹿らしいことだとわかってきますから、わたしもここでちょっと手を洗わしていただいて、次の患者のところへ出かけますよ。ねえ、よく考えてください。すべては奥様の異常な想像から起こったことだ、それを疑う余地なんかないんですから〟

そしたら、旦那さまは〝どう考えていいのかわからん〟って、言ったわ。

それから、旦那さまが出てきたの。もちろんあたしは一生懸命ブラシで掃除していたの——でも、あたしには気がつきもしない。後でね、旦那さまはあの時病人のように見えたなって思ったわ。先生は愉快そうに口笛を吹きながら化粧室で手を洗っていたわ。あそこにはお湯と水が出るようになってましたものね。それから先生も大きな鞄を持って出てきた。いつものようにとても優しく、愉快そうにあたしに話しかけてね、そして階段を下りていったんだけど、元気で快活で、ふだんとちっとも変わってなかったわ。だから、ね、先生が悪いことをしたんじゃないのは絶対よ。みんな奥さんのせいだったのよ」

「それからしばらくして、旦那があの癰《よう》になったのかい？」

「そうなの、でも、あたしはその前からもうなっていたんだと思うの。奥さん、一生懸命に介抱したけれど、旦那さま、亡くなったわ。お葬式の時には、きれいな花環がたくさん並んだわ」

「で、後でどうなの？　ドクター・ロバーツはまた現われたのかい？」

「ううん、来なかった。おせっかいねえ、あんた、先生に恨みでもあるの？　お二人はなんでもなかったのよ。もし、そうだったら、旦那さまが亡くなった後で結婚したはずじゃない？　でも、先生はそんなことしなかったわ。そんな馬鹿じゃないわよ。ちゃんと奥さんを見切ってたんだわ。奥さんはよく先生に電話をかけていたけど、先生は絶対に来なかった。それからしばらくして、奥さんが家を売って、わたしたちにお暇をとらせて、それからエジプトに行ったんだわ」

「それで君はずっとドクター・ロバーツを見かけなかったのかい？」

「そうよ。でも奥さんは先生に会ったわ、なぜってわざわざ先生の所に行って、チフスの――何ていったかしら――そう、予防接種をしてもらったんだもの。腕にしてもらったんだけどとても痛がってた。あたしの想像じゃあ、先生はあの時奥さんにおたがいはなんでもないって因果をふくめたんだと思うの。その後は彼女、もう先生に電話もかけないで、とっても元気よく出発したわ。きれいな衣装をうんと持って――それも真冬の最中だというのにみんな明るい色ばかりなのよ。エジプトじゃあ、いつも上天気で暖かいからだってさ」

「そうなんだよ。時には暑すぎるぐらいだってね。で、彼女はそこで死んだんだ。君は、その事は知っているんだろう？」

「ううん、本当に知らないの。実際、あんなことになるなんてねえ！　あたしが考えていたのより、奥さんはすでにだいぶ悪かったんじゃあないのかしら。気の毒にねえ！」

彼女は溜息をつきながらまたつけ加えた。

「あのきれいな衣装、みんなどうなっちゃったかしら。エジプトの人たちは、ああいった服は着ないし……」

「君が着りゃあ、ちょっといける女になるなあ、きっと」

「まあ、失礼しちゃうわ」

「まあいいよ。もう失礼な奴の顔を見なくってもすむんだからね。実は僕、会社の用で出張しなくちゃならないんだ」とオコナー巡査部長は言った。

「長いこと行ってるの？」

「たぶん外国へ行くんだよ」

エルシーは顔を伏せた。

姿優しきガゼルのかもしかを、

われは愛さず、親しき愛の生れる時、そは死ぬ運命《さだめ》……

という有名なバイロン卿の詩を、彼女は知らなかったにせよ、この時の彼女の心境はまさにこれであった。彼女は心の中で思った。

〝素晴らしい魅力のある男とつき合うと、みんな、途中で駄目になっちゃう。本当に変だわ。でも、いいわ、あたしにはフレッドがいるんだから〟

それにこの人物がエルシーの生活をかきみださずに去っていくことはむしろありがたいことだともいえたのである。結局フレッドの方がやはり彼女を獲得する運命にあったのだから。

17 ローダ・ドーズの証言

ローダ・ドーズはデベナムの店から出てきて、考え事をするかのように歩道に立っていた。決心がつかないで困っているさまが顔によく現われていた。表情が豊かで、心に思ったことがすぐに現われる顔であった。

今の場合、ローダの顔はきわめて明瞭に、こう語っている。〝行こうかしら? よそうかしら?〟〝会いたいのは確かだわ〟〝でも会わない方がいいんだわ〟

店の守衛が、声をかけた。「お嬢さま、タクシーをお呼びしますか?」

ローダは首を振った。

〝クリスマスの買物は早めに〟という表情で買物包みをかかえこんだ肥った婦人が、ローダにぶつかった。しかし、それでもまだローダはどうしようかと考えつつ歩道に立っていた。

いろいろの考えがごたごたと彼女の頭に浮かんでは消えていた。

〝なにも行っちゃあいけないって理由はないんじゃない？　来るようにって、言ってくれたんだわ——でも、多分誰にでもあんな言葉を言っているんだから……あの人、自分の言ったことを真面目に取られるとは、思ってもいなかったんだわ……とにかく、アンはあたしが行くのをいやがってたわ。デスパード少佐と二人だけで弁護士を訪ねた方がいいってはっきり言ってた……なぜあたしも一緒に連れていかないのかしら？　そうね、〈三人は弥次馬〉ってことわざどおりになるからだわ。……それに元来、あたしとは関係のない用事なんだし……あたしもデスパード少佐に特に会いたいっていうわけじゃないしね……でも、彼はいい人だわ……彼はアンを好きなんだと思うわ。好きでなきゃ、あんなにいろいろなこと、やってくれやしないわ……たしかに単なる親切だけじゃない……〟

メッセンジャー・ボーイがローダにぶつかった。「お嬢さん、すみません」と言った彼の口調にふくれ面《つら》の響きがあった。

〝まあ、あたしここに一日中立っているわけにはいかないわ。いくら馬鹿で、自分で決心がつかなくたって、……あのコートとスカートすごくいいじゃないの。茶色は緑よりも効果的かしら。ううん、そうとも見えない。さあ、行くの、行かないの？　いま三時半よ——ちょうど、いい時間だわ——食事にありつきに来たなんて思われないもの、今なら——とにかく、行ってのぞいてみよう、それだけでもいいわ〟

ひと息に道路を突っ切り、右に折れるとやがて左に曲がり、ハーレイ街を通り、例のアパートの前まで来た。オリヴァ夫人が常に〝私設療養所の群にとりまかれて〟と陽気に述べている大アパートだ。〝いいわ、なにも彼女に取って食われるわけでもないし〟とローダは度胸をきめ、アパートの中に入っていった。

オリヴァ夫人の部屋は一番上の階にあった。制服を着たポーターが彼女をエレヴェーターに乗せ、きれいな新しいマットの上を静かに歩いて、明るい緑のドアの前まで案内してくれた。

〝まあ、すごく脅かすのね〟とローダは考えた。〝歯医者へ行った時よりもびくついちゃう。でもこうなったら最後までやり遂げるほかないわ〟

きまり悪さにぽっと頰を赤らめながら、ベルを押した。

年老いたメイドがドアを開けた。

「あの——あたしは——あの、オリヴァさんいらっしゃいますか？」

メイドに導かれて、ローダはだらしなく散らかっている客間に入った。

「お名前はなんとおっしゃいます、お嬢さん？」

「ああ——あの、ミス・ドーズ——ミス・ローダ・ドーズです」

メイドは部屋から出ていった。ローダは百年も待ったような気がしたが、正確に言うと一分四十五秒でメイドはもどってきた。

「どうぞこちらへ」

ローダは前よりも赤くなって、メイドの後についていった。小廊下を回ると、ドアがあった。彼女はこわごわ入っていったが、最初はアフリカの森に迷いこんだのではないかと、目を疑った。

いろいろな鳥――たくさんの鳥――おうむや金剛いんこやその他、鳥類学にも知れていないような鳥が、太古の森ででもあるかのように、そここにとまっているのだった。この鳥と植物の交響楽の真ん中に、古びたキッチン・テーブルがあり、その上にタイプライターがのっているのをローダは認めた。タイプした紙が床に一面にちらばっていて、髪の毛をくしゃくしゃにしたオリヴァ夫人が古ぼけた椅子から立ち上がった。

「あら、よく来たわね」と、オリヴァ夫人はカーボンインクのついた手を差し出しながら、もう一方の手で髪の毛をなでつけようという実に困難な仕草をしていた。

彼女の肘にさわって、紙袋が机から落ちた。りんごがころころと元気よく、床に散らばった。

「あら、いいのよ、放っといて、そうやっとけば誰かがいつか拾うんだから」

ローダはりんごを五つつかんで、ちょっと息を切らせながら立ち上がった。

「あら、どうもありがとう――いいのよ、袋にもどさなくっても。その袋、穴が開いてるわ。マントルピースの上に置いといてちょうだい。それで結構。さあ、座って、おしゃべりをしましょう」

ローダは別の古椅子に座って、相手に目をそそいだ。

「あの、本当に申し訳ありません。お仕事のお邪魔じゃないんでしょうか？」彼女は息を切らせて尋ねた。

「そう、邪魔でもあるし、邪魔でもないわね。変な言い方だけど、ご覧のように仕事をしていたの。ところが、あの手におえないフィンランド人の私立探偵ね、すっかり困っちゃったのよ。彼、皿に盛ったいんげん豆にとても鋭い推理眼を働かして、聖ミカエル祭のがちょうの腸に詰めたセージと玉ねぎの詰め物の中から、ものすごい毒薬を見つけ出したの。ところが、聖ミカエル祭の時分には、もういんげん豆がなくなっていることを、あたし思い出したってわけ」

探偵小説を創作する内幕をのぞいた興奮から、息を切らしてローダは言った。「缶詰のならあるかもしれませんわ」

「もちろん」とオリヴァ夫人は頼りなげに言った。「そりゃあ、あるかもしれないわね。

だけど、それじゃあおもしろくないの。あたしはいつも、園芸とかそんなもので、つっかえちゃうのよ。読者が手紙で、あたしの小説の中の花はみんな季節はずれだと、言ってくるの。それがとても重大問題のようにね――ロンドンの花壇ではどんな花でも咲いてるわ」

「もちろん、そんなこと問題じゃありませんわ。ああ、オリヴァさん、書くのは素晴らしいことですわね」とローダは懸命に相槌をうった。

オリヴァ夫人はカーボンで染まった指で額をこすりながら、

「どうして？」

ローダはちょっとびっくりして、「だって、そうじゃありません？　ここに腰を下ろして、一冊の本を書き上げるなんて、素晴らしいことですわ」

「そんな簡単なわけにはいかないのよ」オリヴァ夫人は言った。「まず考えなきゃあならないでしょ。そして、考えるのは退屈なことよ。それから、筋を立てなきゃあならない。ところが、時々行き詰まっちゃうの。そしてその行き詰まりからどうにも抜け出せそうにないって気になる――でも、しまいに何とかなるの！　書くのってけっして楽じゃあないわ。他のことと同じように、辛い仕事なのよ」

「でも、辛い仕事のように思えませんわ」とローダが言った。

「あんたにはそうは思えないだろうね。なぜってあんたには書く必要ないんだもの。あたしには辛い仕事だって感じますよ。まあいまにあたしの本がたくさん出て、印税がいつも入ってきて楽に暮らせる。そう思って働いているのさ。それに銀行の残高がゼロになりかかっているとわかった時も、仕事に飛びつくわね」

「あなたが実際自分でタイプを打つなんて、想像もしてませんでしたわ。秘書がいらっしゃるんだと思ってました」

「秘書がいたこともありますよ。あたしが口で言って書き取らせていたんだけど、この秘書とっても有能すぎてねえ、あたしの方が気がめいっちゃったわ。用語でも文法でも句読点でも、あたしよりずっとよく知ってたの、それであたし、一種の劣等観念に取りつかれちゃったわ。そこで今度は能力の全然ない秘書を雇ったんだけど、もちろん、これはうまくいきっこないわよね」

「いろいろなことが考え出せるのは素晴らしいことですわ」とローダが言った。

「あたし考えることは、いくらでもできるの」とオリヴァ夫人は自慢らしく言った。「退屈なのはそれを書く時。これで書き終えた、六万語くらいかなと思って、数えてみると、三万語くらいしか書いていないのはしょっちゅうなのよ。そこで、殺人をもう一つふやし、女主人公がもう一度誘拐されることにしなきゃあならない……こんなことって退屈な仕事よ」

ローダは答えないでじっとオリヴァ夫人の顔を見ていた。その目には有名人に対する尊敬の色が浮かんでいたが、同時に期待を裏切られて、失望している色もあった。

オリヴァ夫人は軽く手を振りながら、「ねえ、この壁紙はどう？　あたしは鳥が大好きなの。この壁の樹を見てると、熱帯にいるような気がするのよ。気温がいくら低くても、これを見てると暑いって感じるでしょ。あたし、暑いっていう感じがないと、なんにもできないの。ところが、小説の中ではあたしの主人公のスヴェン・イエルソンは毎朝、風呂桶に張る氷を割ってるんですからねえ！」

「なにもかも、素晴らしく聞こえて……」とローダは言った。「それに、あたしが仕事のお邪魔していないっておっしゃってくださったんで、あたしとてもうれしいですわ」

「コーヒーにトーストでも食べましょう。うんと濃いブラックコーヒーに、うんと熱いトーストよ。あたしはこれだったら、いつでも食べられるの」

夫人はドアを開けて、大きな声を出した。そして、戻ってくると、

「町に何しに来たの――買物？」

「ええ、ちょっと買物があったんです」

「メレディスさんも一緒に出たの？」

「ええ、デスパード少佐と弁護士のところへ行ったんです」

「弁護士のとこへ？」

オリヴァ夫人の眉がもの問いたげに上がった。

「そうなんです。あの、デスパード少佐が行ったほうがいいっておっしゃって。あの方はとっても親切なんです――すごいんです」

「あたしだって親切だったのよ」とオリヴァ夫人が言った。「でもメレディスさんはそれを受け容れなかった。そうなんでしょ？　実際のところ、あたしの行ったのがおもしろくなかったらしいわね」

「あら、そうじゃないんです――本当にそうじゃないんです」ローダは当惑のあまり椅子の上で身をよじった。「今日お会いして、お話ししたかったのも、そのことがあるからなんです。あの、あなたはみんな間違って受け取っているんです。アンはたしかに無愛想だったと思います。でも本当はそうじゃなかったんです。あなたがおいでになったからじゃないんです。あなたのおっしゃったことがアンの気に入らなかったんです」

「あたしの言ったこと？」

「ええ。もちろん、あなたは気がつかずにおっしゃったんです。ただちょうど間が悪くって……」

「あたし、なんて言ったのかしら?」

「覚えてさえいらっしゃらないでしょうね。ちょっとした言い方の問題なんですもの。あなたは偶然の事故とか毒薬のことなんか、持ち出されましたね」

「そうだった?」

「たぶん覚えていらっしゃらないだろうと思っていましたわ。そうなんです。実は、アンは、それで恐ろしい経験をしたことがあるんです。彼女が働いてた家の奥様が毒薬を飲んだんですの——帽子に塗るペンキだったと思いますわ——それを他のものと間違えて、飲んでね。それで亡くなったんです。もちろん、アンには大変なショックで……彼女はそれを考えたり、話したりするの、我慢できないんです。それで、あなたのおっしゃったことから、その事件を思い出して、アンたらすっかり無口になってしまって、妙にぎこちなかったんです。それをあなたも感じました。でもあたし、アンの前ではなんにも言えなかったんです。ですけれど、あたしあなたに理解していただきたかったんです。アンはあなたの親切を無視したわけではなかったんです」

オリヴァ夫人はローダの赤くなって弁解している顔を見ていたが、ゆっくりと、「あ、そうだったの」と言った。

「アンはとっても神経質なんです。だから、いやなことにぶつかると逃げ腰になるんです。何かで驚いてしまうと、そのことをけっして話さないんです。でも、そんなことしても、役に立ちませんわ——すくなくともあたしはそう思いますの。状態は変わらないわ、たとえそのことをしゃべってもしゃべらなくてもね。ただ逃げ腰で口をつぐめば、それが存在しないというふりはできる、それだけのことでしょ。あたしなら少しぐらい苦しくったって、みんな話してしまいますわ」

「ああ」とオリヴァ夫人は静かに言い、「あんたはなかなか勇敢だね、アンは違うけれど」

ローダは赤くなった。

「アンは優しいんですの」

オリヴァ夫人は微笑して、

「そうじゃないとは言いませんよ。ただ、あんたのような、燃えるような勇気がないね」

夫人は溜息をつき、それからローダの予想もしないことをだしぬけに訊いた。

「ねえ、あんたは真実の価値を認める？　それとも認めない？」

「もちろん、あたしは真実を大切だと思います」ローダが驚いて答えた。

「口でそう言うのはやさしいけど、それを本当に考えたことがある？　真実は時には痛いものだし、美しい幻影を打ち壊すこともありますよ」

「それでも、あたしかまいませんわ」

「あたしもそうですよ。でもね、そんな馬鹿正直は利口じゃないでしょうよ」

ローダは嘆願するように、

「あたしが話したこと言わないでくださいね。アンが怒りますから」

「そんなことするものですか。で、それ、だいぶ前のことなの？」

「三年か四年前なんです。一人の人に同じようなことが繰り返し起こるなんて、不思議ですわねえ。あたしに叔母さんがいたんですが、その人っていつも難船にあってましたわ。アンも、やっぱり二人の人の急死に出あって――もちろん、今度の方がずっと悪いですわ。殺人だなんて、恐ろしいことですものねえ？」

「そう、そのとおりだわ」

この時、ブラックコーヒーと熱いバター・トーストが運ばれてきた。

ローダはいかにも美味しそうに飲んだり、食べたりした。有名な人とこんなに親しくお茶を飲むのは彼女にとって素敵な興奮だった。

食べ終わると、ローダは立ち上がった。

「とても長いことお邪魔しました。あの――もしできたら――もしあの、あたしがあなたのご本をお送りしたら、それにサインをしていただくこと、ご迷惑でしょうかしら?」

オリヴァ夫人は笑った。

「ああ、もっといいことをしてあげますよ」彼女は部屋の隅にある戸棚を開いて、「どれがいいかしらね? 『第二の金魚事件』がいいと思うんだけどね。他のものよりはいくらかましなのよ」

作家が自作のことをこんなふうに言うのを聞いて仰天したローダは急いで同意した。オリヴァ夫人は本を取り出し、それを開くと、自分の名前を素晴らしく華やかな字で書き込み、ローダに渡した。

「はい、どうぞ」

「本当にありがとうございます。楽しかったです。でもお邪魔したんじゃなかったでしょうか?」

「いいえあんたが来てくれるの、待ってたんですよ」ちょっと、言葉を切ってから、夫人はすぐつけ加えた。「あんたは可愛い娘さんね。さようなら、気をつけなさいよ」

それからローダを送り出してドアを閉めながら、オリヴァ夫人はひとりでつぶやいた。

「まあ気をつけなさいなんて、どうしてあたし、あんなこと言ったんだろう?」

彼女は首を振り、髪をくしゃくしゃにすると、セージと玉ねぎの詰め物の謎を解く、名探偵スヴェンソン・イエルソンの活躍にまた取りかかった。

18　幕間のお茶

ロリマー夫人は、ハーレイ街にある一軒の家から出てきた。石段の一番上でちょっと立ち止まり、やがてゆっくりと下りだした。彼女の顔には奇妙な表情が浮かんでいた——冷たい決意とためらいの混じった顔つき。何かむずかしい問題に熱中しているかのように、ちょっと眉をしかめていた。

ちょうどその時、彼女は反対側の歩道にアン・メレディスの姿をみとめた。アンは立ち止まって、角の大きなアパートをじっと見上げていたのである。

ロリマー夫人はちょっとためらったが、すぐと道路を横切っていき、「メレディスさん、こんにちは」

アンはぎょっとして振り向いてから、

「あらこんにちは」

「あれからずっとロンドンにおいで？」

「いいえ、今日だけ出てきたんですの。ちょっと弁護士に用があったものですから」

彼女の目は、なおも大きなアパートの方に走りがちだった。

ロリマー夫人は言った。「あなた、何か困ったことでもできたの？」

アンは気がさすことを言われたように顔をふせ、「困ったこと？　いいえ、そんなこと一つもありませんわ」

「でもあなた、何か考えごとをしているように見えたものだから」

「別に何も――いいえ、ちょっと考えてはおりました。けれどたいしたことじゃないんですの。ほんのつまらないことですの」アンは微笑した。それからまた口をひらき、「あたくし、いまお友達を見かけたような気がしたもんで――一緒に住んでいるお友達なんですけど――その姿があそこに入っていったみたいなんですの。で、あの人、オリヴァさんになんの用で会いに行ったのかしらと思って……」

「あそこにオリヴァさんが住んでるの？　ちっとも知りませんでしたよ」

「ええ、そうなんですの。この前、あたくしどもの所へいらっしゃって、住所はここだから遊びに来いっておっしゃったんです。それであたくし、さっき入ったのがローダかどうかって考えてましたの」

「あなたもこれからお訪ねしようと思っているの？」

「いいえ、あたくしはあまり気が進みませんの」

「じゃあ、一緒にお茶を飲みましょう。この近くに、わたしの知っている店があるから」

「ええ、ありがとうございます」アンはためらいながら答えた。

二人は並んで大通りを歩いていき、やがて横町に曲がった。ある小さなパン屋に入り、お茶とマフィンを前に座った。

二人ともあまり話をしなかった。相手が口をきかないでいるので、かえっておたがいに気持が安まるらしい様子だった。

アンが突然尋ねた。

「オリヴァさんはあなたに会いにいらっしゃいました？」

ロリマー夫人は首を振って、

「いらっしゃったのはポアロさんだけでしたよ」

「あたくし別にそんな意味で……」とアンが弁解しはじめた。

「おや、そういう意味じゃなかったの？　あたしはまた、例の調査のことだろうと思って。かまいませんよ、あの話でも……」

アンはちらっと目を上げてロリマー夫人を見た——すばやい、おじけた視線だった。

しかしロリマー夫人の顔に現われた何かを読みとって安堵したふうだった。

「ポアロさんはあたくしの方へはいらっしゃいませんでした」と、アンはゆっくり言った。

やや言葉が途切れた。

「バトル警視はあなたを訪ねませんでした？」と、ふたたびアンが尋ねた。

「え、ああ、もちろん来ましたよ」

アンはためらいがちに尋ねた。「どんなことを訊いたんですの？」

ロリマー夫人は元気のない溜息をついて、「ごく普通のきまりきった質問でしたよ。あの人、とても気持ちのいい態度でしたよ」

「あの人は、皆さんのお宅に伺ったんですのね」

「と思いますよ」

ふたたび言葉が途切れた。

「ロリマーさん、あの――警察では誰がやったか、わかったんでしょうか？」とアンが尋ねた。

彼女は自分の皿に目を落としていた。それでうつむいた頭部にそそがれているロリマー夫人の目に奇妙な表情が浮かんでいるのに、気がつかなかった。

ロリマー夫人は静かに、「さあねえ……」と言った。

アンはつぶやくように、「こんなこと――嫌ですわねえ」

ロリマー夫人は前と同じ探るような、それでいて同情するような表情を見せたまま、アンに尋ねた。

「アン・メレディス、あなた、おいくつ？」

「あ、あたくし？」アンはどもって答えた。「二十五ですわ」

「わたしは、六十三ですよ」と、ロリマー夫人は言い、それから、ゆっくりと、「あなたはまだこれからの人ですねえ……」

アンの身体が震えた。

「家に帰る途中で、バスにひかれるかもしれませんわ」

「そう、そんなことも人生にはありますね。そしてわたしの方が――生き残ったりしてね」

彼女の口調がおかしかったので、アンは驚いて、その顔を見た。

「生きるのはむずかしいことですよ。わたしの年になったら、わかります。限りない勇気と忍耐が必要なのです。そして、死ぬ時になって、誰もが、〝人生にそんな値打ちがあったのかしら〟って、疑うんです」

「まあ、そんなことおっしゃらないで」

ロリマー夫人は笑った。ふたたび本来のしっかりとした夫人にもどって、言った。

「人生の暗さなんぞをしゃべるのは、安っぽい人のすることよ」

彼女は給仕を呼んで、勘定をした。

店のドアを開けると、タクシーがゆっくりと通りかかり、ロリマー夫人は手を上げて呼び止めた。

「ご一緒に行きません？　ハイド・パークの南まで行くんですから」

アンの顔が明るく輝いた。

「いいえ、結構です。お友達があの角を曲がったのを、今見ましたの。ロリマーさん、どうもありがとうございました。さようなら」

「さよなら、お元気でね」とロリマー夫人が言った。

彼女の自動車が行ってしまうと、アンは急いで歩きだした。

ローダは、アンを見るとうれしそうに笑ったが、すぐにちょっと、ばつの悪そうな顔をした。

「ローダ、あなた、オリヴァさんのところに行ってたのね？」とアンが尋ねた。

「本当を言うと、そうなの」

「で、あたしがちょうどそこをつかまえたわけね」

「つかまえたってどういうことなの。とにかくあそこまで歩いて、バスに乗りましょうよ。あんたはあのボーイフレンドと一緒に行ったんでしょう。だから彼にお茶ぐらいご馳走になると思ったわ」

アンは、ちょっと黙っていた。——彼の言葉がまだ耳に残っていた——〝どこかでローダをつかまえて、三人で一緒にお茶を飲みませんか？〟アンの、それに対する答え——考えもせずに急いで言った答えは——〝ありがたいんですけど、ローダとあたくし、他の人とお茶を飲む約束がありますから〟——だった！下手な嘘——それも実に馬鹿げた嘘をついてしまった——いきなり頭にひらめいたことを言うのは、愚かなやり方だった。「ありがたいわ、でも、ローダはお食事に外出してると思うの」と言えばよかったのだ。そうすれば自分は彼と一緒にいられたのに。

アンがローダにいてほしくなかったのは仕方なかった。デスパード少佐を一人じめしたかったのである。彼女はローダに嫉妬を感じていた。ローダは朗らかで、話がうまく、感情が豊かで、ぴちぴちしていた。あの晩だって、デスパード少佐は、素晴らしい子だなあという目つきでローダを見ていた。デスパード少佐はアンに会いにきたのだ。ところがローダがあんな娘だった。彼女は悪気なしではあったが、アンの影を薄くしてしまったのだ。だから彼女はローダを遠ざけておきたかったのである。ところが、アンはすっかり慌てて、あんなまずいことを言ってしまった。もしもう少しうまく言っていたら、今頃はデスパード少佐のクラブかどこかで、一緒にお茶を飲んでいただだろう。

アンはローダには困っていた。ローダが厄介な存在になっていた。それに、オリヴァ夫人に会って、いったい何をしてきたのだろう？

アンは声に出してこう訊いた。

「あなた、どうしてオリヴァさんに会いにいったの？」

「だって、あの方あたしたちに遊びにこいって言ったじゃないの」

「それはそうだけど、本気でなんか言ったんじゃないと思うわ。単なる挨拶にすぎなかったんじゃないかしら？」

「それどころか、本気だったのよ——とっても喜んでくれたわ。自分で書いた作品までくださったのよ。ほら、これよ」

ローダは彼女からもらった本を振ってみせた。

アンは疑わしげに、

「なんのお話をしたの？　あたしのことじゃない？」

「まあ、うぬぼれた人ねえ！」

「そう、でも、あなた——話さなかったの、この前の殺人事件のこと？」

「話したのは、あの人の小説での殺人よ。いま書いている作品では、セージと玉ねぎの中に、毒薬が入っているんですって。ちっとも気取らない人ね——書くことはとっても辛い仕事だとか、話の筋をつくるのはとてもむずかしいなんてお話ししてね。それから、ブラックコーヒーと熱いトーストをご馳走になったの」ローダは勝ち誇ったようにそう言った。それから気がついたように、「あら、アン、あんたお茶を飲みたくない？」

「ううん、結構、もう飲んだの、ロリマー夫人と」

「ロリマー夫人？　その方——あの時にいた人じゃない？」

アンはうなずいた。

「どこで会ったの？　あんたが会いにいったの？」

「いいえ、ハーレイ街で、偶然お会いしたの」

「どんなふうだった、その方？」

アンは、ゆっくりと答えた。

「わからないわ。とても変だったわ。あの晩の時とは、すっかり変わってた」

「あの人がやったんだって、あんた、まだ考えている？」

アンはちょっと黙っていたが、やがて、

「わからないわ。ローダ、その話やめましょうよ。あたしが嫌なのを知ってるでしょ」

「ええ、いいわ。弁護士はどうだった？　全然暖か味がなくって、法律一点ばりな人？」

「抜け目なさそうな方よ」

「大丈夫らしいわね、それなら」ローダは言葉を切って相手を待ったが、それからまた尋ねた、

「デスパード少佐はどうだったの？」

「親切だったわ」

「アン、彼はあんたが好きなのよ。きっとそうだわ」

「ローダ、馬鹿みたいなこと、言わないでよ」

「でもいまにわかるわ」

ローダは歌を口ずさみはじめ、その間、頭では考えていた。

〝もちろん、彼はアンが好きなんだわ。アンはすごくきれいなんだもの。でも、これはちょっとはかない恋じゃないかな、……アンは彼とはうまくいきっこないもの。そう、蛇を見たって、アンは悲鳴をあげるほうだもの……男って、いつも、自分に合わない女

に熱を上げるものなのね、変だわ〃

それからローダは口に出して言った。「あのバスはパディントン駅行きよ。あれで行けば四時四十八分発の汽車に間に合うわ」

19　協議

部屋の電話が鳴ってポアロが受話器を取り上げると、丁重に話しかける声が聞こえてきた。

「こちらはオコナー巡査部長です。バトル警視の代理でございますが、エルキュール・ポアロさんに十一時半に警視庁にいらっしゃっていただけないかとのことですが？」

ポアロが必ずお伺いすると答え、オコナー巡査部長は電話を切った。

十一時半になって、ポアロが警視庁の玄関でタクシーから降りると——いきなり、オリヴァ夫人に腕をつかまれた。

「ポアロさん、よかったわ。助けてくださいよ」

「マダム、喜んで《アンシャンテ》。どうなさったのですか？」

「あたしの自動車賃払ってほしいの。あたし、うっかりしちゃって外国で使うお金を入れた方のハンドバッグを持ってきちゃったの。この運転手ったら、フランもリラもマルクも受け取らないだって！」

　ポアロはいんぎんにバラ銭を差し出した。そして、二人は一緒に建物に入っていった。

二人はバトル警視の部屋に通された。警視はテーブルの後ろに座っていたが、いつもにまして、無表情な顔をしていた。

「まるで、現代彫刻のかけらみたいね」とオリヴァ夫人がポアロにささやいた。

　バトルは立ち上がって、入ってきた二人と握手を交し、それぞれに椅子をすすめた。

「そろそろ、ちょっとした集まりをしてもいい頃だと思ったものですから」とバトルは言った。「あなたがたも、当方の進捗状況がお知りになりたいでしょうし、こちらも、あなた方の進捗状況をお訊きしたいものですからね。レイス大佐もお見えになるはずですから、そうしたら……」

　そう言っているうちにドアが開いて、大佐が現われた。

「バトル、遅れてどうも失敬。オリヴァさん、いかがですか？　やあ、ポアロさん。お待たせして申し訳ない。実は明日出かけるもんでつい準備に忙しくって……」

「どこへいらっしゃるの？」とオリヴァ夫人が尋ねた。

「ちょっと猟をしにバルチスタン（パキスタンとイランの境）の方へ行こうと思ってます」

　ポアロは皮肉な笑いを浮かべて、

「あちらの方面には、いろいろと事件が起こっているようではないですか？　ご注意なさった方がいいですね」

「そのつもりではおります」レイスは重々しく答えたが――目はいたずらっぽく光っていた。

「大佐、何か見つかりましたか？」とバトルが尋ねた。

「デスパードについての情報は持ってきたよ。これがそうなんだが……」

彼は一束の書類をテーブルの上に置いた。

「この書類には、日付と場所がいっぱい書いてあるが、大部分必要ないものと思うな。彼に都合の悪いことは全然ないね。彼は立派だよ。記録には別にこれといったきずもないし、日常の行動もなかなか厳格のようだ。どこへ行っても、そこの原住民たちに愛され、慕われていた。アフリカで、彼が原住民たちからつけられた名前というのが、〈ロをぐっと結んでいて公平に判断する人〉というのだ。アフリカじゃあ、こんなふうに名前をつけるんだねえ。白人たちの評判でもデスパードは立派な紳士ということになっている。射撃がうまく、冷静で、全体への見通しがきいて、頼みになる人物というわけだ」

この讃辞には動かされずに、バトルが訊いた。

「彼のまわりの人が急死したとか事故にあったことはありませんでしたか？」

「その点は、わしもよく注意したんだが、人命救助が一件あったよ。友達が一人、ライオンに襲われた時だがね」

バトルは溜息をついた。

「人命救助のほうは別に必要ないですね」

「バトル、君も頑固な男だねえ。もっとも一つだけ、君の喜びそうな情報を拾ってきたよ。デスパードは有名な植物学者のラクスモア教授夫妻と一緒に南米の奥地の旅行に行った。ところが、教授は熱病で死んで、どこかアマゾン河の岸に葬られたんだ」

「熱病ですって？」

「そう熱病。だが僕も公平に言うが、その旅行の荷物を担いだ原住民の一人が、泥棒をして、つかまってね、教授の死は熱病じゃあなくて、撃たれたのだ、としゃべったんだ。こんな噂を真面目に取る人間はいなかったそうだがね」

「当時はまあそうだったでしょうが……」

レイスは首を振って、「わしは事実だけ提供した。君がそれを求めたんだし、もちろん、君にはそれを求める権利がある。しかしわしに意見を言わせてもらうなら、デスパードはこの前の夜の殺人みたいな汚いことをする男じゃない、と断言するね。バトル、デスパードは白の人間だよ」

「人殺しはしようにもできっこない人種、っておっしゃるんですか?」

レイス大佐はためらった。

「わしの言った意味の汚い殺人は——せんよ」

「しかし、殺人を必要と考えたり、それ相当の理由がある場合、しないとは保証できない。そうですか?」

「もし、それ相当の立派な理由があればね!」

バトルは首を振った。

「人間が他の人間を独断で裁いたり、自分勝手の法律を使ったりすることは絶対に許されないですよ」

「バトル、時にはそれも、仕方ないさ——場合によっては……」

「絶対あってはならないです——これはわたしの信念です。ポアロさん、あなたはいかがです?」

「私もバトルさんと同じ考えですね。私はいかなる場合も殺人を認めません」

「おかしな言い方をなさいますのね」とオリヴァ夫人が言った。「もっと簡単に、狐狩りや、帽子の羽根飾りに使うみそさざい撃ちと同じように考えられないかしらね? この世にだって、撃ち殺されたほうがためになる人はいるんじゃない？」

「それは、おそらく、いるでしょう」

「じゃあ、これで問題解決でしょ！」

「あなたは私の言うこと、おわかりになっていません。私は殺される人のことを言ってはいません。殺す人の心に起こる変化を申しておりますんです。人間を殺せるという心の持ち方について、です」

「じゃあ、戦争の場合はどうなの？」

「戦争では、たしかに、個人的な判断を行使して殺人するのではありません。しかしだからこそ戦争とはもっとも危険なものなのです。戦争では人間は相手を殺すことに正当な理由をつけられます。このように、人間が他人の生死を左右できるという考えに、一度でも取りつかれたものは、もっとも危険な殺人犯人になりかかっているのです——利益のためでなく——思想のために人を殺す——こんな人ははなはだ傲慢な殺人犯人です。そういう人は全能の《ル・ボン・デュウ》神の権能を奪いとったことになります」

レイス大佐は立ち上がった。

「残念ながら、おいとまをしなくちゃあならない。片づけ仕事がたくさんあるからね。この事件の結末を知りたいとは思うんだが、結末は簡単にはつかんでしょうな。やった奴を発見できたところで、それを証明することがまたむずかしいしね。とにかく君の欲しがっていた資料は渡したよ。ただ、わしはデスパードが犯人だとは思わんね。殺人を犯す人間とは信じられないんだ。シャイタナはラクスモア教授の死にからんだ陰険なデマでも聞きこんだんだろう。しかし、わしにはそんなことがあったとは信じられん。デスパードは潔白な人間であり、人殺しをしたことがあるなぞとは、絶対に信じられん。これはわしの意見だ。わしには人を見る目があるつもりだよ」

「ラクスモア夫人はどんな方ですか？」バトルが尋ねた。

「ロンドンに住んでいるから、君が調査したらいいだろう。住所はその書類の中に書いてある。南ケンジントンのどこかだと思った。しかし、繰り返すようだが、デスパードがやったんじゃあないよ」

レイス大佐は猟をする人によくある、足音を立てない軽い足取りで、部屋を出ていった。

部屋のドアが大佐の後ろで閉まった時、バトルは何かを考えているように、うなずいた。

「大佐の言うことは間違いないでしょう。それに、人を見る目もたしかにあります。しかし、それでも、確かめてみなければなりませんなあ」彼は、レイス大佐がテーブルの上に置いていった書類を読みながら、時々、鉛筆で横のメモ用紙に書き込みはじめた。

「ねえ、バトル警視、あなたのなさったことを話してくれません？」とオリヴァ夫人が尋ねた。

彼は顔を上げ、微笑した。ゆっくりとした微笑で、彼の無表情の顔が次第にほころびていくといったふうだった。

「オリヴァさん。われわれの話はすべてここだけのことで、外部にはもらさない——これをまずご記憶ください」

「まあ、もちろんだわ。だけど」とオリヴァ夫人は言った。「あなたが話したくないような情報はね、バトルさん、けっしてお話しなさらなくていいんですよ。そこまで頼まないわ」

バトルは首を振って、断固として言った。

「それは違いますよ。手の札は開けて置く《カーズ・オン・ザ・テーブル》。これがこの事件のモットーでしたよ。わたしも公明正大にしたいです」

オリヴァ夫人は椅子をぐっと引いて、バトルに言った。

「じゃあ、どうぞ、話してちょうだい」

バトル警視はゆっくりと話しはじめた。

「最初に申し上げておきますが、シャイタナ氏を実際に殺した犯人となるとまだ出発の頃からろくに進んでいません。シャイタナ氏の書類を調べてみましたが、別に手がかりになるものは見つかりませんでした。あの四人の人たちには、もちろん、尾行をつけてるんですが、これまた具体的な確証をつかんでおりません。しかし、尾行だけに望みをかけていたわけでもないんです。ポアロさんの言われたように、一つ期待できるものがありました――すなわち彼らの過去を調べることですね。あの四人がどんな罪を犯したのかがわかれば――もっとも、調査してみたら、シャイタナがポアロさんをかつぐつもりで嘘をついてたということになるのかもしれませんが――とにかく、これが明らかになれば、あの殺人の犯人がわかるかもしれないのです」

「それで、あなた、何か見つけましたの？」

「あの中の一人について、新しい事実がわかりました」

「誰ですか？」

「ドクター・ロバーツです」

オリヴァ夫人はうれしげな、興奮《スリル》と期待に満ちた顔になって、バトルを見まもった。

「ポアロさんがご存じですが、わたしはいろんな調査を試みました。とにかく、彼の近親で急死したもののないことは、はっきり証明できます。そこで彼のまわりをさらに細かに調べました、そして結局ある一つの疑惑だけに焦点が集まったのです――まだ証拠は握っていないんですが、彼のやりかねないことでね。四、五年前、ロバーツと婦人の患者との間に、ちょっと恋愛めいた面倒ごとがあったことは間違いないんです。別にその関係も取るに足らぬことだったらしいんですが、その患者というのが、ヒステリー症だもんで、騒ぎ立てたんですね。その患者の夫が怪しいと嗅ぎつけたのか、妻が〝告白〟したのか知りませんが、とにかく、夫はすっかり怒って、ロバーツの前で彼を中央医学評議会に報告するって、おどしたんです――そうなれば、ロバーツは医者として働けなくなってしまうわけです」

「で、どうなったんです？」オリヴァ夫人は息をはずませて訊いた。

「どうやら、ロバーツはうまく夫の怒りを静めた。そして、そのすぐ後で、その夫は癰《よう》で死んだんです」

「癰ですって？　だって、それならどこにもある病気でしょ？」

バトル警視はニヤリと笑って、

「そうですよ、オリヴァさん。別に南米のインディオの矢からとった、証拠の残らない毒なんかじゃない！　あの当時、安い髭剃りブラシから病気がうつるって、騒がれてたことがあったでしょう。このクラドックの死亡も髭剃りブラシに病菌が発見されたのです」

「ドクター・ロバーツが治療に当たったんですの？」

「いや、いや、そんな馬鹿じゃあないですよ。それに、患者のほうだって、彼を呼ぼうとしなかったんですから。その点についてわたしの集めた証拠では——ごくささいなことなんですが——その当時、ロバーツの扱った患者中にも癰の患者がいたということだけなんです」

「ロバーツがクラドックの髭剃りブラシに菌をうつしたっていうわけ？」

「そう考えているんです。ただそれも、単なる疑いで、それ以上のものじゃあないんです。純粋の臆測ですね。ただ、それも充分にありうるんです」

「その後ロバーツはその婦人と結婚しなかったんですの？」

「いや、とんでもない、どうもこの恋愛は、その婦人の片思いだったようですよ。彼女はだいぶ怒っていたらしいですが、冬になると急にエジプトに出かけ、そこで死にました。なんとかいう敗血症のような病気なんです。ずいぶんむずかしい名前の病気で、お教えしても参考にはならないでしょう。ここでは非常に珍しいんですが、エジプトの住民の間では、よくある病気です」

「やっぱり、ロバーツが彼女に毒を飲ませたのかしら？」

「それはわからんです。わたしに細菌学者の友達がいるので、訊いてみたんですが——こういった学者から明瞭な答えを得ることはむずかしいですね。けっして、イエス、ノーをはっきり言わんですから。"ある条件の下では可能だろう"——"それは患者の病理学的条件による"——"そういう病症例は前にもあった"——"患者の体質に関係することがはなはだ多い"——すべて、いつでも、こういった具合なんです。しかし、とにかく、この友達に強要して判明した限りでは、細菌、いや細菌群っていうのか知りませんが、これをイギリスを立つ前に血液の中に注入することは可能だ、しかも徴候はしばらくの間出てこないそうです」

「クラドック夫人はエジプトに立つ前に、チフスの予防接種をしたんだね？　たいがいの人がそうするように」とポアロが尋ねると、

「ポアロさん、そうなんですよ」

「で、ドクター・ロバーツがそれをしたんですか？」

「それもおっしゃるとおりです——ただ、どこにも証拠になるものがないんですね。彼女は規定の接種を二つしたんですが——どちらも誰もが知っているチフスの予防接種だったかもしれないし、あるいは、一つはチフスの接種で、もう一つの方は——別の何かだったかも——しれません。ただ、わたしたちにはわかりませんし、今後も調べようが

ないでしょう。したがって、すべての事柄が純粋の仮説なんです。われわれとしては、こういうことなんだろうと、推測しうるだけなんですね」

ポアロは考え深げにうなずきながら、

「シャイタナ氏が私に言った言葉とよく合致している。彼は成功した人殺しを賞讃していました――けっして尻尾をつかまれることのない犯罪をしとげた人のことですが」

「でも、シャイタナさんはどうして、それを知ったんでしょう？」とオリヴァ夫人が尋ねた。

ポアロは肩をすくめて、「それはもう知りようがありませんね。ただ彼もエジプトにいたことがあるのです。それは、ロリマー夫人がそこで彼に会ったんですから、確かです。彼はたぶんクラドック夫人の病状がおかしいとでも言ったあそこの医師の言葉を耳に挟んだのでしょう――感染経路が妙だといった疑問をですね。それから、別の機会に彼はロバーツとクラドック夫人についての噂話を聞いたのかもしれません。そして彼はロバーツに会って何かこの殺人を暗示するようなことを言ってみた。そうするとロバーツの目に恐怖の影の浮かんだのを見てとって、秘かに楽しんだかもしれませんね――ただ、こんなことも事実として確かめるわけにはいきませんが……。普通の人が見逃してしまうような秘密を見抜く特別の才能を持っている人がいるものです。シャイタナ氏はこういった人物でした。もっとも、こんなことはいまのわれわれに大切でないですね。われわれは彼がそう推測していたということしか明言できないのだから……。では果たして、シャイタナ氏の推測は当たっていただろうか？」

「そう、わたしは当たってたと思いますね」とバトルが言った。「あのロバーツは愉快で、親切そうに見えますが、けっして優しい善良な男じゃあないとわたしは見てるんです。ああいったタイプの男を一人、二人知っていますが――どれもこれも中身は似たり寄ったりですよ。彼は必ず人を殺していると考えますね。クラドックを殺した。クラドック夫人だって、スキャンダルを起こして厄介だと彼が考えはじめていたとしたら、彼に殺されたんでしょう。ただ、彼がシャイタナを殺したかどうか？　これはむずかしい問題ですよ。今までの犯罪のやり方を比べてみると、どうもそうは思えんですね。クラドック夫妻の場合は、いずれも医学的知識を生かした殺人ですね。だから彼がシャイタナを殺すとしたら、やはり毒薬でも使ったろうと思うんです。これまではいつも細菌を使っていて、ナイフを使ったことはないんですから」

「彼が犯人だなんて、全然考えたことないわ」とオリヴァ夫人。「とてもそんなこと考えられないわよ。だってあんまりあけすけなやり口ですもの」

「ロバーツは退場させなさい」とポアロがささやいた。「他のものはどうでした？」

バトルはさももどかしそうな身振りをして、

「それがどうもうまくないんです。ロリマー夫人は夫に死なれてから二十年にもなるのです。冬になると時々外国に行くほかは大部分ロンドンで暮らしています。外国といっても、リヴィエラとかエジプトとかいった一流の土地です。彼女の身辺では変わった死に方をした人もありませんし、まったくどこといって非の打ちどころのない生活——言い換えればごく世間的な生活を送ってきたと想像されるんです。それに誰にも尊敬され、立派な女性と認められている。彼女の悪いところはと尋ねても、あの人の悪いところは馬鹿者を黙って見すごせないところだなんて言われるんです！　ただ、わたしは、彼女が潔白だと認めるつもりはありません。何かあるに違いない。シャイタナは少なくともそれがあると考えたんですから」

彼はがっかりしたように、溜息をついた。「それから、ミス・メレディスですがね。彼女の現在までは、非常にはっきり調査してあります。変わりばえもない経歴ですね。軍人の娘、遺産はほとんど残されなかった、で、自活しなければならなかった。別にこれといった特技はない。わたしは彼女が初めに住んだチェルトナムに行って、調査してみましたが、至極明快なものでしたよ。みんなが彼女をかわいそうな子だと言っていました。それから彼女はワイト島のある人のところで、コンパニオンをして暮らした。彼女のいたエルドン家は今ではパレスチナに行っているんで、わたしはその妹さんと会ったんですが、アンは姉のエルドン夫人に非常に気に入られていたと言っていました。怪しい死に方をしたものはありませんね。

　そのエルドン夫人が外国へ行ってしまったので、ミス・メレディスはデヴォンシャーに来て、学校時代の友達の叔母の家に主婦のコンパニオンになって住みこんだ。この友達というのが、今彼女と一緒に暮らしている——ローダ・ドーズです。アンはその家に二年以上もいたんですが、その女主人が病気になったんで、看護婦と交代したんですね。癌らしいですよ。その夫人はまだ生きてますが記憶は非常に衰えています。モルヒネの中毒のせいでしょうね。この人とも会ったんですが、アンを覚えていましてね、アンはいい子だったと言っていました。それから、近所の人とも話したんです。ここ数年来の出来事をよく覚えている人を選んでね。この人の話でも、年取った村の人が一人、二人亡くなった以外に、そこの教区では死んだ者はないそうです。それにわたしの調べた限り、彼らはアン・メレディスとはなんの交渉もない人たちばかりでした。

　それからスイスの話になるんですが、そこでなら誰か事故死ぐらいあるだろうと考えていたんですが、ここでも別に何もないんです。それにその後のウォリングファドでもありませんね」

「そうすると、アン・メレディスは無罪放免ですか？」ポアロが尋ねた。

バトルは、ややためらっていたが、

「そうは申せませんね。やっぱり何かがあるはずです……彼女にはシャイタナの惨死で驚愕したというだけじゃあすまされない、何かおどおどしたところが見える。どうもあまり用心しすぎる——警戒しすぎてるところがある。何かがあったに違いないと断言できるんですが、どうも——まったく怪しむ筋のない生活を送ってきているものですから……」

オリヴァ夫人は深く息を吸いこんだ——喜びで胸を一杯にふくらましたのである。

「それでもねえ、バトルさん、アン・メレディスの住みこんでいた家の女主人は、間違って毒を飲んで死んだんですよ」

この言葉の及ぼした効果は素晴らしいものだった。

バトル警視は椅子をぐるっと回して、びっくりしたようにオリヴァ夫人を見つめた。

「オリヴァさん、本当ですか？　どうしてそれを知ったんです？」

「あたしだって探偵しましたよ」とオリヴァ夫人は言った。「あたし、あの二人の娘と仲よくなったの。あの家に訪ねていってね、二人にドクター・ロバーツが怪しいってでたらめな話をして聞かしたんです。ローダっていう方の娘が愛想よくしてね——ああそう、それにあたしが偉い人物だって思いこんだようよ。ところが、あのメレディスの方は、あたしの訪ねたのを嫌がって、それを露骨に示すんですよ。とても疑い深くってね。何かやましいことがあるんでそんなに用心深いわけよ、ねえ。とにかく、あたしは二人に、ロンドンに来たら、家に遊びにおいでって言っておいたんです。ローダがやってきてね、訳をすっかり話してくれましたよ。あたしが行った時、アンが機嫌悪かったのは、あたしの話から、昔の悲しい出来事を思い出したからだって、言ってね、その事件を詳しく話してくれたの」

「それは、いつ、どこで起こったって、言ってました?」

「三年前、デヴォンシャーでのことなんですって」

警視は口の中でもぞもぞ言いながら、メモ用紙に鉛筆を走らせた。無表情の顔にも、驚きの色は隠せなかった。

オリヴァ夫人はそれを見ながら座って、勝利の喜びに胸をふるわせていた。彼女にとって、これはまったくうれしい瞬間だった。

バトルは何とか平静を取り戻して、

「オリヴァさん。あなたにはしゃっぽを脱ぎますよ。今度のこと大成功ですねえ。実に貴重な情報です。これでみても、ちょっとの油断は失敗のもとということがわかりますね」

彼はちょっと眉をしかめた。

「しかしアンは、いずれにしても、その家には長くいなかったに違いないな。長くて二カ月。きっとワイト島から、ミス・ドーズの所に移る間のことでしょうね、そうだ、それはたしかにありうる。ワイト島のエルドン夫人の妹さんは、アンがデヴォンシャーのどこかへ行ったとは言ったが——はっきり、どこの誰の家とまでは言わなかった……」

「で、そのエルドン夫人はだらしない人だったんでしょうか？」と、ポアロが訊いた。

バトルは不思議そうな視線を彼に向けながら、

「ポアロさん、実に妙ですね、あなたがそんなことまでご存じとはねえ。妹さんは几帳面な人でしたが、〝姉さんは本当にだらしなくって、ぞんざいだから……〟って、わたしに言っていましたよ。だが、どうして、おわかりなんです？」

「アンを家事手伝いに頼んだことでもわかりゃしない？」とオリヴァ夫人が言った。

ポアロは首を振り、「いや、いや、そうではないのです。たいしたことでありません。ちょっと妙に思ったもんですから……。バトル警視、どうぞ話を進めてください」

「それにしても、アンはワイト島から、直接ミス・ドーズの所へ行ったのだとばかり思っていましたよ。あれは陰険な娘ですね。わたしは、すっかりかつがれたな。嘘ばかりついていたわけだ」

「嘘をついた者が、必ずしも犯人とは限りませんよ」とポアロが言った。

「ポアロさん、それはわかっています。天性の嘘つきっていうのがありますからね。実際のところ、アンはそれだと思うんです。いかにも、よさそうなことばかりしゃべってね――。まあそれにしても、こんな事実を押し隠しておくなんて、かなりな危険を冒していることですよ」

「あなたが古い犯罪を調べているとは、アンは知らなかったんでしょう」とオリヴァ夫人が言った。

「だからいっそう、家の誰かが死んだなぞというささいなことを隠す必要はないとも言えるでしょう。どうせそれは事故死だとされたに違いないですから、別にこわがることはないですよ――アンが殺したのでない限り……」

「デヴォンシャーで人を殺しているということは、言いうるかもしれないが――」とポアロが言った。

バトルは彼の方に向きなおり、

「ええ、あなたの言う意味はわかってます。たとえその事故死が事故でないと証明できたとしても、それでアンがシャイタナを殺したことにならん、と言うんでしょう。しかし、この毒薬の方もやはり殺人です。わたしはこの事件だって犯人を逮捕しなければならんと思いますね」

「シャイタナ氏はそれが不可能だと言っていましたよ」とポアロが指摘した。

「それはロバーツの場合のことです。ミス・メレディスの場合もそうかどうかは、まだわかりません。わたしは明日、デヴォンシャーに行ってみます」

「行き先の目あてはあるんですか？」とオリヴァ夫人が言った。「あたしはローダにこれ以上詳しく訊きたくないんですけどね……」

「ええ、それはいいです。別にむずかしいことでもないですから――。変死ということだったら、検屍があったでしょうから、検屍官の記録で調べますよ。警察がいつも使う方法ですがね。明日の朝までに、必要な部分はわたしの手に入ります」

「デスパード少佐についてはどうなんです？　何か発見しました？」オリヴァ夫人が尋ねた。

「レイス大佐の報告を待っていたんです。もちろん、尾行はつけています。ちょっとおもしろいのは、彼がウォリングファドまでミス・メレディスを訪ねていったことなんです。彼の話だと、彼はあの晩初めて、彼女に会っただけの関係なのに」

「でも、アンは美しい人だから……」ポアロが小声で言った。バトルは笑いだして、

「そうなんです。理由はそれだと思っているんです。ついでに申しますが、デスパードも用意周到な男ですね。すでに弁護士に意見を聞いています。面倒なことでも起ると思っているんですね」

「あの人は先を見通す。あの人は万一の場合にたいして準備をするような人だ」とポアロが言った。

「そうなると、あわててナイフで人を殺すような男じゃあない、ということになりますね」バトルが溜息とともに言った。

「もし、他に殺す方法があったら、使わなかったでしょうね。しかし、彼の手ばやいことは忘れないでください。彼がナイフを使ったとしたら、失敗はしないでしょう」

バトルはテーブル越しに、彼をじっと見やった。

「そこで、ポアロさん、あなたの手札《カーズ》は何ですか？　まだテーブルの上にさらしていませんが」

ポアロは微笑しながら言った。「それが非常にわずかしかないのです。何か隠していると考えられると、困りますが、そんなことはしておりません。私はまだ事実を多く知らないのです。ドクター・ロバーツ、ロリマー夫人、デスパード少佐の三人とは、話をしました。ミス・メレディスとはこれから話します。で、得たものは？　こういったことです——ドクター・ロバーツは鋭い観察力の持ち主です。一方、ロリマー夫人は注意力を集中することができる人ですが、一つのものに専心するあまり、周囲のものはろくに目に入りません。ただし彼女は花が好きですね。デスパードは自分の気に入ったもの——絨毯とかスポーツの記念品とかいったものしか、覚えていないです。彼は私の言う外向視力——周囲の細かいものになんでも目を向ける視力ですが——それを持たず、内向視力——集中力と言いますか、一つの事柄に心を集中させることも持たない——この二つの視力ともに持ちあわせていないのです。彼は一定の目的にのみ制限された視力を持つ人です。彼は自分の心と一致し、調和するものだけしか見ていませんね」

「それが、あなたの集めたという事実なんですか？」バトルは不思議そうに訊いた。

「い、い、い、いや、これらは事実なのです——だいたいがつまらないものばかりでしょうが」

「ミス・メレディスはどうです？」

「まだ訊いてないんですが、彼女にも、あの部屋で記憶に残っているものを質問します」

「ずいぶん変な捜査方法ですな。純粋に心理学的方法ですか？　もし彼らがあなたをごまかそうとしていたら？　それを防げますか？」

ポアロは笑いながら、首を振った。

「いや、ごまかしは不可能でしょう。たとえ喜んで話をしようとしまいと、いずれにしても、彼らの考え方の型は現われるものです」

「たしかに、何かありますね」とバトルは考え考え言った。「わたしはそういう方法じゃやれませんが」

ポアロは微笑しながら言った。

「私のやったことは、あなたやオリヴァさん——それからレイス大佐に比べて、実に少ないものでした。テーブルの上に広げた私の札は弱い数ばかりだ」

バトルは冗談めいた目つきでポアロを見て、

「そうはおっしゃっても、ポアロさん、切り札の二は弱い札ですが、切り札でないキングやエースより強いですよ。まあ、それはとにかく、あなたにやっていただきたい仕事があるんです」

「なんでしょう？」

「あなたにラクスモア教授の未亡人と会っていただきたいんです」

「どうして、自分でおやりにならないのです？」

「それは、いま申し上げたとおり、わたしはデヴォンシャーに出かけねばなりませんから」

「それにしても、どうして、自分でおやりにならないのです？」ポアロは繰り返した。

「おいやですか？　いや、本当のことを申し上げると、わたしよりあなたの方が、未亡人からいろいろ訊き出せると思うんです」

「私のやり方は丁重だからですか？」

「まあそう言ってもいいですね」とバトルは笑いながら言った。「ジャップ警部の言い方によると、あなたはひねくれた頭《トーチュアス》を持ってますから」

「死んだシャイタナ氏のようにですか？」

「ポアロさん、あなたは彼がその未亡人から、いろいろ訊き出したとお考えですか？」

ポアロはゆっくり言った。

「そうだと思います」

「どうして、そう、お考えなんです？」バトルが鋭い口調で質問した。

「デスパード少佐が偶然もらしたことからです」

「デスパードがもらしたんですって？　彼らしくないですねえ」

「それは、あなた、口を絶対に開かない人でない限り――何ももらさないというのは不可能です。話をしていると、何かわかってくるものです」

「嘘をついていても、わかります？」とオリヴァ夫人が尋ねた。

「奥様、それはそうです。嘘をついたとしても、その嘘の特質は必ず出ますから」

「あなたと話すのが、こわくなりましたわ」と言いながら、オリヴァ夫人が立ち上がった。

バトル警視は彼女を戸口まで送り、優しくその手を取った。

「オリヴァさん、お手柄でしたね。あなたの作品のひょろ長いラプランド人の探偵より、ずっと素晴らしかったですよ」

「フィンランド人ですわ。彼、どうせ馬鹿な探偵ですけど、皆さんに人気があるのよ。さようなら」

「私も出かけなければならない」とポアロが言った。

バトルは一枚の紙に、ラクスモア夫人の住所を書き、ポアロの手に押しこんだ。

「ここです。いらっしゃって、話してみてください」

ポアロは微笑した。

「で、何を見つけてもらいたいんです?」

「ラクスモア教授死亡の真相です」

「ねえ《モン・シエール》、バトル君!　真相というものは人間の知りうるもんでしょうかねえ?」

「わたしはデヴォンシャーに、真相を確かめに出かけるんです」警視はきっぱりと答えた。

　ポアロはつぶやいた。

「どうですかなあ」

20 ラクスモア夫人の証言

南ケンジントンにあるラクスモア家のドアを開けたメイドは、実に不愉快な顔つきでエルキュール・ポアロを眺めた。彼を家の中に入れようとする素振りはまったくなかった。

しかしポアロは平然と名刺を差し出した。

「奥様にお渡しください、お会いいただけると思いますが」

これは彼の自慢の名刺であって、隅に〈私立探偵〉と刷ってあった。この名刺は、女性と面会しようとする時に、よく使われた。悪いことをした女も、そうでない女も、とにかく大抵の女性は、私立探偵に会ってみたがったし、探偵が何を捜しているのか、知りたがるものなのである。

玄関の外に一人で立たされるという、やや不名誉な時間の間、ポアロはドアについているノッカーを観察した。そしてその磨いてないままの状態に、大変な嫌悪の表情を見

せて、
「ああ、なんという不潔さ」と独り言を言った。
息を切らせて引き返してきたメイドは、ポアロを急いで中に案内した。
彼は二階の部屋に通された——薄暗くて、饐《す》えた花やかび臭い煙草の臭いが、鼻につ
いた。変わった色模様に染めた絹のクッションがいくつも置かれていたが、いずれも洗
濯を必要とするありさまだった。壁はエメラルドグリーンで、天井は銅まがいの色であ
った。
背の高い、ちょっときれいな女が暖炉の傍らに立っていたが、ポアロを見て近よって
くると、ひどいしわがれ声で尋ねた。
「エルキュール・ポアロさんですの？」
ポアロは低く頭を下げた。いつもの様子と全然違っている。外国人風というよりも、
それをもっと誇張している態度なのである。はなはだ奇異な身振りをする。かすかなが
ら、どこか、死んだシャイタナに似た物腰であった。
「どんなご用件なんでしょうか？」
ポアロはまた頭を下げた。
「腰を下ろさせていただいて、よろしいでしょうか？　ちょっと時間がかかりますので

……」

彼女はいらいらしたように手を振って、ポアロに椅子をすすめると、自分も長椅子の端に腰を下ろした。

「さあ、なんでございます？」

「奥様、お尋ねしたいことがあるのですが――個人的な問題なのですが、よろしいでしょうか？」

彼の態度が慎重になればなるほど、彼女はますます好奇心をかきたてられる様子だった。

「ええ――なんでございましょう？」

「故ラクスモア教授の死亡の時のことを、お伺いしたいんです」

彼女はあえぐように息をひいた。明らかに狼狽した様子である。

「しかし、どうして？　何のお話なんですの？　どうして、あなたに関係ございますの？」

ポアロは黙って、彼女の様子を、じっと見ていた。

「ただ今、ある書物が執筆されているのです。お偉かったあなたのご主人の生涯についてですが……。その著者は、正確な事実を、いろいろ集めようと苦心しております。たとえば、ご主人の亡くなられた時のご様子なぞもその一つでして――」

彼女は急に言葉をはさんだ。

「宅は熱病で亡くなりましたの――アマゾン河のほとりで」

ポアロは椅子に寄りかかり、ゆっくりと、大変ゆっくりと、首を前後に振りはじめた――単調な、見ている者の心を狂わせるような動作である。そして、「奥様、奥様――」と抗議するように言った。

「でもあたくし、よく存じておりますのよ。宅の亡くなります時も、そばについておりましたから」

「ああ、たしかにそうですね。あなたはあの場に一緒にいらっしゃいました。そう、私の得た情報でも、そうなっています」

彼女は叫び声になって、

「何ですの、情報って?」

ポアロは彼女をじっと見ながら、「故シャイタナ氏が話してくれた情報でございます」

彼女は鞭で激しく打たれたように、身体をちぢめた。そして「シャイタナさん?」と小さくつぶやいた。

「実にいろいろなことを知っているので、有名な人。大変な人物でした。他人の秘密もよく知っていましたです」

「そんな方でしたわ、たしかに」乾いた唇を舌でなめながら、彼女は小さな声で答えた。

ポアロは前に乗り出し、相手の膝をとんとん軽くたたきさえした。「ご主人が亡くなられたのは、熱病ではなかったということも、彼は知っていましたよ」

ポアロにそそがれた彼女の目は大きく見開かれて、絶望的な色をみせた。彼は椅子に背をもたせ、自分の言葉の効果を見定めるように彼女を見まもった。

彼女は努力して何とか自分をとりなおし、

「存じませんわ。——何をおっしゃっているのか、わかりませんわ」

それは非常に力のない言い方だった。

「奥様、はっきり申し上げましょう」そう言ってポアロは微笑した。「私は存じているのです。ご主人は熱病で亡くなられたのではありません。弾丸に当たって亡くなられたのです」

「ああ！」彼女は叫び声をあげた。

彼女は手で顔を覆った。身体を前後にゆすった。みじめさと恐ろしさに身もだえていた。しかし彼女の身体のどこかから——どこか微妙なあたりから、彼女がこの刹那の感情を楽しんでいる空気が湧き出していた。ポアロにはそれがたしかに嗅ぎわけられた。

「ですから、隠さないで、お話しになった方がよろしいですよ」ポアロはごく当たり前のことを言う声で言った。

彼女は伏せていた顔を上げると、

「それは違いますわ、あなたの考えているようなことではないんです……」

彼はまた椅子から身を乗り出すと彼女の膝をたたいた。

「まだ、おわかりになりませんね——全然、おわかりになっていませんね。あなたがご主人を撃たれたのでないことは、よく承知しております。撃ったのはデスパード少佐です。しかし、事件の原因はあなただったのです」

「存じませんわ、存じませんわ。そりゃあそうだったかもしれませんけど、でも、あまりに恐ろしいことで。それにあれはもう運命のせいだと思っていますんですもの」

「ああ、それはよくわかります」とポアロは叫び声をあげ、「それに類したことを、私、いくどか見ています。美しいご婦人というものにつきまとう運命……こういうご婦人の行く先では、いつも恐ろしい悲劇が起こるのです。別にその人の落度ではございません。その人がどうしたからというのでないのに、悲劇が起こる……」

ラクスモア夫人は深い溜息をついて、

「おわかりですのね。わかっていただけましたのね。あたくしが別に何かしたわけではないんです」

「あなたたちはご一緒に奥地へ旅行されたんですね？」

「ええ。主人は植物の珍種について、本を書いてました。デスパード少佐は、奥地の事情に明るい方で、この旅行でのお世話をしてくださるといって、ご紹介を受けたんです。主人も大変彼が気に入りまして、三人そろって出発いたしました」

夫人の言葉が途切れた。ポアロは、一分半ばかり、そのままで黙っていたが、やがて独り言のように小声でしゃべりはじめた。

「そうです。私にも情景が目の前に浮かぶようです。曲がりくねった河――ひどく暑い夜――名も知らぬ昆虫の羽音――きりっとした筋骨たくましい男――美しいご婦人……」

ラクスモア夫人は溜息をついた。

「主人はもちろん、あたくしより、ずっと年上でした。あたくし、ほんの子供で、なんのことやらわからないうちに、嫁いだものですから……」

ポアロは悲しげに首を振った。

「わかります。わかります。よくあることです……」

「デスパードもあたくしも、変な素振りは全然しませんでしたのよ」と夫人は続けた。「彼は何も言いませんでした。ジョン・デスパードは誇りに満ちた人でした」

「しかし、女性は常に感得するものです」ポアロがおだてた。

「なんてよくご存じなんでしょう……そうなんです、女にはわかるんです……でも、あたくし、それがわかったっていう素振りなど、少しも見せませんでした。あたくしたちは、おたがいに最後まで、デスパード少佐とラクスモア夫人で通しましたの……二人ともこの沈黙の約束《ゲーム》を守ろうって決心していたんです」彼女は二人の立派な態度をしみじみと思い起こしているように、言葉を切った。

「ほんとうです」とポアロは低い同感の声で言った。「クリケットのゲームでも、規則を守らねばなんにもなりません。ある詩人も言っておりますね。〝恋人よ、私はクリケットを愛す以上には、お前を愛しえないだろう〟と」

「名誉を、ですわ」ラクスモア夫人はちょっと眉をひそめて訂正した。

「もちろん——もちろん——名誉でした。〝名誉を愛す以上には〟でした」

「その詩は、あたくしたちのために書かれたみたいですわ。どんなに苦しくっても、愛するっていう言葉は、口に出すまいと二人は決心していたんですの。それからしばらくして……」

「それから、しばらくして……」ポアロが先を促した。

「あの恐ろしい晩！」ラクスモア夫人は身を震わせた。

「それは？」

「二人は喧嘩をしていたんだと思いますの――ジョンとティマシイがです。で、あたくしはテントから出てみたんです。テントから出てみたら……」

「ええ――ええ、それで？」

ラクスモア夫人の目は暗く見開かれていた。ふたたび彼女の前で恐ろしい光景が展開するのを見ているようだった。

「テントから出てみると、ジョンとティマシイが――ああ！」彼女はまた身震いした。

「全部はよく覚えていません。あたくし、二人の間に入って……叫んだわ。――〝いいえ、いけないわ――誤解だわ！〟でもティマシイはあたくしの言うことを聞こうとしないんです。そしてジョンを脅迫しつづけるもんですから、ジョンは撃たずにいられなかったんです――自己防衛だったんです。ああ！」彼女は叫び声をあげると、顔を手で覆った。「彼は死んでました――心臓を撃ち抜かれて――即死でした」

「奥様、恐ろしかったでしょうね」

「あたくし、絶対に忘れません。ジョンは立派でした。彼は全部自分の責任だって言って自首しようとしました。あたくし、そんなことをさせないって申しました。一晩中、言い争いましたの。〝あたくしのためだけにでも〟ってあたくし言いつづけました。しまいに彼もわかりましたわ。彼はあたくしを生涯苦しめたままで放ってなんかおけませんものねえ。それに、あたくし、世間に騒がれるのが嫌でしたの。新聞の見出しを想像しただけでも――。〝ジャングルの殺人。一人の女をめぐる二人の男。野性の熱情〟嫌ですわ。

あたくし、そのこともジョンに話しました。最後には、彼も納得しました。連れの原住民たちは見ていたものもいないし、物音を聞いたものもいませんでした。それに主人は前から熱病を患っておりましたので。二人で、熱病で死んだということにしました。そしてアマゾン河のほとりに葬ったんですの」

彼女は深い、苦しそうな溜息をもらした。

「そして、それから――文明の世界に帰ってまいりまして――彼とは永久に別れました」

「奥様、それが必要だったのでしょうか？」

「そうなんですの。主人は亡くなっても、生きていた時と同様に――いえ、それ以上にあたくしとジョンの間に、立ちふさがってますの。あたくしたち、別れのさよならを申しました――永久に。その後も、時々はデスパード少佐と社交界でお会いすることがありますわ。おたがいに笑って、丁寧にお話をします。二人の間に何かあったなんて、考える人もございませんわ。でも、あたくし、彼の目の中に浮かんでいるものがわかりますの――彼もあたくしの目に――とても、忘れられるものではございません……」

彼女は容易に後を続けようとしなかった。ポアロも無理にこの沈黙を破ろうとはしなかった。

ラクスモア夫人は化粧箱を取り出すと、鼻にお白粉をはたいた。これで回想の世界は終わったに違いない。

「何という悲劇でしょう！」とポアロは言ったが、口調はいつもと変わらないものだった。

「ポアロさん、この真相を発表できないわけがおわかりになったでしょうね」とラクスモア夫人は熱心に言った。

「発表したらお苦しみになるでしょうな――」

「苦しむ以上ですわ。まさか、その人、その本を書く人、これを発表して一人の無実な女の生涯を破滅させやしないでしょうね？」

「それにまったく無実な男を絞首刑にするようなことも、ですね？」とポアロはつぶやいた。

「それがおわかりですの？　うれしいですわ。本当に、彼は無罪なんです。恋愛から起こった犯罪《クリム・パッシオネル》は本当の犯罪とは申せませんわ。それに、とにかく、自己防衛だったんです。撃たないわけにいかなかったんですの。ね、ポアロさん、世間の人には、今までどおり、主人は熱病で亡くなったと思っていてもらわねばなりません。おわかりですね？」

　ポアロは小声で、

「作家は時々妙に冷酷になります」

「あなたのお友達は女嫌いですの？　あたくしたちを苦しめようとお考えかしら？　でも、あなた、そんなことさせませんわね。あたくしも許しませんわ。もしそれが必要だったら、あたくしが責任を負います。あたくしが主人を撃ったんだって申します」

　彼女は椅子から立ち上がると、頭をぐっと上げた。

　ポアロも続いて立ち上がり、彼女の手を取ると、

「奥様、そのような麗しい犠牲的精神は必要ありません。真相が公表されないよう、私も、最大の努力をはらいます」

　ラクスモア夫人の顔に、いかにも女らしい優しい微笑が浮かんだ。彼女は、ポアロに与えている手を、少し持ち上げたので、ポアロが好むと好まぬとにかかわらず、その手

に接吻をしなければならなかった。

「ポアロさん、あたくし心から、お礼申し上げますわ」

虐げられた女王が寵愛する朝臣に与える別れの言葉であった——明らかに退出を求めているのである。ポアロは、うやうやしく退出した。

表の通りに出るや、ポアロは新鮮な空気を胸いっぱいに吸いこんだ。

21 デスパード少佐

「なんという女性だ《ケル・フ・ファム》」とポアロはつぶやいた。「哀れな《ス・ポーヴル》デスパード。ずいぶんと悩まさ《ス・キラ・デュ・ス》れたろう《フリール》。何たる恐ろしい旅行だ《ケル・ヴォワイヤージュ・エプヴァンタブル》」それから突然声をあげて笑い出した。

彼はいまブロンプトン・ロードを歩いていた。立ち止まると、時計を取り出し、予定を考えてみた。「しかし、そう、まだ時間はある。彼に待ってもらっていいだろうな。ちょっとほかの仕事を片づけておこう。イギリスの警察に勤めている友達がよく歌っていた歌——あれは何年ほど前だったかな——そう、四十年も前だ——彼がよく歌っていた歌の文句、なんといったかなあ？《小鳥にあげる砂糖のかけら》だったなあ」

長いこと忘れていた歌の節を口ずさみながら、エルキュール・ポアロは高級ぶった婦人服飾店に入っていった。彼はすぐストッキング売場に足を向けた。

あまりツンと威張らぬ、親切そうな女店員を探して、ポアロは欲しいものを伝えた。

「絹のストッキング？　はあ、ございます。ここに並べてございますのは、大変いいお品で、保証つきの純絹でございます」

ポアロは手を振って、それらをしりぞけると、前に伝えたことを、もう一度繰り返した。

「フランスの絹のストッキングでございますか？　大変失礼なことを申し上げるようでございますが、フランスものになりますと、税が入って値がはるんでございますが……」

新しい箱がいくつとなく、持ち出された。

「マドモアゼル、大変結構ですが、私はもう少し上等のものが欲しいのです」

「あのう……これよりもまだ極上のお品もございますが、値がとってもお高くなりますものですから……それに、耐久性ということになりますと、どうも……あの……くもの糸のようなものでございますから……」

「結構《セ・サ》、結構《セ・サ》、それが欲しいのです《エグザクトマン》」

この若い女店員は店の奥へ入っていき、しばらく手間取っていたが、やがて引き返してきて、

「いかがでしょう？　見事な品だと存じますが……」

彼女は透き通った袋からそっと取り出して、ポアロの前に置いた——最上級の、薄霧

にもまがう品であった。

「それだ——まさに私の希望どおりの品です」

「綺麗でございましょ？　で、何足お入用でございますか？」

「そうですね——ええと、十九足ください」

女店員は売場の後ろに倒れそうになったが、長い間には、こういう目にもあっているので、やっと踏みとどまることができた。

「二ダースお求めくださいますと、割引きいたしますが……」

「いや、十九足で結構です。それから、色合いは少しずつ変わったのをください」

店員は言われたとおり、いくつかちがった色のものを選び、包装して、勘定を受けとった。

ポアロが品物を取って店を出ると、売場にいたもう一人の女店員が言った。

「あの贈り物をもらう人って、どんな人かしら？　あのおじいちゃん、きっといやらしいのよ。ねえ、そうよ、その女だって、適当にうまくおじいちゃんと調子あわせているのよ。でも、三十七シリング六ペンスのストッキングだなんて！」

だいぶ若い娘たちに軽蔑されているとも知らないで、ポアロは自宅に戻ろうと足早に歩いていった。

家に帰って、三十分ほどすると、ドアのベルが鳴った。数分後に、デスパード少佐が部屋に入ってきた。

彼は辛うじて、怒りを抑えているといった様子であった。

「あなたはなんだって、ラクスモア夫人に会いにいったんです？」

ポアロは微笑しながら、「ラクスモア教授の死の真相を知りたかったものですから」

「真相？　どんなことにしろ、本当のことをあの女が話せると思ってるんですか？」デスパードが憤慨した声で尋ねた。

「そのとおり《エ・ビアン》。私もそれは時に疑うことがあります」

「誰だってそう感じますよ。あの女は頭がおかしいんですからね」

ポアロが異義を唱えた。

「それは違いますね。彼女はロマンチックなのです。単にそれだけです」

「何がロマンチックなもんか。あれは徹底した嘘つきですよ。あれは自分の嘘を自分でも信じこんでるんだ――そうとしか思えん」

「それはあり得ることですな」

「ひどい女ですよ。僕は外地で、あれと一緒で実にいやな目にあった」

「それは私にもよく想像できます」

しましょう」

デスパードは急に腰を下ろした。「ポアロさん、いいですか、本当のところを僕は話

「あなたの側から見た話をなさるわけですね？」

「僕の目から見た話が本当の話ですよ」

ポアロはそれに返事をしなかったが、デスパードは感情を抑えて話しだした。「僕が今この話をしたところで、別に何一つ現在の嫌疑が薄れやしないのはよくわかってます。ただ、今の段階ではこの話をする以外にないと思うから話すんです。僕の話を信じようが信じまいが、それはあなたの勝手だ。僕の話が本当だという証拠も、別に持っていないんだから……」

彼はちょっと言葉を切ると、また続けた。

「僕はラクスモア夫妻の旅行の世話をしてた。ラクスモアは苔だとか植物だとかで、頭のいっぱいになっている気のいい老人だった。細君の方は――そう、どんな女だか、あなたはよくご存じですね！　この旅行はひどく不愉快なものだった。僕はあの夫人を好きといえなかった――正直のところ――大嫌いだった。あれは神経がいつも昂ってて気取ってて、僕が必ず手を焼くようなタイプでしたよ。初めの二週間は別に何もなかった、それから三人とも熱病にかかってしまった。あの女と僕は軽くてすんだが、ラクスモア

老はちょっと重かった。ある晩のこと——いいですか、ここのところを注意して聞いてください——僕はテントの外で座っていた。突然、向こうの、河岸の藪によろよろと入っていくラクスモアの姿が目に入った。彼はまったく無意識で、自分のやろうとしていることがわかっていない。あんなふうに歩いていけば、やがて河の中に落ちてしまう。あのあたりの河じゃあ、落ちたらまず絶対に助からない。救う方法はないんです。といって彼を追っかけていくのももう間に合わなかった。残された方法はたった一つ。僕はいつもライフル銃を放さなかったので、それを取りあげた。射撃はうまいですから、老人の足を狙い撃つくらいの自信はありました。そして、引き金を引こうとした時、あの馬鹿な女がどこかから飛び出してきた、〝撃たないで。お願いだから撃たないで〟と叫びながら、僕の腕をつかまえた。その時には僕は発射したんですが、わずかに腕が上がっていた——弾丸が彼の背中に当たり、彼は死んだ。

僕は茫然とした。ところがさらに悪いことに、あの馬鹿女は自分のしたことがわからないんだ。自分のせいで主人が死んだのだとも悟らず、僕が老人を冷酷にも狙い撃ったんだ——それもですよ、自分を愛するがためだと、思いこんでるんですからね。それから僕たち二人は大変な口論をやりました——彼女が老人は熱病で死んだことにしようって言い張るし、僕は真相を届けようと言い張ってね。しまいに僕はあの女が気の毒になった——特に、自分のしたことの意味さえわからないのを見ると可哀想になったし、もし真相が明るみに出れば、ひどく仰天するだろうと思いましてね。それに、彼女を愛するあまり僕が我を忘れてやったんだと信じこまれてしまうと、僕もちょっと動揺した。あれがそんなことを発表でもしようものなら、手に負えん騒ぎになる。まあ、こんないろいろの点で、しまいに僕もあれの言うとおりにしようと、同意しました——とにかく、騒ぎを大きくしたくないという考えが僕にあったのは認めますよ。それに熱病にせよ事故にせよ、たいした違いはないように思われてきたし、また、いくら彼女が馬鹿だといっても、一人の女性ですからね。女性にあまり苦しみを味わわせるのはいやだった。僕は翌日、教授は熱病で亡くなったと発表し、彼を葬りました。荷物運搬人たちはもちろん真相を知っていましたよ。しかし、みんな、僕に心服していた。だから何かの場合には僕の言うとおりだと証言してくれることも知っていたのです。僕たちは気の毒なラクスモア老を葬って、そこを離れた。その後、僕はあの女を避けるのに、ずいぶん苦労をしてるんですよ」

彼は言葉を切った、それから静かに、

「ポアロさん、これが僕の側の話ですよ」

ポアロはゆっくりと言った。

「シャイタナ氏が、あの夜の晩餐の席上で暗示した事故というのは、このことですかな？　あなたも、そうお考えになりましたか？」

デスパードはうなずいて、

「奴はラクスモア夫人から聞いたんですね。あの女からその話を聞き出すのは、訳ないですよ。シャイタナのやりそうなことだ」

「この話をシャイタナのような人物に知られたことは——あなたにとっては——ずいぶん、危険だったわけでしょう？」

デスパードは肩をすくめた。

「シャイタナは僕を脅かしたりしなかったですよ」

ポアロは答えなかった。

デスパードは落ち着いて言った。「その点もやはり、僕の言葉を信じてもらうほかない。もちろん、シャイタナの死には、僕も一応の動機を持っていたことにはなりますよ。しかし、僕の真相はいま述べたとおり——それを信じようと、信じまいと、あなたの自由ですよ」

ポアロは手を差し出した。「デスパード少佐、私はあなたのお話を信じますよ。南アメリカで起こったことは、すべて、今あなたがおっしゃったとおりだったと思います」

デスパードの顔が輝いた。

「ありがとう」彼は短く礼を言うと、ポアロの手を、温かく、ぐっと握った。

22 コンビーカーでの証拠

バトル警視はコンビーカー警察署にいた。

赤ら顔のハーパー警部が、愛嬌のあるデヴォンシャー訛で、ゆっくりと話をしていた。

「まあこんなわけでして、どこも妙なところはないようですよ。医者も承認しましたし、疑わしいことはなかったですなあ」

「その二本の瓶の話をもう一度してくれないか。そこはよく聞いておきたいんだ」

「いちじくのシロップ——それが瓶に入っておったのです。いつも飲んでいたらしいですなあ。それから帽子に塗る瓶入りのペンキを夫人が使っておった——というよりも彼女のコンパニオンの若い娘が、夫人の庭帽子を塗るのに使っておった、と言った方がいいですなあ。で、液がまだ大部分残っていた時にその瓶が割れちまったんで、ベンスン夫人は、〝なにか古い瓶に入れ替えておき——そのいちじくのシロップの空き瓶にしなさい〟と言いつけたんですな。これは間違いないです。使用人たちがみな聞いておりまして――若い娘のミス・メレディス、メイド、小間使と、この三人の意見が一致しておるんです。そこでペンキを、いちじくのシロップの古い瓶に詰め替えて、風呂場の一番上の棚にですな、他のがらくたと一緒に置いたというわけです」

「名前を書き換えずにそのままかね？」

「ええ、どうも不注意すぎますがなあ。検屍官もそう言っとりました」

「それで……」

「ある晩のこと、亡くなった奥さんが風呂場に入っていって、いちじくの瓶を下ろしてたっぷりコップに注いで、飲んじまった。すぐに自分がした間違いに気がついて、使用人たちに医者を呼ばせたんですが、この先生が往診に行ってて、家におらなんで、先生をつかまえるのにだいぶ手間どったわけです。それから手を尽くせる限りのことをしたんですが、ついに亡くなりました」

「夫人は自分で、事故だと思っていたのかね？」

「そのようです。誰もみなそう考えました。とにかく、瓶の置き場がごたごたになっておったようでして。メイドが掃除をした時にそうしたんだろうと言う者もあったが、メイドは絶対にしないと証言したです」

バトル警視は黙っていたが頭の中では考えていた。実に簡単で巧みなやり方だ。一つの瓶を上の棚から下ろして、他の場所に置く。こんな間違いはかえって誰がしたのか証拠づけるのは困難だ。おおかた、手袋をはめてやったことだろう。それに一番上についている指紋は、とにかく、ベンスン夫人自身のものだったろう。そうだ、非常にやさしくて、しかも単純なのだ。それでいて、明らかに殺人だ！　完全犯罪なのだ。

しかし、それにしてもなぜやった？　これは彼にはまだ納得がいかなかった——なぜ？

「夫人が死んで、夫人のコンパニオンのミス・メレディスは、だいぶ遺産をもらったかね？」

ハーパー警部は首を振った。「いいえ、たった六週間ぐらいしか勤めておらんですからね。むずかしい家だったようですなあ。若い娘はみんな長くは勤まらんようでした」

バトルにはまださっぱり見当がつかなかった。若い娘が長くいられないとすると、きっとベンスン夫人はやかまし屋だったんだろう。しかしもしアン・メレディスが仕事でいじめられたのなら、前に勤めていた娘たちのしたように、暇を取って出ていけばいいわけだ。なにも殺す必要はない——それともなにか無茶苦茶な復讐心にでも駆られたのだろうか？　彼は首を振った。どうもそんなことはあの娘にふさわしく思えなかった。

「誰が遺産をもらったんだね？」

「よくわからんのですが、たしか甥や姪たちだったようですなあ。もっともたいした額でもなかったようで――みんなして分けたんですから。それに夫人は大部分、なんとかいう年金で暮らしとったと聞いてますで」

それでは、遺産の問題ではない。しかし、ベンスン夫人は死んでしまった。しかも、アン・メレディスはコンビーカーにいたことを、隠している。

どうも満足のいく筋道が見つからん。

バトルは熱心な、注意深い調査を続けた。土地の医者ははっきり断言した。絶対に事故に間違いありません。ミス――なんとかいう、名前は忘れましたが――夫人のコンパニオン、なかなかいい娘でしたが、身寄りがないとかでね――ひどく戸惑って困っとったなあ……。バトルは牧師にも尋ねてみた。牧師はベンスン夫人の死んだ時にいたコンパニオンを覚えていた。きれいなおとなしそうな娘でな、ベンスン夫人と一緒にいつも教会に来ました。ベンスン夫人は――別にやかましい人というわけでもないんですが――若い人々にちと厳しかった。厳格なタイプのキリスト教信者でしたんでね。

バトルは他に一、二の人と話をしたが、別に得るところもなかった。アン・メレディスはほとんど記憶されていなかった。彼女はこの土地にわずかしかいなかった。それに、いつまでも記憶に残るようなはっきりした性格ではなく、平凡な娘だった。〝可愛い、きれいな娘〟というのが村人の一致して持つ印象だった。

ベンスン夫人については、もう少しはっきりわかった。独りよがりで押しの強い女性、コンパニオンをこき使い、召使をしばしば替えた。人づき合いはいいほうでなかった。しかし、これだけだった。これ以上の細かいことを知っているものはなかった。

にもかかわらずバトル警視は一つの確信を持って、デヴォンシャーを離れた。何のためだか理由はわからないが、アン・メレディスは、明らかに、自分の女主人を殺したのだ……

23　絹のストッキングの語るもの

バトル警視を乗せた汽車が、イングランドを東に向けて走りつづけていた頃、アン・メレディスとローダ・ドーズはエルキュール・ポアロの居間に座っていた。

アンは最初、朝の配達で彼女宛に届けられた彼の招待を断わろうとした。しかし、ローダが熱心に行こうと勧めた。

「アン――あんた臆病だわ――そう、臆病よ。だちょうのように、砂に頭を突っこんでいたって駄目だわ。殺人事件があって、あんたも疑われてるのよ――嫌疑は一番薄いほうだろうけど……」

「あら困ったわね。犯人っていつも、一番嫌疑のなさそうな人物なのよ」アンは冗談を言った。

「とにかく、あんたも嫌疑を受けてるのよ」とローダは冗談にたじろがずに、「殺人なんか穢らわしい、あたしの関係したことじゃないわって顔してたって駄目よ」

「だって、あたしには関係ないことなのよ。それに警察が尋ねるんなら、どんな質問にも喜んで答えるけど、このエルキュール・ポアロっていう人、割りこんできただけの人なのよ」

「でも、あんたが行かないで、逃げるようなことしたら、その人、なんと思うかしら？　あんたがやったに違いないと、思うわよ」

「あたし、絶対にやらなかったわ」

「アン、それはわかっているわよ。あんた、やろうとしたって、できっこないんだから。でも、ああいう恐ろしい疑い深い外国人にはそうはとれないわ。二人で、気持ちよく彼の家を訪ねましょうよ。そうじゃないと、その人がここへ来て、召使たちからいろんなことを訊きだすわよ」

「召使なんかいないじゃないの」

「アストウェルおばさんがいるわ。あの人、口が軽いんだから！　さあ、アン、行きましょうよ。かえっておもしろいかもしれないわ」

「どうしてあたしと会いたいんだか、わからないわ」アンは頑固だった。

「もちろん、警察をあっと言わすためじゃないの」とローダがいらだって言った。「いつも、そうなのよ——素人は警視庁なんかみんな馬鹿でのろまみたいに言っているわ」

「このポアロっていう人、頭がいいと思う?」

「シャーロック・ホームズみたいには見えないわね」とローダ、「昔はきっと素晴らしかったんだと思うわ。でも、今はもちろん、抜け殻よ。あの人もきっと六十だわ。さあ、アン、あのご老人に会いにいきましょうよ。他の人のことで何かすごいこと話してくれるかもしれないわ」

「いいわ」とアンは承知したが、さらにつけ加えて、「あなた、すっかりこの事件を楽しんでるのね、ローダ」

「あたしの生命《いのち》に関係ないことですものね」とローダは言った。「アン、あんたも間が抜けてるわ。もしあの時ちょうどいい時に顔を上げて誰が殺したのか見ておけば、あんたこれから一生、その人を恐喝して、公爵夫人みたいな暮らしができたのに!」

かくてその日の午後の三時には、ローダ・ドーズとアン・メレディスは、ポアロのきちんと片づいた部屋で、澄ましこんで椅子に腰かけ、古風な形のグラスに注がれたブラックベリーのシロップを、少しずつすすっていた。二人ともブラックベリーは大嫌いだったが、礼儀をわきまえていたので断われなかった。

「マドモアゼル。私の家にわざわざお越しいただけて、本当にうれしいです」

「あたくしのできますことでしたら、喜んでお助けいたしますわ」アンが曖昧につぶやいた。

「ちょっとした記憶の問題なんですが」

「記憶？」

「そうです。私は今までに、ロリマー夫人、ドクター・ロバーツ、デスパード少佐の三人にお尋ねしましたが、どなたも、私の知りたいことを答えてくださらなかったのです」

アンはいぶかしげにポアロを見まもりつづけた。

「マドモアゼル、あの晩のシャイタナ氏の客間を思い出していただきたいのです」

嫌悪の影がアンの顔に浮かんだ。あの恐ろしい夜の記憶は一生涯彼女につきまとうのであろう。

アンの顔色の変わったのを、ポアロは見逃さなかった。

「マドモアゼル、わかります。よくわかります。思い出すのもいやですね《セ・ベニブル・ネスパ》？　それが自然です。あなたはお若いですから、あんな恐ろしい目にあったのは初めてでしょうな。実際の殺人を見たことなんかなかったんでしょう」

ローダは落ち着かないように、足を動かした。

「それで？」とアンが先を促した。

「あの時のことを思い出して、——あの部屋で記憶に残っているものを、挙げてもらいたいのです」

アンは疑わしげに、ポアロを眺めた。「どういうことなのかしら？」

「こういうことなのです。あの部屋に椅子、机、置物、壁紙、カーテン、マントルピースがありましたね。あなたはこれらを見てるでしょう？　そういったものを挙げていただけばいいのです」

アンは、眉をひそめて、おずおずと、「ああ、わかりました。でも、むずかしいわ。あたし、よく覚えていないわ。壁紙がどんなだったか、忘れちゃいましたわ。壁は——目立たない色だったように思うんですけど。床には絨毯が敷いてあって、ピアノがあったわ」彼女は首を振った。「そのほかのものは覚えてません」

「マドモアゼル、努力がたりませんね。まだ、家具だとか置物とか、骨董品とか、何か覚えているでしょう？」

「エジプトの宝石細工を並べたケースがありましたわ、たしか」とアンはゆっくり言った。「窓際のところに」

「ああ、そうですね。小さな短刀の置いてあったテーブルからちょうど正反対のところでしたね」

アンはポアロをじっと見た。

「あたくし、そんなものがのってたテーブルなんか知りませんわ」

〝その手には乗らんぞ《パ・シ・ベート》〟とポアロはひそかに考えた。〝もっとも当のエルキュール・ポアロも覚えてはおらん！　彼女が私をもっとよく知っていたら、私がこんな馬鹿な罠《ピエージュ》をかける男じゃないとわかったろうに……〟

彼は声に出して言った。「エジプトの宝石細工を並べたケースっておっしゃいましたね？」

アンはいくらか熱っぽい口調で答えた。

「ええ――とてもきれいな宝石がありましたわ。青や赤のもの。エナメルのもの。それから素敵な指環も一つ二つありました。それにスカラベ――でも、ああいうものはあまり好きじゃないわ」

「シャイタナ氏はたいした収集家でしたねえ」

「ええ、そうですわ」とアンは同意して、「あの部屋、収集品でいっぱいでしたもの。全部を見ることなんか、とてもできっこありませんわ」

「だから、今、挙げたもの以外は覚えていらっしゃらないというわけですね」

「菊の花をさした花瓶が一つありましたわ」アンはちょっと笑いながら言った。「水をろくにやってないので、枯れかけてて……」

「ああ、そうでしたか。召使はこういうことには、どうも熱心ではないものですな」それからポアロはちょっと黙った。

アンがおずおずと言った。「あの──、あなたがお訊きしたかったことに──ろくにお答えできなかったように思うんですけど……」

ポアロは優しく笑って、「心配しないで結構ですよ、別にたいしたことでもないんですから。ところであなたはデスパード少佐には最近お会いになりましたか?」

アンの顔がほんのりと赤くなるのをポアロは認めた。「近いうちに、またいらっしゃるって、おっしゃっていましたわ」とアンは答えた。

ローダが居丈高になって叫んだ。「あの人、人殺しなんかしやしなかったわよ。その点はアンとあたし、絶対に確信してるわ」

ポアロはからかい半分の目つきになって二人を見やった。

「まことに彼は幸福な人ですなあ、美しいご婦人二人からこのように無罪を信じてもらえるなんて」

〝あらまあ〟とローダは考えた。〝この人フランス式のお世辞を言うのね。ああいう言葉を聞くと、まごまごしちゃうわ〟

彼女は立ち上がって、壁にかかっている数枚のエッチングを眺めはじめた。「みんな素晴らしいものですわね」

「そんなに悪いものではありません」とポアロは答えた。

彼はそれからアンを見やり、ちょっとためらう様子だったが、やがて、「マドモアゼル、ちょっと、お手伝いしていただけるでしょうか——ああ、あの事件とは全然関係ないことなんです。まったく私の個人的なお願いなのですが……」

アンはちょっとびっくりした顔になった。ポアロは少し困惑したような身振りをみせながら、

「実は、もうじきクリスマスですね。私、姪やその娘たちが大勢いるものですから、贈り物を買ってやらなければなりませんのです。ところが、現代の娘さんたちは何を望むんだか、私にはよくわからないで、困るんです。それに、私の趣味はどうも少し古風なものですから……」

「それで?」アンが優しく尋ねた。

「絹のストッキングなのですが、その——絹のストッキングのプレゼントは喜んでもらえるでしょうかね?」

「ええ、女は絹のストッキングをいただくのって、いつだってうれしいですわ」

「それで安心しました。で、お願いしたいのですが、違う色のストッキングを、十五、六足ばかり、手に入れましたんです。あなたがご覧になって、よさそうに思われるのを、六足選んでいただけませんかな？」

「いいですわ」とアンは答え、笑いながら立ち上がった。

ポアロは奥の部屋にあるテーブルまで彼女を連れていった。もしアンが、エルキュール・ポアロ氏の日頃の秩序整頓癖を知っていたら、その場の様子に驚いただろう。机の上にはストッキングが乱雑に積み重ねられて、毛皮で縁取りをした手袋やカレンダーやボンボンの箱などもごたごた置かれていた。

「私は贈り物を早手回し《ア・ラヴァンス》に送る習慣ですので」とポアロは説明し、「ほら、マドモアゼル、ここにストッキングがあります。どうか選んでください、六足ですよ」

彼は振り向いて、ここまでついてきたローダをさえぎった。

「こっちのお嬢さんにはちょっとお見せしたいものがあります――もっとも、これはミス・メレディスには、お気にめさないものでしょうが……」

「なんですの？」ローダが叫んだ。

彼は声を低めて言った。

「短剣です、お嬢さん、十二人の人々が、一人の男を刺したという短剣ですよ。ワゴンリッツから記念品としてもらったものです」

「まあこわい」とアンが叫んだ。

「まあ、素敵！　見せてほしいわ」とローダが言った。

ポアロは彼女の先に立って、隣の部屋へ入りながら、

「なぜワゴンリッツは記念品として私にこれをくれたかといいますとね……」二人は部屋を出ていった。

三分たつと、彼らは引き返してきた。アンは彼らを迎えると、

「ムッシュー・ポアロ、この六足がいいと思いますの。この二つは、夕方の薄暗くなった時にはくといいですわ。この明るい色のは、夏になって夕方でも明るい時にはくといいですわ」

「どうもありがとう《ミル・ルメルシマン》、マドモアゼル」

彼はまた二人にシロップをすすめたが、娘たちは断わった。帰るという二人になおも優しく話しかけつづけながら、彼は玄関まで送っていった。

彼らが帰ってしまうと、ポアロは部屋に引き返し、まっすぐに例の散らかったテーブルの前に歩みよった。ストッキングはまだくしゃくしゃのまま、積み重なっていた。ポアロは、アンの選んだ六足のストッキングを数え、つづいて、それ以外のものを数えて

いった。
彼はストッキングを十九足買ったのだった。ところが、ここには十七足しかなかった。
ポアロはゆっくりと独りうなずいた。

24　三人の殺人容疑者たちを消去？

バトル警視はロンドンに到着すると、ただちにポアロを訪ねた。アンとローダが一時間ほど前に帰ったところであった。

警視は余計な挨拶を抜きにして、デヴォンシャーで調査したことを詳しく話した。そして、「これは単なる疑いではないですよ――アンがやったことは間違いありませんね」そして彼はこう話を結んだ。「あのシャイタナもやはりこの〝家庭での事故〟というやつで食いついていたんですよ。ただわたしのわからないのは、その動機なんです。どうしてアンはその夫人を殺したかったんですかな？」

「バトル、その点では、いくらかわかったことがあります」

「聞かせてください、ムッシュー・ポアロ」

「今日の午後、私はちょっとした実験をやってみました。あのマドモアゼルとお友達をここに招待しました。私はまず例のとおり、あの晩あの部屋に何があったか、質問したんです」

バトルは不思議そうに、ポアロを見た。「その質問、ずいぶん、お好きですな」

「そうです。非常に役に立つのです。これでいろいろなことがわかります。マドモアゼル・メレディスは用心深かった——実に用心深かったですよ。この若い婦人は何も知らん、何も余計なことは言わんという態度でした。そこでこのエルキュール・ポアロが得意の計略《トリック》をつかいました。まず、いかにも素人くさい罠を仕掛けました。マドモアゼルは、宝石細工のケースを見たと言った。そこで私は、それはあの短剣がのっていたテーブルの反対側にあったケースですねと、こう訊いた。マドモアゼルはこの罠にかかりませんでした。この罠を彼女はうまくよけた。それで彼女はうれしくなって、警戒心をゆるめた。ああそうだ、やっぱり、あたしが短剣のあり場所を知ってたかどうか、それを試そうとして呼んだんだわ！　うまく逃れたわ、これで安心！　とにかく、彼女は私に勝ったとでも思ったんでしょう。それからは元気になって、いろいろの宝石のことを自由に話しました。彼女はそれを細かいところまで、よく見ているのです。ところが、部屋の中の他のものについては、全然記憶がない——ただ、菊の花瓶だけ、水を替える必要があると言っていました」

「それで？」とバトルが訊いた。

「そう、これは意味深長でしょう。どうです？　私たちはあの娘については、何もわかっていませんね。とすると、彼女の言ったことは、その性格を知る鍵になります。彼女は花を覚えていた。それでは、花が好きなんだろうか？　それは違います。早咲きのチューリップの大きな鉢については何も話さないのです。本当に花が好きだったら、すぐに目につくものなんですがね……花が好きなのではありません。これは、金をもらって雇われているコンパニオンの言葉です――花瓶に新しい水を入れ替えるのはこうした娘の役目ですからね――そして、それにつけ加えて、この娘は、宝石が好きである。それは彼女がよく覚えているのでもわかります。どうです、何か暗示するものがあるではありませんか？」

「ああ、あなたの狙っているものが、わかってきたようだ」とバトルが言った。

「おっしゃるとおりです。この前、お話ししたとおり、私は持札をさらしているのです。あの時は君が、アンの過去を詳しく話して、その後でオリヴァ夫人がびっくりするような報告をしましたね。あの時、私はすぐに重要な点に気がついたのです。ミス・メレディスはあの後でも自分の生活費を稼いでいる始末だから、お金を儲けるために人殺しをしたのではない。それでは、もししたとすればなぜ？　私はミス・メレディスの外見から、その気質を考えてみた。貧しい、臆病そうな若い娘、しかもいい洋服を着ており、美しい装身具が好きである……とすれば、この性質は人殺しよりも、むしろ、窃盗に向いていないだろうか？　そこですぐに私は、君にエルドン夫人がだらしない女ではなかったか、と訊きました。エルドン夫人が整頓や始末のきらいな人だと君から聞いた時、私は一つの仮説を立てたのです。アン・メレディスは性格にある欠陥がある――すなわち、百貨店などでなにか小さな物を盗むような娘じゃあなかろうか？　貧しくて、美しいこまごましたものが好きなこの娘は、主人から、一、二度何かを盗んだのでないだろうか？　たぶん、ブローチとか、おつりの半クラウン銀貨一枚か二枚、数珠玉の首飾り、そういったものです。エルドン夫人は不注意なだらしない女だったから、これらのものがなくなっても、自分の不注意のせいにして、おとなしくて可愛いお手伝いのアンを疑わなかった。ではここでひとつ、別のタイプの女主人を想像してみてください――不注意の代わりに注意深く――アンがものを盗んだのを、激しくとがめるといった型です。ここには殺人の動機というものが考えられるでしょう？　この前の晩に私が申し上げたように、ミス・メレディスは恐怖のために殺人を犯すタイプです。新しい主人はアンの盗みを訴えるかもしれないとアンは感じたのです。これを妨げるには？――自分を救う唯一の道は？　あの女主人が死ぬことだ。そこで、アンは二つの瓶を置き換え、ベンスン夫人は死んだのです――皮肉なことに、夫人はこれが自分の過ちだと信じこんでました。まさかおどおどおびえている娘がそんなことをしたとは夢にも考えずに死んだのでした」

「それはありえることですねえ。単なる仮説でしょうが、たしかにあり得ることです」

「単にありえるというだけではありません。それ以上のものです——おそらくそうだったのですよ。というのは、今日の午後、ちょっとした罠をかけておいたのです——これは本式の罠ですよ——その前に一つインチキな罠をアンに見破らせて、それから本物を仕掛けたわけです。もし私の疑うとおりなら、アン・メレディスはごく高価な絹のストッキングには必ず心を動かさずにはいられませんね。そこで私は彼女に絹のストッキングの見立てを手伝ってくれと頼みました。ただし私はストッキングがいくつあるのか知らないとアンに言っておいたのです。そして部屋を出て彼女を一人にしておきました——その結果はどうだったでしょう？　十九足あったストッキングが十七足しかないのです。二足はアン・メレディスのハンドバッグの中に納まりました」

バトル警視《バ・デュ・トゥ》は口笛を吹くと、「ひゅう！　なんて危険なまねをするんだろう！」

「とんでもない！　アンはもっとよく心得てます。私がアンを殺人の容疑者だと考えているとね。だから絹のストッキングを一足か二足盗んだって、どんな危険があるんです？　私は窃盗の方面を見張ってなんかいない、たしかにね。それに窃盗犯や盗癖患者《クレプトマニア》などは、自分はつかまりっこないと確信して盗むものですよ」

バトルはうなずいた。

「それはそうでしょう。信じられんぐらいの馬鹿ですね。そんなことしていれば、やがては尾を出すのにきまっているのに。とにかく、どうやらわれわれは真相を明らかにしたと思うんです。アン・メレディスは盗みをして女主人につかまった。メレディスは瓶を別の棚に移した。これはたしかに殺人だと、われわれにはわかっている——しかし、果たして、これが証明できるかというと、見込みはまるでない。完全犯罪第二号です。ロバーツがまずうまいことやりました。アン・メレディスは見事に逃げきってますね。しかしシャイタナの事件ではどうでしょう？　アン・メレディスはシャイタナを殺したんでしょうかね？」

バトルはちょっと言葉を切ったが、やがて首を振ると、「この方はどうも当てはまらんですね」とおもしろくなさそうに言った。「アンは危険を冒せない人間でしょう？　瓶の置き場所を変えるなんてことならやれる。誰も彼女がしたとは言いきれんことを知ってますからね。これは絶対に安全です——なぜって、こんなこと誰だってうっかりやりそうだからですよ！　見事だ。むろん、うまくいかないかもしれない。ベンスン夫人は飲む前に気がついちまうかもしれんし、飲んでも死ななかったということになるかもしれん。こういうのをわたしは〝見込み殺人〟といいますがね。成功するかもしれんし、しないかもしれん。この場合は実際に死にましたね。〝見込み殺人〟は成功でした。しかしシャイタナの場合はこれとまったく別ですよ。細心の用心と、大胆不敵さ、それに強い動機に満ちた殺人でしたからね」

ポアロはうなずいた。「同感です。この二つの型の犯罪は同じではない」

バトルは鼻をこすった。いい気分なのだ。「それでと、シャイタナの事件に関する限り、アンは除外できると思いますね。ロバーツとアンを容疑者のリストから除くと、するとデスパードはどうでしょう？　ラクスモア夫人から、これといった話でもお聞きになりましたか？」

ポアロは前の日の午後、ラクスモア夫人の語った冒険談を話して聞かせた。

バトルはにやりと笑った。「そういうタイプは知っていますよ。口先の作り話と実際起こったこととの区別がつけられんようになった連中でしょう？」

ポアロは続いて、デスパードの訪問を受けて、彼から聞いた話を、すっかり話した。

「彼を信用しますか？」バトルはだしぬけに訊いた。

「そう、信用しますな」

バトルは溜息をついた。「そうですよ。彼は人の女房が欲しくて、その夫を撃つようなタイプじゃあない。それに離婚法廷に持ち出したってすむことだしね。この頃じゃあ、みんな押しかけてますよ——あそこへ。それにデスパードは医者や弁護士のように世間の評判を気にする職業でもないですからね。わたしの考えでは、故シャイタナ氏も、この人物に関しては、ピントが狂っていたということになりますね。殺人犯人第三号は、結局、人殺しではなかったわけだ」そして彼はポアロを見やり、「さて、そうなると、残るのは——？」

「ロリマー夫人」とポアロが答えた。

電話のベルが鳴った。ポアロが立ち上がって、それに答えた。二、三の言葉をしゃべると、しばらく待ち、また話した。やがて、受話器をかけると、バトルの方に向き直った。

彼はひどく真剣な顔つきになっていた。

「ロリマー夫人が電話をかけてきたのです。私に会いに来てもらいたいと——すぐに」

ポアロとバトルはおたがいに、顔をじっと見あわせた。それからバトルが首をゆっくりと振って、

「わたしの推理が間違っているわけかなあ？　それとも、あなたは前からロリマー夫人を疑っていたんですか？」

「私は考えていた」とエルキュール・ポアロは言った。「それだけです。ただ想像しただけ」

「さあ、もうお出かけなさいよ」とバトルが言った。「あなたなら、しまいにはなんとか真相を突きとめられますよ」

25　ロリマー夫人は語る

その日は晴れていなかったから、ロリマー夫人の部屋は薄暗く、陰気であった。彼女も沈んだ顔をしており、この前ポアロが会った時よりも、だいぶ老けたように見えた。

彼女はいつものように、微笑を見せてポアロを迎えた。

「ムッシュー・ポアロ、ずいぶん早かったですね。お忙しいお身体なのに……」

「マダム、あなたのご用ですから……」と、ポアロはちょっと頭を下げながら、言った。

ロリマー夫人は、炉の傍らにあるベルを押した。

「お茶を持ってこさせましょう。あなたはどうお考えになるか存じませんが、なんのおもてなしもしないで、いきなり秘密を打ち明けるのもどうかと思いますからね……」

「マダム、そうおっしゃいますと、秘密の内証話がございますのですか？」

その時、メイドがベルに答えて部屋に入ってきたので、ロリマー夫人はポアロの質問に答えなかった。メイドは夫人の用事を聞くと、部屋を出ていった。ロリマー夫人は無感動な調子で口をきった。「覚えておいででしょう？　あなたはこの前ここにいらっしゃった時、わたしがお呼びしたらいつでも来ると言いましたね？　あの時からあなたは、わたしがすぐにお呼びするだろうってわかってたんですね」

それ以上話さないうちに、お茶が運ばれてきた。ロリマー夫人はお茶を飲みながら、新聞種の話題をいくつか、頭のいい話しぶりでおしゃべりした。

ちょっと話が途切れたところで、ポアロはすかさず、口を入れた。

「この前、あなたはマドモアゼル・メレディスと一緒にお茶をお飲みになったそうですね」

「飲みましたよ。あなたも最近お会いになった？」

「ついさっき会ったばかりです」

「じゃあ、あの娘《こ》はロンドンに来てますね？　それともあなたがウォリングファドまでおいでになったの？」

「いや、アンがお友達と一緒に私を訪ねてくれたのです」

「ああ、お友達ね、わたしはまだお会いしたことがないけど……」

ポアロは微笑を浮かべながら言った。

「この殺人事件――これは一種の縁結び《ラブロシユマン》ですね。あなたがマドモアゼル・メレディスとお茶を一緒にお飲みになる。デスパード少佐、彼もやはりミス・メレディスに交際を求めていられる。ドクター・ロバーツだけが離れているようですが……」

「この前、ブリッジの会でお会いしましたよ。相変わらず、愉快で元気な様子でした」

「そして相変わらずのブリッジ好きでしたか？」

「ええ——しかもね、例の乱暴過ぎるぐらいの高い賭け《ビッド》をまだやってましたよ——またそれが結構うまくいくんですからね……」

彼女はちょっと言葉を切ったが、また尋ねた。

「バトル警視とはこの頃お会いになりましたか？」

「やっぱり、ついさっきです。あなたが電話をかけてこられたとき、私と一緒におりましたのです」

ロリマー夫人は片手を顔にかざして、炉の熱を避けながら、「あの方の調査はうまく進んでるのかしらね？」

ポアロは重々しい声で答えた。「マダム、あのバトルという人はすばしこい男ではありません。彼のやることはのろのろしております、しかし最後には、必ずやりとげます」

「そうでしょうかね」彼女は唇をかすかに曲げて、皮肉な笑みを浮かべた。「バトルはわたしのこと、だいぶ丹念に調べましたよ。わたしの昔のことを、子供時分からずうっと調べてたし、わたしの友人たちに会ったり、いま使っている召使や、以前いた召使とも話していますよ。何を探ろうとしているんだかわからないけれど、彼はまだ求めてるものを発見できずにいるようですね。どうせそうならわたしの言ったことを信じた方が簡単だったのにね、別に嘘ついているわけでないんですから。わたしはシャイタナさんとは、ごくわずかしか知り合いじゃないのです。前に申し上げたように、彼とはエジプトのルクソールでお会いしたんでね、ほんのお知り合い程度のつき合いなんですよ。バトル警視だって、これだけの事実から何か手がかりは得られそうもないけど、どうかしらね？」

「おそらくそうでしょう」とポアロが言った。

「ポアロさん、それで、あなたはどうなんです？　あなたも何か調査をなさった？」

「マダム、あなたについてですか？」

「そう」

ポアロは首を振った。「そんなことをしても、別になんの役にも立たないでしょう」

「ポアロさん、いったいそれはどういう意味なんです？」

「マダム、率直に申し上げましょう。私には初めから、すなわちあの晩、シャイタナ氏の部屋で四人の人を見た時から、独りうなずきました――四人の中で、最も頭がよく、冷静で、論理的な思考にたけているのは、マダム、あなたなのです。ですから、殺人を計画し、それをうまくやりとげるものは誰だ、という賭をするのでしたら、私はあなたに自分の金をはります」

ロリマー夫人の眉が上がった。

「まあ、それ、お世辞ととらねば悪いかしらね？」と彼女は冷たく言った。

ポアロはその言葉を聞きすごして話を続けた。「犯罪をうまくやり遂げるには、普通の場合、前もって、細かいところまで、考えておくことが絶対に必要です。あらゆる偶発の事態についても用意をほどこしておかねばなりません。またタイミングが正確であり、その順序は精密なまでに正しくなければならないのです。ドクター・ロバーツはせっかちで、うぬぼれが強すぎますから、こういう仕事には向きません。デスパード少佐はたぶん慎重すぎて、犯罪をやり遂げ得ないかもしれない。ミス・メレディスはおじけて冷静さを失い、失敗するでしょう。マダム、あなたにはこういった心配はございません。あなたは頭がよく、冷静で、決断力の強い方です。したがって、時には果敢なことをなし得る精神をお持ちなのです。あなたはいざという時に当たって、気を顛倒させるような人ではありません」

ロリマー夫人はしばらく黙って座っていた。奇妙な微笑が唇のまわりに浮かんだ。やがて、彼女は口を開いた。「ポアロさんはわたしをそう考えているわけですね――わたしが完全犯罪をやれるタイプの女だとね」

「少なくともあなたは、この考えに立腹なさらぬだけの寛大な心を持っておられます」

「ええ、なかなかおもしろい考えですよ。そうすると、簡単に言えば、シャイタナをうまく殺せる人間はわたししかない、というのね、あなたの考えでは？」

ポアロがゆっくりと答えた、「マダム、実はそれには、ちょっと困っている点があるのです」

「まあ、そう？　どうか話してくださいな」

「お気づきになったかもしれませんが、さっき、私はこんなことを申し上げました。〝犯罪をうまくやり遂げるには、普通の場合、前もって、細かいところまで、注意深く考え抜いておくことが、絶対に必要です〟とね。この〝普通の場合〟という言葉に注意していただきたいんです。なぜなら、完全犯罪には、もう一つのタイプがあるからです。たとえばだしぬけに人に向かってこう言ったとします、〝あの木に石を投げて、当ててごらん〟そこでその人がすぐに、あなたに言われたとおり、考えもしないでやってみる――すると驚いたことにちゃんとその木に当たることがよくありますね。ところが、もう一度石を投げてみると当たらない。当てるのがむずかしくなるんです――これは、その人が考えはじめたからです。〝どうも力を入れすぎた――もっと軽く投げてみよう――もう少し右――いや左だ〟第一回目のはほとんど無意識の動作でした。動物のように、身体は心の動きに従って動いたのです。そうです、マダム、このような犯罪のタイプがあるのです――瞬間的に行なわれた犯罪――休んだり、考えたりするひまのない行動――霊感――とっさのひらめき――といった犯罪です。そして《エ・ビアン》マダム、あのシャイタナ氏を殺したのも、この種類の犯行だったのです。突然に殺す必要に迫られる――ぱっと頭にひらめいた殺害手段――迅速果敢な実行」ポアロは首を振った。「そしてですね、マダム、これは全然あなたのおやりになる型《タイプ》の犯罪ではありません。もし、あなたがシャイタナ氏を殺すとしたら、前もって充分計画した方法が用いられるに違いないのです」

ロリマー夫人は手をゆるやかに前後に振って、暖炉の熱が顔に当たるのを避けながら、「わかりましたわ。そこで、もちろん、あれが前もって計画された犯罪でないから、わたしがシャイタナを殺したのでないと――そうおっしゃるのですね、ポアロさん？」

ポアロは頭を下げて、答えた。「マダム、そうでございます」

「でも、ポアロさん――」彼女は振っていた手を止め、身体を前に乗り出した。「シャイタナを殺したのは、わたしでした」

26 真相

二人とも口をきかなかった――かなり長い間の沈黙。部屋は薄暗くなりはじめ、暖炉の火が燃えあがって、ぱちぱちとはねた。

ロリマー夫人とエルキュール・ポアロはたがいの視線をさけて、燃える火を見つめていた。〝時〟がふと停止したかのように見えた。

やがて、エルキュール・ポアロは溜息をつくと、顔を上げた。「そうだったのですか――まさかと思いましたが……マダム、それにしても、なぜシャイタナを殺したのですか？」

「ご存じでしょう、ムッシュー・ポアロ」

「彼があなたのあることを知っていたからですね――ずっと昔に起こった何かを」

「そうです」

「で、そのあることとは――別の誰かの死なのですね、マダム？」

彼女は首をたれた。

ポアロは優しく尋ねた。「なぜあなたは私に打ち明けられたのです？　なぜ、今日、私をお呼びになったのですか？」

「わたしがいつかそうするだろうって、この前おっしゃったでしょう」

「ええ――私もそうなるのを願っていたのです。マダム、あなたに関する限り、真相を知る唯一の方法は――あなたの自由意志によるほかないと、前から思っていました。もし話したくないと思えば、あなたは口をつぐんでおられる方です。簡単に自分をさらけ出すような方ではないことも、よく知っておりました。しかしあるいは機会《チャンス》があるかもしれぬ――あなたが進んで話したくなるような時が来るかもしれぬ、と思ったものですから……」

ロリマー夫人はうなずいて、「前々から予想してたとは、あなたも頭のいい方ですね――今のわたしの倦怠と――この淋しさ――」

彼女の声は次第にかすれて消えた。

ポアロは不思議そうに彼女の顔を見た。「そんなふうなお暮らしだったのですか！　ええ、そう、私にもわかるような気がします」

「孤独――まったくの孤独です。この言葉の本当の意味、わたしのような生活をした人でなければ、わかりませんよ。わたしのように、過去に犯したことを背負って生きた人間でなければね」

ポアロはそっと言った。「マダム、少しぶしつけのようでございますが、私が心からあなたに同情申し上げるのを許していただけますか？」

ロリマー夫人はちょっとお辞儀をして、「ポアロさん、ありがとう」

また沈黙の時が流れた。それからポアロが、今度はわずかだが前よりてきぱきした口調になって、

「マダム、あの晩餐でシャイタナ氏の言った妙な言葉――あれをあなたはシャイタナの脅迫――あなたに向けられた直接の脅迫、ととったのですね？」

彼女はうなずいた。

「わたしにはすぐ彼の言っていることがわかりました。彼はあの場にいた一人の者にだけわかるような話し方をしました。その一人の者とはわたしなのです。女の武器は毒薬だと言ったのは、わたしのことだったのです。彼は知っていました。わたしも前に、うすうす感じたことがあるんです。彼はある時、会話である有名な裁判のことを持ちだしてから、じっとわたしを見つめました。彼の目つきは油断がならないな、何か知ってるぞ、とその時は思っただけでした。ところが、あの晩の言葉で、彼がたしかに知ってい

るのだ、と信じました」

「彼がそれから何をするかも、あなたはお見通しでしたか？」

ロリマー夫人は冷やかに、「バトル警視とあなたが出席されていたのを単なる偶然ととれましょうか？　シャイタナは自分の頭のよさをひけらかすために、今まで誰も気がつかないあることを発見したと、あなたたちに指摘してみせるつもりだったのです」

「マダム、で、いつ頃、やろうと決心されたわけですか？」

ロリマー夫人はちょっとためらった。「いつ考えがきまったかは、よく思い出せません。短剣は食事に行く前に気がついていたのです。食事が終わって客間に引き返す途中で、短剣を取り上げると、そっと袖の中に滑りこませました。誰も見ていた人はいませんでした」

「見事なすばやさでしたね、マダム」

「そこで、わたしは自分のしようとすることを、はっきり決心いたしました。後はただ実行さえすればよかったのです。もちろん大変な冒険でした。しかし、やってみる価値があると考えたのです」

「そこがあなたの冷静さですね。勝負をする時の機会《チャンス》の計量、これがいつもあなたを勝利に導いたわけです。ええ、よくわかります」

「わたしたちはブリッジを始めました」ロリマー夫人は冷静に感情の乱れも見せずに話しつづけた。「ついに機会が来ました。わたしが休み《ダミー》になった時です。部屋を横切って、火の側に行きました。シャイタナは眠りこけていました。振り返って他の人たちを見ると、みんなゲームに熱中しています。わたしはかがみこんで、そして――そして、やったのです――」

　彼女の声はちょっと震えた。しかしすぐにもとどおりの冷静さを獲得していた。

「わたしは彼に話しかけました。というのは、これでわたしに一種のアリバイが成り立つという考えが、頭に浮かんだからです。暖炉の火についていいかげんなことをしゃべり、彼が返事をしたようなふりをして、またこんなふうなことを言いました、〝わたしもそう思いますわね。わたしも暖房器は好きになれませんわ〟」

「彼は叫び声をあげませんでしたか？」

「ええ、ちょっとうなったようでしたが――それだけでした。それも離れた所では、かえって言葉のように聞こえたでしょう」

「で、それから？」

「それから、ブリッジのテーブルに帰りました。最後の手《トリック》（これは十三番目のトリックのこと）が戦われていたところでした」

「で、あなたは腰を下ろして、また勝負に加わった？」

「ええ」

「二日たってからお会いした時、あなたはほとんど全部の賭け《コール》と勝負の手を覚えていられましたが、彼を刺した後でも、あなたは勝負《ゲーム》を、その前と同じ興味と注意力で続けられたわけですか？」

「ええ」とロリマー夫人は簡単に答えた。

「たいしたもの《エパタン》だ！」とポアロが言った。

彼は椅子にもたれかかり、幾度かうなずいていた、それから、やはり不満だというふうに頭を横に振ると、「マダム、まだどうもわからないところがあるのですが……」

「何です？」

「どうも私は何か見落としているところがあるような気がいたしますのです。あなたは何事も綿密に注意して考えるご婦人です。ある理由のために、非常に危険な仕事をなさる決心をした。あなたは——見事にそれをなしとげた。ところが、二週間もたたないうちに、心が変わって自白される。マダム、率直に申し上げますと、どうもこのところがおかしいように思えるのです」

奇妙な笑いが彼女の唇に浮かんだ。

「ポアロさん、それはそのとおりです。ただ、あなたのご存じないことがあるんです。ミス・メレディスはこの前わたしとどこで会ったのか、お話しになりませんでしたか？」

「オリヴァ夫人のアパートの近く、と言われたように思うんですが……」

「それはそうなんですが、わたしの言うのは町の名前のことなんです。アン・メレディスとはハーレイ街（高級な医者たちのいる通り）で会ったのですよ」

「ああ！」彼はじっと彼女を見つめた、「私にもわかりはじめてきました」

「ええ、おわかりになると思いましたよ。わたしはそこの専門医を訪ねたのです。そして自分でもそうではないかと思っていたことを、言われました」彼女の顔にかすかな微笑が広がった。もはや唇のよじれた、辛辣な表情ではなかった。いつしか、それは優しい微笑に変わっていた。

「ポアロさん、わたしはもうそんなにブリッジもやれませんよ。医者はそうはっきり述べはしませんでした。本当のことは少し隠して〝充分に気をつけて身体をいたわれば、あと五、六年は生きられるかもしれない〟なんて言いましたよ。でも、わたしは自分を大仰にいたわりません。そういう性質の女ではないんですよ」

「ええ、ええ、わかりはじめました」とポアロが言った。

「一カ月か二カ月か、それぐらいの違いはありますよ――でもそれ以上は生きられないとわかりました。そして専門医のところから出てきたところで、ミス・メレディスに会ったのです。一緒にお茶を飲もうって、誘ってみました」

彼女はひと息つくと、また続けた。「結局、わたしも根っからの悪人にはなれないんですね。お茶を一緒に飲みながら、考えました。この前の晩のわたしの行為は、シャイタナの命を奪ったばかりか、（これはもうなされたことで、もうどうにも取り返しがつかないことですが）そればかりか他の三人の人の生活を、程度の差こそあれ破壊してしまっている。ドクター・ロバーツ、デスパード少佐、アン・メレディス、どの人たちも何ひとつわたしを傷つけたわけでもないのに、わたしのしたことで、厳しい苦痛をうけており、それればかりか生命の危険にもおちいりかねない。だがこれはまだわたし次第で取り返しがつく――わたしの償えることだというふうに考えました。ただしわたしはドクター・ロバーツとデスパード少佐の立場を考えてこんなに心を動かしたとは申しません。あの人たちも、もちろん、わたしに比べれば先の長い生涯を持ってますけれど、二人とも男ですし、ある程度まで自分のことは処置できるからです。しかし、わたしはアン・メレディスを見たとき……」

彼女はためらったが、やがてゆっくりと話しつづけた。

「アン・メレディスはほんの娘です。まだまだ長く生きる身です。わたしのしたことが彼女の一生を壊してしまうかもしれない。だがそれではあの娘がかわいそうすぎる。そんなことさせられない。そしてね、ポアロさん、この考えが強くなってきて、ふとあなたの暗示した言葉を思い出したのです。そしてわたしもう黙っていることができなくなって、今日の午後あなたに電話したのです――」

幾分か過ぎた。

エルキュール・ポアロは身を前に乗り出し、薄暗い部屋に座っているロリマー夫人を、じいっと見つめた。ロリマー夫人も相手の鋭い視線を、落ち着いた、たじろがぬ目で見返した。

ポアロがしまいに口を切った。

「ロリマーさん、本当のことをおっしゃってくれませんか。本当に、シャイタナ氏をとっさの思いつきで、殺したのですか？――絶対に、間違いありませんか？　本当に前から考えていたんじゃないのですね――殺そうという考えをちゃんと頭の中にしまって、あの晩餐にいらっしゃったのではない――これは本当に確かですか？」

ロリマー夫人はしばらくの間、ポアロをじっと見ていたが、やがて強くうなずくと、

「そうです」と言った。

「殺人を前から計画してはいなかったのですね？」

「もちろんそうじゃありません」

「では――それでは――ああ！　あなたは嘘をついています――嘘をついているに違いありません――」

ロリマー夫人の声が氷のように部屋の中に響いた。「まあ、ポアロさん、あなた気でもおかしくなったのですか？」

小柄なエルキュール・ポアロはすっくと立ち上がった。何か訳のわからないことをぶつぶつつぶやきながら、部屋の中を行ったり来たりした。突然、彼は「失礼します」と言って、スイッチのところへ行き、電灯をつけた。

彼は引き返してきて、自分の椅子に座り、両手を膝の上に置くと、ロリマー夫人をまい、ともに見つめた。「問題はですね」彼は言った。「エルキュール・ポアロが間違いうるかどうか、にあります」

「間違いのない人はいませんよ」ロリマー夫人がそっけなく答えた。

「私がいます」ポアロが言った。「私はいつも間違いません。きまって私の方が正しい結果になるので、自分ながら驚いています。ところが、いまは逆に見えます、いかにも私が間違っているというふうに見えます。これではポアロも少し取り乱さざるをえません。あなたは正気で自分が殺人をしたと言われた！　しかしこれではまったくおかしなことになる！　なぜって、そうなればあなた自身よりもこのエルキュール・ポアロの方が、いかに殺人が行なわれたかをよく知ってることになりますからね」

「それはたしかにおかしな、馬鹿げた話ですね」とロリマー夫人は、前よりもいっそう冷たく言った。

「そうすると、私がおかしいということになります。頭がおかしいと。しかし違う——この小さな善人が神かけて誓いますが《サクレ・ノン・ダン・プティ・ボノム》——私はおかしくはありません！　私は正しいはずなのだ！　あなたがシャイタナ氏を殺した、そう私は信じたいですよ——しかしどうしたってあなたはさっき私に言われたような方法で、彼を殺せるわけがない。誰でも自分の性格《ダン・ソン・キャラクテール》にないことはやれません」

　彼は口を閉じた。ロリマー夫人は怒ったような息づかいになり、唇をきつく噛んだ。彼女はいまにもしゃべりだそうとしたが、ポアロが機先を制した。「シャイタナ殺しは事前によく準備したもの——もしそうでないとすれば、あなたは彼を殺さなかった、その二つのどちらかです！」

　ロリマー夫人は鋭く言った。「ポアロさん、あなたはほんとに気が変になってしまったんですね！　わたしが罪を犯したと、自分で白状してるんだから、その殺し方で嘘をつく必要がどこにあります？　そんなことしたってなんの足しになります？」

ポアロはふたたび立ち上がって部屋をぐるりと一回り歩いた。そして自分の席に帰ってきた時、彼の様子は一変していた。彼は優しく親切な人になっていた。

「あなたはシャイタナを殺しませんでした」彼は柔らかな声で言った。「私にもやっとわかりました。すべてがわかったのです。ハーレイ街、あの若いアン・メレディスが歩道にぼんやりと立っている。私にもわかりますね。もう一人の娘も目に映ります——ずっと以前に——たった一人で——本当に一人ぽっちで生き抜いていかねばならなかった娘——そう、目に見えるようですよ。ただわからないのは——なぜアン・メレディスがやったと、あなたは確信しているのか？　です」

「ポアロさん、本当に——」

「マダム、これ以上私に嘘をついたり、ごまかしたりしようとしても無駄です。私には真相がわかりました。ハーレイ街でのあなたの気持ちはよく理解できるのです。あなたはドクター・ロバーツのためにはこんなことをしません——そう、絶対にしませんね。デスパード少佐のためにも、なさいませんでしょう。しかし、アン・メレディスの場合は違うのです。あなたは彼女に同情しました。彼女がやったことを、あなたも前に一度やったことがあるからです。なぜ彼女が罪を犯したのか、そのわけはあなたも知らないでしょう――少なくとも私はそう思うんですが、しかし、彼女がやったと、あなたははっきり知っている。あなたはそれを初めから――あの事件の起こった晩――バトル警視があなたの考えを訊いた時から、犯人を知っていたんですね。いいですか、私には全部わかっているんですから、これ以上嘘をつこうとしても無駄ですよ。どうです、おわかりですか？」

ポアロは答えを待っていたが、彼女は答えなかった。彼は満足そうに、何度もうなずいた。

「そうです。おわかりになったようですね。ええ、たしかにご立派です、マダム、ご自分で責を負って、あの娘を逃がしてやる――これは、大変に貴い行為です」

「わたしが罪を犯した女だということをお忘れなのですね、ポアロさん。わたしはずっと以前、わたしの夫を殺したのです……」

ちょっと、言葉が途切れた。

「わかります」とポアロ、「それが天の裁きです。なんといっても最後には正しい裁きが支配するのですね。あなたは論理的な頭をお持ちです。前に犯された罪の報いをいま喜んでお受けになろうとしていらっしゃる。その被害者が誰であろうと……殺人は殺人です。マダム、あなたは勇気と明敏な頭脳とをお持ちです。で、私はもう一回お訊きします。どうして、あなたはそんなに確信していらっしゃるのです？　どうして、アン・メレディスがシャイタナ氏を殺したと、ご存じなのですか？」

ロリマー夫人は深い溜息をもらした。ポアロの押しの強さには、彼女の抵抗も崩れ去ったようであった。彼女は子供のように、ひどく簡単に答えた。

「なぜって、わたし見たからです」

27 目撃者

突然、ポアロは笑いだした。笑いを抑えることができず、そりかえって、部屋いっぱいに響く高い哄笑を続けた。

「お許しください《パルドン》、マダム」彼は目を拭いながら言った。「どうにも抑えられませんでした。われわれは知恵をしぼったり、おたがいに議論をしたり、質問をしたりしました。時には、相手の心理をさぐろうと苦労もしました。ところがなんのことはない、この犯罪には、初めから目撃者があったとは……どうか、その時の様子を話してください」

「あの晩だいぶ遅くなってからです。アン・メレディスは休み《ダミー》になると、席を立って、味方の札をのぞいてから、部屋の中を歩いていました。勝負は別におもしろいこともなくて——出す札も考えないでもわかっているようなものばかりでした。それでわたしは無造作に札を出していましたが、終わりまであと三手《トリック》といったところで、ちょっと暖炉の方を見たのです。アン・メレディスがシャイタナさんの上にかがみこんでいました。

見ていると、彼女は身を起こした――すると彼女の手がシャイタナの胸の上にじっと置かれているのが見えたのです――その格好を見て、わたしはびっくりしました。彼女が背を伸ばしたとき、わたしは彼女の顔を見ました。彼女はちらっとわたしたちの方に目を走らせたんですが、その表情には恐怖と罪とがいっぱいに出てました。もちろん、わたしも何が起こったんだかわかりませんでした。ただ、この娘は何をしたんだろう、と思っただけです。しかし、あとになって――すべてわかりました」

　ポアロはうなずいた。「しかし、あなたが知っているとは、アンは知らなかったんですね。あなたが彼女を見ていたことも、彼女は知らないんですね？」

「かわいそうな娘」とロリマー夫人は言った。「若くて、おじけづいていて――しかもこの世間をひとりで渡っていく娘。こんな娘を見てわたしが知らぬ顔でいられる――と思います？」

「いえ、いえ、そうは思いませんが……」

「それもわたしが――わたし自身がむかし――」彼女は肩をすくめた。「とにかく――人を告発したり罪にしたりするのはわたしの柄じゃありませんでした。警察のすることですからね」

「それはそうです――しかし今日のあなたは少々あなたらしくないようですがね」

ロリマー夫人は、自分に腹を立てたような表情で言った。

「わたしは昔から心の優しい、同情深い女じゃありませんでしたよ。でも、年を取るにつれて、だんだんそうなってきたようです。ただ、言っておきますけれども、アンに同情したのは、単に感傷的な気持ちからじゃないのです」

「マダム、たしかに同情もその相手によりけりです。マドモアゼル・アンは若くて、弱弱しい。臆病でおじけたふうに見えます――ああ、本当に、同情をそそぎたくなるような娘――とまあ、そうとれます。ですけれども私は、これには異論があります。マダム、なぜミス・アン・メレディスがシャイタナ氏を殺したのか、申し上げましょうか？　彼女は以前、コンパニオンに雇われていた家の老婦人を殺したことがあって、それをシャイタナに知られたからなんですよ――その婦人を殺したのも、ちょっとした盗みを働いたことをその人に見つかったからです」

ロリマー夫人は驚いてポアロを見た。

「ポアロさん、それ本当なんですか？」

「まったく疑う余地はありません。彼女は大変おとなしく――いかにも優しい――と人は言うでしょう。とんでもない！　マダム、この若いマドモアゼル・アンは非常に危険な存在ですよ！　自分の身の安全のためとなれば、たちまち凶暴になりうるのです。実に狡猾にもなるのです。マドモアゼル・アンの犯罪は、これだけで終わりはしませんでしょう。彼女はこの二つの殺人で自信を得ましたからね」

ロリマー夫人は鋭く、「ポアロさん、なんて恐ろしいことをおっしゃるんです！　まあなんて恐ろしい！」

ポアロは立ち上がった。

「マダム、それでは失礼します。私の申し上げたことを、よくお考えください」

ロリマー夫人はちょっと自信を失ったように見えた。しかし、以前の冷静な態度を取り戻そうと努力しながら、言った。「ポアロさん、わたし都合で、この今日のお話をすっかり否定するかもしれません。法廷では目撃者として証人には立たないだろうと思います。よろしいですね。わたしがあの晩に見たことも、――二人だけの間の、個人的な話だとお考えください」

ポアロは真剣な表情で言った。「マダム、この件では必ずあなたのご同意を得て行動いたします。それに私には私のやり方がありますから、ご安心ください、これからは自分がどのように動くか、よく存じておりますから――」

彼は夫人の手を取り、唇に当てた。「マダム、あなたは誠に立派なご婦人でございます。心から敬服し、尊敬いたします。まことに千人に一人のご婦人です。そうですとも

——実に、千人のうち九百九十九人までが必ずすることを、あなたはなされなかったのです」

「それはなんですの？」

「あなたはご主人を殺されたと、私にお話しになった——しかし、どうして、そんなことをなすったのか、一言も弁解されませんでした！」

ロリマー夫人は厳しい顔つきになって、「ポアロさん、その理由はまったくの私事で、他人に宣伝する必要のないことです」

「ご立派《マニフィク》です」とポアロは言い、再度彼女の手を唇に当てると、部屋を出ていった。

外は寒かった。左右を見渡したが、タクシーは見あたらなかった。

彼はキング・ロードの方へ歩き出した。

歩きながら、一心に考えていた。ときおりうなずいたが、一度はわからんといったふうに頭を横に振った。

彼は肩ごしに背後を振り返った。ロリマー夫人の家の石段を上がっていく影が見えた。その後ろ姿はアン・メレディスによく似ていた。戻ろうか、とちょっと迷ったが、結局そのまま歩いていった。

家に着いてみると、バトルが置き手紙も残さずに帰ったとのことであった。

彼はすぐバトルに電話をかけた。

「もし、もし」とバトルの声が聞こえてきた。「何かつかみましたか？」

「たしかにそのとおりだよ《ジュ・クロア・ビアン》。君《モナミ》。あのメレディスという娘を押さえねばいかんよ――すぐに」

「押さえるつもりではいるけれども――すぐってのはどういうわけなんです？」

「それはね、バトル、彼女は危険なことをやりかねないからです」

バトルは一、二分黙って考えていたが、やがて、「おっしゃることはわかります。しかしここに誰もいないし……まあ、いいです。危険をみすみす放っておけませんからね。実はね、彼女に手紙を出したところなんです。公式の手紙で、明日訪ねていくと知らせたんです。彼女をこわがらせておく方がいいと思ったもんで」

「まあ何一つしなかったよりはましでしょう。で、明日私も君についていってもよろしいかな？」

「結構ですとも。来てくださればうれしいですよ、ムッシュー・ポアロ」

ポアロは何か考えこんでいるような顔で、受話器をかけた。

彼の心は落ち着かなかった。長いこと、火の前に座って、眉をひそめて考えていた。最後に、胸の恐れと疑いをふりはらって、彼はベッドについた。

「明日になったらすべてわかるだろう」と彼はつぶやいた。

しかし、次の朝があのように展開しようとは、彼には全然わかっていなかったのである。

28 自殺

ポアロが座ってコーヒーとロールパンで朝の食事をしていると、電話がかかった。

彼が受話器を取り上げると、バトルの声が聞こえた。

「ポアロさんですね?」

「私です。どうしたんです《ケ・ス・キ・リ・ア》?」

バトル警視の声の微かな抑揚の違いで、ポアロは何か変わったことが起こったと察知した。昨日感じた漠然とした危惧の念がまた胸によみがえってきた。

「君、早く教えてください」

「ロリマー夫人です」

「ロリマー——それで?」

「あなたは一体全体、昨日何を話したんです?——それとも、彼女があなたに話したんですか? わたしになんにも話してくれないとはひどいですよ。昨日はまるであのメレディスが怪しいような話しっぷりでしたねえ！」

ポアロは静かに言った。「何が起こったんです？」

「自殺」

「ロリマー夫人が自殺した？」

「そのとおりです。彼女はこの頃非常に元気がなくて、ふだんと違っていた。そこで主治医が催眠剤を飲むようにすすめていたようです。ところが昨夜、それを多量に飲んだんです」

ポアロは深く息を吸いこんだ。

「誤って飲んだ——とは考えられないですか？」

「全然考えられませんね。はっきりしてますよ。あの三人に遺書を残しているんですから」

「あの三人というと？」

「残りの三人。ロバーツ、デスパード、ミス・メレディスです。実に簡単明瞭に書いています。面倒くさい前言なんか抜きにしてね——もうこの騒ぎを一息に片づけたいと思います、と書いてですね——簡単に言えば、自分がシャイタナを殺した。そして他の三人の人たちに大変な迷惑をかけたことを深く陳謝する——陳謝するですと！——まあそれだけの、実に要領を得た手紙で、実にあの婦人の性質そのままの書き方でした。あの人はまったく冷静な女でしたね」

一、二分の間ポアロは答えなかった。

これがロリマー夫人の最後の気持ちだったのだ。結局、彼女はアン・メレディスをあくまでかばおうと決心したのだ。苦痛に耐えて幾カ月かの命を長びかせるより、苦痛のない即座の死を選んだ、しかもその死は一人の人間への愛に満ちたものであったのだ──彼女が自分の心の中に秘かな同情のつながりを感じた一人の娘を救うための死であったのだ。すべては細心の注意と沈着周到な計画のもとに行なわれたものだ──三人の関係者たちにちゃんと予告するほど注意深い自殺だったのだ。なんという女性だ！　ポアロの賛嘆はさらに強まるのだった。まさしく彼女らしい行動だ。そしてその明晰な決意、一度定めたことをあくまで遂行する頑固さも、彼女にふさわしいものだった。

昨日彼はロリマー夫人の決心を変えることができたと考えていた──しかし、こうなってみると、彼女は明らかに自分の判断のほうを好んだに違いなかった。実に意志の強い婦人だった！

バトルの声に彼の瞑想は中断された。

「あなたはいったい、昨日彼女に何を話したんです？　あなたが彼女を脅しつけたもんだから、こんなことになったんですよ。しかし昨日のあなたは彼女と会った結果、あのメレディスが犯人《ホシ》だというふうに言いましたね？」

ポアロはしばらく無言であった。ロリマー夫人がいま彼に嘆願しているのを感じたのである――夫人は生きていてはなしえなかった頼みを、死んで嘆願している――と。

彼はしまいにゆっくりと言った。「私は間違っていたのです」

この言葉は彼にはなじみのない言葉だったのでひどくしゃべりにくかった。

「あなたが間違えた、ってわけですか？」とバトルが言った。「まあ、どっちにせよですね、ロリマー夫人はあなたに嗅ぎつかれたと思ったんですね。犯人をこんなふうに死なしちまったのは残念でしたよ、ちょっとぬかったですなあ」

「しかし、ロリマー夫人が生きていたところで、彼女が犯人だという証拠は、あなた方には見つからなかったでしょう」とポアロは言った。

「それは――まあ、そうでしたでしょうな……この方がよかったかもしれんが……あなたは――そのう――あなたはこうなるのを知ってたんじゃないでしょうねえ？」

ポアロの自己犠牲の心は次第に憤慨に変わった。やがて彼は言った。「自殺の全体をはっきり教えてくださらんか」

「ドクター・ロバーツが八時前に彼女からの手紙を開けました。彼は実に機敏に行動してくれて、小間使に警察へ連絡するようにと言いつけると、自分は車を飛ばした。彼がロリマー夫人の家に来てみると、夫人はまだ起きていないと言う。それで寝室へ飛びこんだんですが――すでに手遅れ。もちろん人工呼吸もやったんですが、駄目でした。警察医もすぐその後から駆けつけましてね、ロバーツのとった処置は正しいと確認しましたよ」

「催眠剤は何でした？」

「ヴェロナールのようです。とにかく、バルビツル酸剤（脳幹催眠剤で、催眠作用とともに運動鎮静の作用がある。バルビタール、ヴェロナール、ジアール、アドルム等がこれに属する）の一種ですね。彼女のベッドの横に、錠剤の入っている瓶がありました」

「その他の二人はどうなんです？　あなたのところに連絡してこなかったですか？」

「デスパードは家にいないんです。で、今朝の郵便は受け取っていません」

「では――ミス・メレディスは？」

「いまちょうど、彼女に電話したところです」

「それで《エ・ビアン》？」

「わたしの電話がかかってくるちょっと前に、その手紙を見たそうです。あそこは郵便も遅く着きますからね」

「彼女の反応はどうでした？」

「ごく適当な驚き方といいますかね。心からほっとした気持ちを上品にぼかして――驚きと同情をみせて――まあそんなふうな様子でした」

ポアロはちょっと黙っていたが、やがて、「で、君はいまどこにいるんです？」

「チェーン小路のロリマー夫人宅です」

「よろしい《ビアン》。すぐそちらへ行きます」

彼がロリマー夫人の家に入ると、ドクター・ロバーツが帰ろうとしているところに出会った。ドクターの態度も今朝はいつものように陽気ではなかった。顔色も悪く、驚愕しているように見えた。

「ひどいことですねえ、ムッシュー・ポアロ。もちろん、僕の立場からいえば、これで救われたことになりますが――本当のところ、ショックでしたよ。実際、シャイタナを刺したのがロリマー夫人だったなんて、夢にも思いませんでしたね。まったく驚いたですよ」

「私も驚きましたよ」

「静かで育ちのよい、質実な人でしたが……あんな恐ろしいことをするとは考えられんです。いったい、動機は何なんでしょう？　いや、これは、もう永遠の謎でしょうね。

……正直なところ、知りたくはありますけれども……」

「あなたも、肩の荷がおりましたでしょう——この出来事で」

「ああ、まったくそうなんです。それを認めないで哀しい顔をするのは偽善者だと思いますよ。なんと言っても、殺人の容疑が自分の影みたいについてまわるのは嫌な気持ちでしたからねえ。あのご婦人も気の毒ですが——しかしあれが彼女には一番いい解決の道だったんでしょうね」

「彼女自身もきっとそう考えたのですな」

ロバーツはうなずいた。「やはり良心がとがめたんですよ」彼はこう言うと、家から出ていった。

ポアロは思案しながら首を振った。ドクターは事態を読み誤っている。ロリマー夫人が自殺したのは、後悔の念に堪えかねたためではない。

階段の途中で、年取った小間使が静かにすすり泣いていた。ポアロが立ち止まって慰めの言葉をかけると、彼女は、「本当に情けないことでして……本当にひどいことで……。わたしたち、みな奥様が好きでございました。奥様はほんの昨日あなた様と静かに、気持ちよさそうに、お茶を召し上がっておいでだったのに、今日はもうお亡くなりになってしまうなんて。今朝のことはとても——一生忘れられませんです。さっきの方がべルをお鳴らしになりました。わたしが出てみるまで三度も続けてお鳴らしになって、それからいきなり、〝奥様はどこだ？〟っておっしゃいまして。わたし面くらってしまって、とっさにお答えもできませんでした。あの、奥様が鈴を鳴らすまでは、わたしたちだれも奥様のお部屋には行かないしきたりでございましたもんで――それは奥様のお言いつけでしたのです……。ですからわたし、もじもじしておりますとあの方、〝奥様の部屋はどこだ？〟っておっしゃって、階段をどんどん上っておいでだもんで、わたし仕方なしにお教えしたんでございます。そうしたら、ノックもなさらずに飛びこまれて、ベッドの奥様を一目ご覧になると、〝遅かった〟っておっしゃって……もう奥様はお亡くなりになっておいででした。でも、あの方はわたしにお湯やブランデーを持ってこさせまして、何とか生き返らせようと、一生懸命やってくださいましたんですが、駄目でございました。それから警察の方が来られて、――旦那様、そのなさることがなにもかもみんなひどいことばかりで……あれでは奥様も浮かばれませんでございます。でも、警察がなんであんなことするんでございますかね？　たとえ奥様が間違ってお薬を飲みすぎて、お亡くなりになったにしても、警察があんなに手を出す権利がありますんでございましょうか？」

ポアロは彼女の質問には答えず、こう言った。「昨晩、奥様は普通と変わりなかったかね？　心配していらいらしてたように見えなかったかね？」

「いいえ、あなた様、そんなことはございませんでした。でも、お疲れになって――それに少し体の具合がよろしくなかったようでした。この頃、ずうっとお加減が悪くって……」

「そうだよ、私も心配していたのです」相手の声に同情の響きを聞きとると、小間使はさらに調子づいてしゃべりつづけた。

「あの、奥様はけっしてどこが痛いなんておもらしにならなかったもんで、わたしと料理人とは人知れず心配しておりましたんです。なさることも以前のようにはおできになれませんし、何かというとすぐお疲れでして。たぶんあなた様がお帰りの後でおいでになった若いご婦人とお話ししたんで、すっかり精も根もおつかいになってしまったのかもしれませんです」

階段に足をかけたまま、ポアロはぐるっと振り返った。

「若いご婦人？　若い婦人が昨日ここに来たのかね？」

「はあ、あなた様がお帰りになったすぐ後で。ミス・メレディスとかいうお名前でした」

「長いこと話していたのかい？」

「一時間ほど」

ポアロはちょっと黙っていたが、「その後は？」

「奥様はベッドにお入りになって、ベッドで晩のお食事を召しあがりました。とても疲れたとおっしゃって……」

ふたたびポアロは沈黙した、が、やがて、彼は口を開くと、「奥様は昨晩、手紙を書いたかどうか、お前知っているかね？」

「ベッドにお入りになってからでございますか？　さあ、そんなことはなさらなかったと思います」

「しかし確かだとは言い切れないわけだね？」

「ポストに入れる手紙はいくつか、玄関のテーブルに置いてございました。わたしたち、家の仕事が終わって、戸を閉める前に、いつも投函するんでございますよ。でも、昨日の手紙は朝のうちからずっと置いてあったと思いますんですが」

「何通あったね？」

「二通か三通――よく覚えておりませんのですが、三通のように思えます」

「あんたか――コックか知らないけれど――その手紙を投函した人は、宛先を見なかったかねえ？　変な質問だなんて気を悪くしないでくださいよ。これは非常に重要なことなんだから……」

「ポストには、わたしが入れにまいりました。一番上のだけは見ましたが――フォトナム・メイスン会社宛でございました。他の二通はわかりませんです」

彼女の声には真面目さと真剣さのこもっているのが感じられた。

「手紙はたしかに三通より多くはなかったんだね？」

「はい、それはもう間違いございません」

ポアロは重々しくうなずいた。ふたたび階段を上がりかけながら、彼は尋ねた。

「奥様は眠るために薬を飲んでいたんだね？」

「はあ、あの、それは先生のお言いつけでしたので……ラング先生の」

「その催眠剤はどこにしまってあったろう？」

「奥様のお部屋の小さい食器棚の中でございます」

ポアロはそれ以上尋ねなかった。彼は二階に上がっていったが、非常に真剣な顔つきだった。

階段を上がりきった踊り場にバトルが立っていて、彼に挨拶した。警視は焦慮と困惑の表情を浮かべていた。

「どうもご足労です、ポアロさん。ドクター・デイヴィドスンをご紹介します」

警察医は握手の手を差し出した。背の高い、陰気そうな人物であった。

「どうも運がなかったですな」と彼は言った。「もう一、二時間早かったら、生命は取り止めたんですが」

「むむ」とバトルがのどを鳴らして、「公式にはこんなこと言えんが、わたしは気の毒だとは思ってませんね。彼女は人ごろ——とにかく淑女でしたなあ。なぜシャイタナを殺したんだか、その理由はわからんですが、彼女にはそれ相当の言い分があったんでしょうなあ」

「いずれにしろ、彼女は法廷に立つまで生きていられたかどうか、疑問でしたよ。彼女は重い病気にかかってましたから」とポアロが言った。

警察医も同意のうなずきをみせて、「私もそう診《み》ました。まあ、結局はこの方がよかったということでしょうな」

彼は階段を下りはじめた。バトルも彼の後に従って下りていきながら、「ドクター、ところで……」

ポアロは寝室のドアに手をかけて、つぶやくように言った。

「入っていいかな——どう?」

バトルがちょっと振り向いて答えた。「どうぞ。いいですよ。わたしたちの方はすんだんですから」

ポアロは部屋に入り、背後にドアを閉めた。

彼はベッドの横に歩み寄り、静かな死に顔をじっと見下ろした。

彼の心は激しくかき乱されていた。いったいこの人は本当に若いアン・メレディスを死と不名誉から救おうと固く決心して、死を急いだのだろうか——それとも、もっと違った、もっと残酷な解釈が隠されているのだろうか？

すでにいくつかの事実が上がってはいるが……。

突然、彼は身をかがめると、死んだ夫人の腕にある黒く変色したあざを調べはじめた。

それから彼はふたたび背を伸ばした。彼の目は、親しい友人なら気づくはずの、あの猫の目に似た異様な輝きを帯びていた。

彼は足ばやに部屋を出ると、階下に下りていった。バトルとひとりの部下が電話の前にいた。部下は受話器を置くと、言った——

「彼はまだ帰ってきておりません」

バトルが言った。「デスパードです。彼と連絡をつけようとしてるんです。彼の家にはチェルシーの消印のある手紙がたしかに届いているそうです」

ポアロはだしぬけに妙な質問をした。「ドクター・ロバーツはここに来る前に、朝食をすましておりましたかね？」

　バトルは驚いて相手をまじまじと眺めながら、

「いいや、たしか彼は、朝食もせずにすぐとんできたと言ってましたよ」

「じゃあ、いま彼は家にいますね。彼と連絡つけられますね」

「でもなぜ連絡を――？」

　しかし、ポアロはもう忙しそうに電話のダイヤルを回していた。やがて、彼は話し出した。

「ドクター・ロバーツはおいでですか？　ロバーツさんですね？　ええわたし《メ・ウィ》、ポアロです。一つだけ質問をお許しください。あなたはロリマー夫人の筆跡をよくご存じですか？」

「ロリマー夫人の筆跡？　それは――さあて、今朝の手紙まで、一度も見たことなかったですね」

「どうもありがとう《ジュ・ヴ・ルメルシ》」

　ポアロは受話器を急いでかけた。

　バトルが彼を見つめて、

「ポアロさん、何を考えついたんです、ええ？」と声を低めて尋ねた。

ポアロは彼の腕をとった。

「いいですか、君、昨日私がこの家から出たすぐ後に、アン・メレディスがここに来たのです。私も彼女が階段を上っていくのを見ている。もっともその時は、はっきり彼女とは確認できなかった。そしてアン・メレディスが帰ると、夫人はすぐ床に就いたのです、小間使の知っている限りでは、夫人はそれから後に手紙は書かなかったのです、それにですね、私と彼女との会見の内容を話せれば、君にもわかってもらえるが、私の行く前に、ああした手紙を三通書いたとは、どうしても信じられないのです。そうなると夫人はその手紙をいつ書いたんだろうか？」

「召使たちが床に就いてからでしょ？　それからベッドから出て、自分でポストに入れたんですね」

「そう、そういうこともあり得ます。しかし、また別の考え方もできる——すなわち、夫人が手紙を全然書かなかった！」

バトルはひゅっと口笛を吹いた。「まさか、あなたは——」

電話のベルが鳴り響いた。部下が受話器を取り上げた。耳をつけてちょっと聞いていたが、バトルの方に向いて、「オコナー巡査部長がデスパードのアパートからかけています。デスパードはテームズ河畔のウォリングファドに出かけた形跡があるそうです」

ポアロがバトルの腕をつかんだ。「君、さあ早く、私たちもウォリングファドに行かなければならん。私の心はどうも穏やかではないのです。殺人はこれで終わりでないかもしれない。もう一度繰り返しますが、君、あの若い娘は危険な存在ですよ」

29　事故

「アン」とローダが言った。

「ううん？」

「いやよ、アン――クロスワード・パズルを考えながら返事したんじゃあ。あたしの言うこと、注意して聞いてよ」

「ええ、注意してるわ」

アンは背を伸ばして座りなおすと、新聞を下に置いた。

「それではいい。アン、あのね」ローダはちょっとためらった。「ここに来るあの人のことだけど……」

「バトル警視？」

「そうよ。ねえ、アン、あんた、ベンスンさんの家にいたこと、話した方がよくないい？」

アンの声は前より冷たくなった。

「変なこと言わないでよ。どうして言わなきゃならないの?」

「どうしてって――あんたがなにか隠しているように思われやしないかしら? あたしはお話しした方がいいと思うけれど」

「いま話すのはかえってよくないわ」アンが冷たく言った。

「最初に話してしまえばよかったわねえ」

「今になって、そんなこと悔んだって遅すぎるわ」

「まあ、そうね」ローダの返事はいかにも同意できぬ響きを含んでいた。

アンはいら立たしい調子になって、「とにかく、無理に話す必要あるかしら? あそこにいたこと、この事件とは全然関係ないんですもの」

「そう、もちろんないわ」

「あたし、あそこに二カ月ぐらいしかいなかったのよ。バトルさんはあたしの今までのことを、〝参考〟にするために調べてるだけよ、二カ月じゃあ数に入らないわ」

「そう、もちろんだわ。ただ、こんなこと言うと笑われそうだけど、なんだかあのこと、気にかかってしようがないのよ。話しといた方が安全な気がするのよ。ねえ、もしあれが他のところからもれたら、なお、おかしいじゃないの――あんたが特に隠しているんじゃないかって疑られて——」

「もれっこないわ。あなた以外に知ってる人いないんだもの」

「そ、そうねえ」

ローダの声に含まれたかすかなためらいに、アンはすぐ飛びついた。「まあ、誰か知ってるの？」

ローダはちょっと言葉につまったが、すぐと、「あら、コンビーカーの人はみんな知ってるわ」

「あの連中なんか！」アンは肩をすくめると、「バトル警視があそこの人に出会うなんてこと、まずないわ。そんなことあったら、奇蹟に近いわね」

「でも、奇蹟に近いことって起こることがあるわよ」

「ローダ、あなた、このことにはとてもこだわってるのねえ。がみがみ言い通しで……」

「アン、ほんとうにごめんね、ただあたし心配だったのよ。警察って、隠してることを捜すの、とてもうまいでしょ、だから……」

「わかりっこないわ。誰が警察に教えるの？　あなた以外には知ってる人いないんですものねえ」

アンがこの言葉を言ったのはこれで二度目であった。そして今度は同じ言葉でも少し調子が変わって——何か奇妙な、思案深げな調子がこもっていた。

「ああ、話してしまえばいいのになあ」ローダは不安げに溜息をつくと、気がとがめるようにアンの方を見やったが、アンは彼女を見ていなかった。アンは額にしわを寄せて、じっと座っていた——何かの計算を頭の中でやってでもいるように……

「でもデスパード少佐が訪ねてくるのは楽しみね」とローダが言った。

「ええ？　ああ、そうね」

「アン、彼は魅力的ね。あんた、彼が気に入らないんなら、ね、お願いだから、あたしに回してよ、いい！」

「ローダ、馬鹿なこと言わないでよ。彼、あたしのことなんか、なんとも思ってないわ」

「じゃあ、なぜこんなによく訪ねてくるの？　あんたが気に入ったにきまっているわよ。あんたは嘆きの乙女ってふうなところがあって、彼に助けたい気持ちを起こさせるのね。アン、あんた、本当に〝頼りなげな美女〟ってふうに見えるわ」

「彼はあたしたち二人に、おんなじように愛想がいいじゃないの」

「それは彼の心が優しいからよ。でももしあんた本当に彼に気がないんなら、あたし、彼に同情する友達の役するわ――彼の失恋をなぐさめたりなんかして――そうすればしまいには彼を獲得できるかもしれないわ。ねえ、見込みないことないわねえ？」とローダはあけすけな言い方になった。

「あなた、彼の訪ねてくるのが本当にうれしいのねえ」アンが笑いながら言った。

「彼の首から肩のとこすごいじゃないの。煉瓦色に日焼けして、それに筋肉が盛りあがってて」とローダが溜息をついた。

「あなた、すこし変よ、ローダ」

「ねえアン、あんた、彼が好き？」

「ええ、とっても」

「あたしたち、もっと積極的にやっていいんじゃないかしら？　彼、あたしのことも少しは好きだと思うの――あんたほどじゃないけど、すこしは、よ」

「あら、彼はたしかにあなたのこと好きよ」とアンが言った。その声にはいつもと違った響きがあったが、ローダは気がつかなかった。

「あの探偵は何時に来るの？」とローダが訊いた。

「十二時」とアンは答え、ちょっと黙っていたが、それから言った。「まだ十時半ね。河へ行ってみましょうよ」

「でも、あの——ほらデスパードね、十一時頃来るって言わなかった？」

「なにも家の中で待ってなくったっていいんじゃない？　アストウェル夫人に頼んでいって、どっちの方に行ったか教えとけば、彼、後から曳き舟道を追いかけてくるわよ」

「そうね、お母さんじゃないけど、〝あんまり安く見られちゃあ駄目よ！〟だわ」とローダが笑いながら言った。「じゃあ、かまわないから行っちゃいましょう」

彼女は部屋を出て、庭木戸から外へ出た。アンが後からついていった。

デスパード少佐はそれから十分ほどしてウエンドン荘に着いた。彼は約束の時間より、早く来たのを知っていたので、二人の娘が外へ出ていったと聞いて、ちょっと驚いた。

彼は庭を通りすぎ、畑を横切り、右に曲がって曳き舟道に出ていった。

アストウェル夫人は朝の掃除の手を止めて、しばらくの間彼の後ろ姿を見送っていた。

「あの人はお二人のうちどちらの方を好きなんだろう」と彼女は勝手な批評を試みた。「ミス・アンらしいけど、はっきりそうともいえない。あの人、あんまり顔には出さない方だものね。どっちの方にも同じように振る舞ってる。それにどうも二人とも彼が好きらしい。そんなことだと、二人の仲ももう長くは続かないね。若い娘さん二人に一人の男——こりゃどうもただで納まりっこないもの」

自分もロマンスの誕生に一役買っていると想像してうれしくなりながら、アストウェル夫人が朝の食器洗いに台所へもどると、ふたたび玄関のベルが鳴った。

「うるさいベルだね。わざとあんなに鳴らしているんだよ。小包だ、きっと。もしかすると、電報かな」

彼女はゆっくり玄関に歩いていった。

二人の男が立っていた――一人は背の低い外国人、もう一人は頑丈な大男で、いかにもイギリス人らしい。イギリス人の方は前に訪ねてきていて、見覚えがあった。

「ミス・メレディスは在宅ですかね？」と大男が訊いた。

アストウェル夫人は首を振り、

「今お出かけになりましたよ」

「おや、そう。どっちの道を行った？ 来る道じゃあ会わなかったが……」

アストウェル夫人は、もう一人の男の素晴らしい口ひげをひそかに観察したり、どうも二人は友達としてはぴったりしないと思ったりしながら、質問には喜んで答えた。

「河に行ったんですわ」

もう一方の紳士が突然口をはさんだ。

「では、もう一人のご婦人は？ ミス・ドーズは？」

「ご一緒に行かれましたよ」

「ああ、ありがとう」とバトル。「それでと、どういうふうに行けば、河に行けるかな？」

「はじめ左にお曲がりになって、小路を下りますとね」とアストウェル夫人はすぐに答えて、「曳き舟道に出ますから、そうしたら、右にお曲がりなさい」彼女はそれから愛想よくつけ加えた。「まだお出かけになってから十五分にもならないから、すぐ追いつけますよ」

立ち去っていく二人の後ろ姿をいぶかしげな顔で眺めていたアストウェル夫人は、玄関の戸をしぶしぶ閉めながら独り言を言った。「あの人たち、いったいどこの誰なのかしら。どうも、あたしにゃあ見当がつかないよ」

アストウェル夫人が台所の流しに引き返す間に、バトルとポアロは、言われたとおり、最初の曲がり角を左に折れた。でこぼこな小径を行くと、思いがけずにすぐ曳き舟道へぶつかった。

ポアロが先に立って、急ぎ足で歩いた。バトルはその姿を不思議そうに見ながら、

「ポアロさん、何かあるんですか？　ずいぶん急ぎ足で――」

「そう。君、私は不安なのです」

「何かそんな徴候でもあるんですか？」

ポアロは首を振って、「いや、しかし、可能性はあります。うっかりすると起こりかねんのです」

「あなたは何かを考えてますね」とバトル。「今朝ここへ来るのにも、えらく急いでましたね。車の中でターナー巡査にスピードを出せってせっついたことったら！　いったい、何を心配してるんです？　あの娘は袋のねずみですよ」

ポアロは無言だった。

「何を心配してるんです？」バトルが同じ質問を繰り返した。

「こういった種類の事件では普通、何を一番心配しますか？」

バトルはうなずいた。「なるほどね。わたしもそういえば――」

「君もそういえば何です？」

バトルはゆっくりとした口調で、「そういえばですね、ローダがオリヴァ夫人に事実をしゃべったのを、ミス・メレディスが知ったんじゃないか、って思ったんですよ」

ポアロは力強く同意のうなずきを繰り返すと、「君、急ぎましょう」

二人は河岸に沿って足を速めた。河の上には一隻の舟も見えなかったが、やがて河のくねるに沿って回った時、ポアロは不意に足を停めた。バトルもすばやく認めて、「デスパード少佐だ」と言った。

　デスパード少佐は二人から二百ヤードほど前の河岸を大股で歩いている。

　それから少し先、河の上の小舟に二人の娘が乗っているのが目に入った――ローダが漕ぎ、アンは寝ころんで、ローダを見上げて笑っている。二人とも河岸の方は見ていなかった。

　と、それから、あっという間に起こったのである――アンの手がつと伸びて、ローダがよろめき、舟から飛び出しそうになって、――必死になってアンの袖をつかみ――ぐらぐらっと舟は揺れて――それからついに小舟はひっくり返り、二人の娘は水に、落ちこんでもがきはじめた。

「見ましたか？」バトルは走りだしながら叫んだ。「あのメレディスがローダの足首をつかんで、投げこんだんですぜ。こりゃあ、彼女の四番目の殺人だ！」

　二人は一心に走った。しかし彼らの前に走っていく者もいる――。娘たちはどちらも、一目見て泳げないとわかった。しかしデスパードは二人のもがいている水面に一番近いあたりまで走っていくと、河に飛びこみ、二人を目指して泳ぎだした。

「これはまあ《モン・デュウ》、おもしろいことになった」とポアロは叫び、バトルの腕をつかんで、「彼は最初にどちらの娘の方へ行くと思います？」

二人の娘は一緒ではなかった。約十二ヤードほど、二人の間は離れている。デスパードが力強く泳いでいる。水を打つ彼の腕には何の迷いもなかった。彼はまっすぐにローダの方へ進んでいった。

一方バトルも彼らに近い岸まで行くと、河の中へ飛びこんだ。デスパードはローダをうまく岸に運んでくるところだった。彼はローダを岸に引きずりあげると、地上にどさりと置いて、また河に飛びこんだ。たった今アンが浮き沈みしていた地点に向かって泳ぎはじめた。

「気をつけろ！」バトルは泳ぎながら大声で、「水草があるぞ」

デスパードとバトルは同時にその地点に着いたが、アンはすでに水に沈んでいた。あちこち捜しまわり、ようやく彼らはアンを見つけだすと、二人で片手ずつ引いて岸に引っぱってきた。

ローダはポアロに介抱されていた。彼女はもうなかば身を起こしてはいたが、まだあえぐような呼吸をしていた。

デスパードとバトルがアン・メレディスを土の上に横たえた。

「人工呼吸をするしかないですね。だが、どうも生き返りそうにないな」とバトルは言い、型どおりに人工呼吸を始めた。

ポアロは疲れたら交替しようと、彼のそばに立っていた。

デスパードはローダの傍らに座った。

「大丈夫？」彼がしわがれ声で訊いた。ローダは静かに言った。「あなたが救ってくれたのね。あなたがあたしを救ってくれたのね……」そして、両手を彼に差し出した。彼がその手を取ると、彼女はわっと泣きだした。

「ローダ……」と彼が言い、二人の手はしっかりと握りあわされた……

突然、彼の目に一つの風景が浮かんだ——アフリカのジャングルの中、ローダが勇ましい姿で笑いながら彼の傍らに座っている……

30　殺人

「アンは本気であたしを突きとばしたっておっしゃるの？」ローダは容易に信じられないようだった。「なんだかそんなふうに感じはしました。それにあたしが泳げないのはアンも知っていたけど。でも――でも、あれはわざとしたんでしょうか？」

「明らかに故意にしたのです」とポアロが答えた。

彼らの乗った自動車はロンドンの郊外を走っていた。

「でも――でも――どうして……？」

ポアロはしばらく答えなかった。アンのやった動機の一つを彼はすでに推測していた。その〝動機〟はいま現にローダの隣に腰をかけている！

バトル警視が咳払いをした。

「ローダさん、いいですか、驚いてはいけませんよ。実はですね、あの娘の勤めていたベンスン夫人ですね、あの人が亡くなったのは、一般にいわれているような事故じゃなかったんです――少なくとも、そう考える理由があります」

「どういう意味ですの、それは？」

「アン・メレディスが二つの瓶を交換したのだ、と私たちは信じております」とポアロが答えた。

「まあ、まさか――嘘ですわ、なんておそろしい！　そんなことありっこないわ！　アンが？　だって彼女がなんでそんなことしますの？」

「彼女には彼女なりの理由があったわけです」とバトル警視は答え、「しかし、いまの問題の要点はですね、ドーズさん、ミス・メレディスの知る限りでは、あなただけがベンスン事件の糸口を握ってる人物だったところにあるんです。あなたはオリヴァ夫人に打ち明けたことを、ミス・メレディスには知らさずにいたんでしょう？」

　ローダがゆっくりと答えた。

「ええ、アンがいやがると思ったものですから、言わずにいました」

「そりゃあ、非常にいやがったでしょう」バトルはやや皮肉に言い、「とにかく、彼女は、水がもれるとしたらあなたからしかない、と考えたんですね、だからあなたを――そのう――清算しちまおうと決心したんですよ」

「清算？　あたしを？　まあなんてひどいこと！　そんなことみんな本当なんて思えま

せんわ」

バトル警視が言った。「まあ、今はあの人も死んだんですから、まずこのぐらいにしておきましょう。ただですね、彼女はあなたにはけっしていい友達じゃなかったですよ――これは確かです」

自動車が玄関の前に止まった。

「ポアロさんのお宅にお邪魔させていただいて」とバトルが言った。「ちょっと事件のことでお話ししましょう」

ポアロの居間に入っていくと、オリヴァ夫人がドクター・ロバーツとおもしろそうに話をしていた。二人ともシェリーを飲んでいた。オリヴァ夫人は胸に蝶リボンのついたビロードの洋服を着て、新型の騎手風の帽子をかぶっていた。

「まあいらっしゃい、どうぞ」まるでポアロの家でなくって、自分の家にいるかのように、オリヴァ夫人は鷹揚に彼らを迎え入れた。「あなたの電話があったから、すぐドクター・ロバーツに電話して、二人でやってきたんですよ。ドクターったらね、患者がみんな死にかけてるけれど、それでもかまわない、ですって！　患者なんて、放っとけばかえってよくなるかもしれないわね。とにかく、あたしたち二人ともこの事件の全貌をぜひ聞きたくってねえ」

「そうなんです。僕なんかまったく五里霧中ですからね」とドクター・ロバーツが言った。

「結構です《エ・ビアン》」とポアロ、「事件は解決しました。シャイタナ氏の殺人犯人はついに発見されました」

「オリヴァさんから聞きましたよ。あの若い美人のアン・メレディスですってね！　とても信じられん。まったく思いがけない殺人犯ですねえ」

「彼女は大変な人殺しでした」とバトルが言った。「三人も見事にやっつけた上にですよ——わたしたちの発見が遅れたら四人目も成功するところでしたからね」

「とても信じられんなあ！」とロバーツがつぶやいた。

「そんなことないわ」とオリヴァ夫人、「もっとも犯人らしくない人物が犯人、というわけよ。案外、現実の事件でも、探偵小説と同じような解決が生まれるものなのねえ」

「今日は驚くようなことばかりですよ」とロバーツが言い、「まず初めにロリマー夫人の手紙——これは偽筆だったわけですね？」

「そのとおりです。三通とも偽筆です」とポアロ。

「アンは自分宛にも一通書いて出したんですか？」

「そうなりますねえ。偽筆にしても、この手紙は非常にうまく作ってありました——もちろん専門家はごまかされませんが、しかしこの事件に筆跡の専門家を呼ぶことはまずありえませんでしたからね。なんといっても、すべての点からみてロリマー夫人の自殺は確かだとみえたんですから」

「ポアロさん、ちょっとお尋ねしたいんですが、どうしてあなたは、ロリマー夫人が自殺したんじゃあないっておわかりになったんです？」

「ロリマーさんの家で、ちょっと小間使と話した結果、判明しました」

「前の晩に、アン・メレディスが訪ねてきたのをお聞きになったからですね？」

「それもありますし、他の事柄からとも申せます。それにですね、私はその前から当の人を――すなわちシャイタナ氏を殺した人をですが――頭の中で目星つけておりましたしね。もちろんその人はロリマー夫人ではありませんでした」

「どうしてミス・メレディスだとわかったんです？」

ポアロは手を挙げて、「ちょっとお待ちください。どうかこの点は、私流の方法でやらせてください。私流とはですね、一人ずつ消去していく方法です。それでですね、シャイタナ氏を殺したのは、ロリマー夫人ではなかったし、デスパード少佐でもない、非常に奇妙でしょうがアン・メレディスでもなかったのです……」

彼は身を乗り出した。彼の声は柔らかな、猫が喉を鳴らすような音だった。

「よろしいですか、ドクター・ロバーツ、シャイタナ氏を殺したのはあなたです。それにあなたはロリマー夫人も殺しました……」

少なくとも三分間は誰も口をきかなかった。それからドクター・ロバーツが笑いだした。威嚇するような笑い方であった。

「ポアロさん、あんた気でも狂ったんですか？ 僕はシャイタナ氏を殺しゃあしませんよ、それにロリマー夫人を殺すことなんかできっこないじゃないですか」そこで彼は警視庁警視の方に向き直り、「あなたはまさかこんなこと信じやしないでしょうね？」

「まあ、ポアロさんの言うことをよくお聞きになったらいかがです？」とバトルは静かに言った。

「実際のところ、だいぶ前から、私にはあなたが――いや、あなただけが――シャイタナを殺しうる人だ、とわかっていたのですが、これを証明するのは容易でなくて、困惑しておりました。しかし、ロリマー夫人の場合はまったく違います」ポアロは前に乗り出した。「これは私の推理を必要としませんのです。もっと簡単なことなのでして――つまりあなたが殺したのを見た証人がいるのです」

ロバーツは息をのんで静かになった。彼は目を光らせながら、鋭く言った。「でたらめを言わんでください！」

「いや、いや、でたらめじゃないです。あなたが事件をよそおってロリマー夫人の部屋に飛びこんだ時は、まだ朝早かったですね。ロリマー夫人は前の晩に飲んだ催眠剤のために熟睡しておりました。あなたはそこでまたトリックを使った。ひと目見て、彼女が死んでいるというふりをしました。そして小間使に、ブランデーや、お湯や、そのほかのものを取りにやらせて追い出した。あなたは一人部屋に残った。小間使はほんのちらっと見たきりで出ていってしまった。さて、そこで何が起こったでしょう？

ドクター・ロバーツ、あなたはご存じないでしょうが、窓拭きの会社のなかには、朝早く仕事するのを専門にしているところがあるのですよ。で、窓拭き職人が梯子を持ってあなたと同じ時刻にやってきたのです。そして梯子を立てかけて仕事を始めた。その職人が一番初めに取りかかった窓がロリマー夫人の部屋でした。この男は中の様子を見ると、すぐその窓の仕事をやめて別の部屋の窓に移ったのですが、しかしその前に彼は何かを見てしまったのです。ではその人に彼の見たものを訊いてみましょう」

ポアロはすばやく部屋を横切ると、ドアのハンドルを回して、「スティヴンズ、さあお入り」と呼び、前の席に引き返した。

赤毛をした、大柄の不器用そうな男が入ってきた。手には〈チェルシー窓拭き協会〉

と銘の入った帽子を持っていて、それを困ったふうにひねくっている。

ポアロが言った。「君の覚えてる人がこの部屋にいるかい？」

男はぐるっと見回した、それから恥ずかしそうなうなずき方で、ドクター・ロバーツの方を顎でしゃくった。「あの方でさ」

「あの方をいつ見たか、そしてその時何をなさっていたか、話してごらん」

「今朝でやした。チェーン小路のご婦人の家に、八時の仕事があって……あっしはすぐ窓を拭きはじめた。ご婦人が寝てたっけど、病気のようだなって思いやした。枕ん上で頭をあちこち転ばしてたでさ。この方あお医者さんだなと思ったね。奥さんの袖をまくりあげてから何かぶっ刺したっけ。ちょうどここんとこのあたりでさ」彼は身振りでその場所を示した。「奥さんはそいでおとなしくなったっけ。あっしあなんだかよその窓に移った方がいいみてえに思って、その窓を拭くのやめちまったですが、あっしは何か悪いことしちまったですかね？」

「君は素晴らしいことをしてくれたんだよ」とポアロが答えた。そして静かにロバーツに向かって、

「いかがです《エ・ビアン》、ドクター・ロバーツ？」

「た、た——単なる気つけ薬だ」とロバーツはどもって言った。「ふ——夫人を生き返

らす最後の手段だった。それは非常によく――」

ポアロがさえぎった。

「単なる気つけ薬？――エヌ――メチル――サイクロ――ヘクセニル――メチル――マロニル尿素がね」彼はすべての音節を滑らかに発音した。「もっと簡単にエヴィパンという名で知られていて、短時間の手術に麻酔剤として使われている。静脈内に多量に注射されると、即座に意識を失います。ヴェロナールとかバルビツル酸剤の催眠剤を与えた後で使用することは危険ですね。私は夫人の腕に、明らかに静脈注射した傷痕のあるのを見つけた。で、警察医にちょっと話してみました。たちまち例の薬物が、外ならぬ権威者の内務省分析官チャールズ・イムフェリ卿によって摘出された、というわけです」

「どうも、これで君も一巻の終わり、ってとこだろう」とバトル警視が言った。「シャイタナ殺しの証拠を挙げる必要もないわけだ。もっとも、必要となれば、われわれの方にはまだ切り札はあるんだ――チャールズ・クラドック氏殺し――それにたぶんその細君の殺人という件さ」

この二人の名前が出ると、ロバーツもまいってしまった。

彼は背を椅子にもたせかけると、「おとなしく投げるか」と言った。「やられたよ！

あの悪党のシャイタナはあの晩餐の前にもうあんた方に知恵をつけといてたんだね。ところがこっちは奴を見事にやっつけたと思ってたんだ」

「君がお礼を言う相手はシャイタナじゃあないぜ」とバトル。「警察に知恵をつけてくれたのはここにいるポアロさんだよ」

彼はドアのところに行き、二人の男を部屋へ入れた。

警視バトルは声を改めて正式の逮捕を通告した。

ロバーツが連れ去られてドアが閉まると、オリヴァ夫人は、いくらか空々《そらぞら》しかったが、鼻高々と言った。「ねえ、あたしいつも言ってたでしょう、やったのは彼だって！」

31　ひらいたトランプ

さてポアロの得意な瞬間がいまや訪れた――集まった人々はみな、彼の話を聞こうと、期待に満ちた視線を彼に向けている！　「みなさんが熱心に聞いてくださるようで、ありがたく思います」とポアロは微笑しながら、話しだした。「ご存じのように、私はいつもこの最後の解説を楽しみにしております。みなさんが熱心に聞いてくださると、老人の長話も少しはしがいのあるものになるというものです。

　今度の事件は今まで私が手がけた事件の中でも、最も興味深かったものの一つです。なにしろ、手がかりになるものが、何一つとしてなかったのです。四人の人がいて、そのうちの一人が犯人に違いないんですが、果たしてそれは誰なのか？　その人物を指し示すようなものが何かないか？　物的証拠ということになると――なにもないのです。目で見ることのできる手がかり――たとえば指紋――手紙や書類――記録といった、犯人を割り出すに必要な証拠は何もありませんでした。ただあるのは、四人の人間そのものだけでした。

そう、そう、具体的な手がかりが一つだけありました——ブリッジの得点表です。最初から、私がこの四枚の得点表に特別な関心を示していたのをあなた方は覚えていらっしゃるでしょう。この得点表は勝負をつけた四人の人々の性格をかなり語ってくれましたが、それ以上に、ある貴重なヒントを私に与えてくれたのです。四枚の表を眺めて、私はすぐと第三回戦《ラバー》の得点表にある一五〇〇点の数字に気がついたのです。その数字の意味は——グランド・スラムにきまってますね。さてです、もし犯人がこういった少し異常な状況のもとで（ブリッジの勝負の最中ということですが）犯行をやろうと考えた場合、彼は二つの非常に大きな危険を冒さなければならないでしょう。その第一は、被害者が叫び声をあげるかもしれないということです。第二は、たとえ被害者が叫び声をあげないとしても、そこにいる他の三人の中の一人が、殺人の刹那に、偶然に顔を上げて、実際の犯行を見てしまうかもしれぬということです。

で、初めの危険については、別にこれといった防ぎ手もありません。一か八か運を天にまかせるだけです。しかし第二の危険については、少しばかり手が打てなくもありません。おもしろい勝負とか、興奮した勝負ともなれば、やっている三人の注意はゲームに集中されます、ところがつまらない勝負でしたら、三人は自然、あたりを見回したりすることも多くなりがちでしょう。さて、場の勝負がグランド・スラムを取るか取らないかということになれば、当然にこれは興奮したものとなりますな。それにほとんどといっていいぐらいに（この場合も同様でしたが）、防御側はダブります。攻撃側は宣言した数を完成しようとし、相手の二人は札を間違いなく出して攻撃側を負かそうとして、三人とも勝負に熱中して他のことに気づきません。それですから、こうした、特に興奮した勝負の最中にこそ殺人は行なわれたのだと私は確信したのです、そして、できればこのせりあげ《ビッディング》がどういうふうにして行なわれたのかを調べようと決心したのです。そして調べるとじきに、この勝負の時の休み番《ダミー》がドクター・ロバーツだったのを知りました。私はまずこれを頭に入れておき、次に私の第二の考え方――心理学的可能性という角度から、この事件を検討してみました。四人の容疑者の中で、綿密に計画して完全殺人を実行できる人は、まずロリマー夫人であると考えました――しかし、その場で思いついてやってのけるといった犯行となると、夫人は考えられませんでした。またそれと同時に、ロリマー夫人の態度はどうも私には納得できないものでした。彼女の態度はいかにも彼女が実際に犯行を行なったか、それともその犯人を知っていると疑わせるに充分でした。もちろん、ミス・メレディス、デスパード少佐、ドクター・ロバーツの三人はいずれも、心理的に見て殺人を犯す可能性を充分に持っていました、前にも述べたように、もしやるとすれば、三人ともまったく違った立場から殺人を犯すでありましょうが……。

それから、私は第二のテストをいたしました。私は一人ずつ順ぐりに尋ねました——あの部屋であなたは何を覚えていますか、とね。このテストから、私はある非常に貴重な考えを引き出しました。第一にですね、あの短剣の置き場所に気づいたらしい人といえば、まずドクター・ロバーツが第一だということです。彼はあらゆるこまごまとしたものを実によく覚えていて——天来の観察家、といった人なのです。ところが、ブリッジの勝負になると、全然覚えていなかった。彼が多く覚えているとは期待していませんでしたが、あんまりすっかり忘れてしまっていたんで、彼はあの晩ほかのことを何か考えてたように思われました。ここでも、お気づきのように、容疑はドクター・ロバーツを指し示しました。

ロリマー夫人、この人は素晴らしい札の記憶力を持っておりました。彼女ほど心を集中して勝負《ゲーム》をしていたのでは、犯人が彼女のすぐそばで人を殺してもまずまったく気がつかなかったでしょう。それに彼女は重要なことを教えてくれたのです。グランド・スラムという大勝負を宣言したのはドクター・ロバーツなのですが、これは彼の手持ちの札を基にしてのせり上げではなくて、パートナーのロリマー夫人の札が有利なものなのでした。そこで、彼女の方がその高さで勝負をすることになり、ドクターは休み番《ダミー》となったのです。

第三のテストは、バトル警視と私がおおいに頼りにしたところなんですが、四人の過去の殺人を調査して、ここから現在の殺人との類似性を発見しようとしたわけです。ええ、この仕事はバトル警視、オリヴァ夫人、レイス大佐の三人の方が立派におやりになりました。この結果をバトル君と話し合ったところ、以前の三人の犯行とシャイタナ氏の殺人との間に少しも似たところがないとわかって、彼はがっかりしてました。しかし、実際はそうではないのです。ドクター・ロバーツが犯した二つの殺人は、表面に現われた具体的手段からでなくて心理学的観点から検討してみると、ほとんど同一だったのです。これらの犯行はいずれも私の言い方をすれば〝公明《パブリック・》な殺人《マーダー》〟と申せます。ばい菌をうつした髭剃りブラシは被害者の化粧室にあったもので、ドクターが往診の帰りにそこで手を洗うことは誰でも知っておりました。クラドック夫人を殺した時は、チフスの予防接種という、これまた実に明けっぱなしな手段でした――いわば世間の目の前でやったようなものです。

それにですね、この男の動き方も同じものがありました。追いつめられてどうにもならなくなると、機会をとらえてただちに行動する――それも彼のブリッジの遊び方とそっくりで――実に大胆で、人を呑んだ博打を打つのです。ブリッジの時と同じように、シャイタナを殺した時も、じっと機会をうかがっていて、一気に勝負を決めたのでした。彼の一撃は正確そのものでしたし、実に適切な瞬間をとらえたものでした。

そこで――ロバーツが犯人だと、私が固い確信を持ちはじめた時、ロリマー夫人が私を呼んで――そして非常にきっぱりと自分が犯人だと自白したのです！　私は彼女の言葉を信じかかったのです！　いえ、一、二分の間は私もたしかにそれを信じたほどでした――しかしです、すぐと私の小さい灰色の細胞の群が例の見事な機能を発揮しはじめました。そんなことはあり得ない――だからそうではない！　と。

しかし、彼女は自分の犯行を撤回しましたが、さらにむずかしいことを告げたのでした。

アン・メレディスがシャイタナを殺したところを実際に見た、と彼女は、はっきり言ったのです。

このことは翌朝やっと解決しました――すなわち私がロリマー夫人の死のベッドの傍らに立ってロバーツの犯行を確認した時にやっと、私の考えはやはり正しいし、ロリマー夫人も本当のことを言ったのだ、と私にはよくわかったのでした。

アン・メレディスは暖炉に行って、シャイタナ氏が死んでいるのを見たのです！　彼女は彼の上にかがみこんで――おそらく、手をのばして、柄の先に輝く宝石を触ってみたのでしょう。

思わず叫ぼうとして唇を開きかけた、が彼女は声を出しませんでした。晩餐のシャイタナの言葉を思い出したからです。たぶん何か自分のことを書いた記録が残ってるのだろう、とアンは考えた。それを見れば、彼女、アン・メレディスには彼の死を望む動機のあることがわかる。そうなると、彼女が殺したのだとすべての人が言うだろう。こう思って、彼女は必死になって声を押し殺したのです。恐れと心配で慄えながら、アンは自分の席にもどったのでした。

こうした光景を見たのですから、ロリマー夫人は犯行の現場を見たと思ったのも無理ではありません――しかし、実際には見なかったのですから、私の考えも正しかったわけです。

もしロバーツがここで、用心して手を控えていたら、われわれは彼の犯罪を察知できたかどうかわかりません。あるいは脅かしやらさまざまの巧妙な手段を併用してなんとかさぐり出せたかもしれません。私もいろいろと手を尽くしたでしょうが、とにかく、ここまではロバーツが有利でした。

ところが彼は落ち着きを失いました。そしてもう一度離れ業的な賭け《ビッド》をしたのです。

ところが今度はどの札もまずく出て、彼は大負を喫したわけです。

たしかに彼は不安で仕方なくなったのです。バトルがいろいろ調査しているのを知っていましたし、こんな状態がいつまでも続いて、しかも警察が捜査の手をゆるめずにいくとすると――何かの偶然でも起こって、彼の以前の犯行が暴露するのではないかと思ったのです。そこで彼はロリマー夫人を仲間の犠牲にしよう、という素晴らしい考えを思いついたのです。彼は医者ですから、すぐに彼女が病気で、もう長く生きられないと見抜きました。こういう身体の夫人が、自分の犯罪を告白した後に、長からぬ命を縮める、という筋は、いかにも自然ではありませんか！　そこでロバーツは彼女の書いたものをいくつか集めて研究した。そして本人の筆跡をまねた手紙を三通作り、手紙をいま受け取ったと言って翌朝大急ぎでロリマー夫人の家を訪ねるわけです。彼の家の小間使には、ちゃんと間違いなく警察に電話するように言いつけてあります。後はただわずかの時間さえ自由になればいいのです。そして彼は巧みにその時間を見つけました。そして警察医が来るまでに、すっかり片がついている、というわけでした。ドクター・ロバーツは、自分としては人工呼吸を施したりあらゆる手をつくしたが駄目だったと残念そうに言えば、それですむのです。計画はすべてまことに淀みなく、完璧な仕立てあがりでした。

これまでのところ、アン・メレディスに疑いをかけようという考えは、全然彼には浮かびませんでした。前の晩に、彼女が訪ねていったことさえ知らなかったのです。彼はロリマー夫人の自殺と自分の安全にばかり気をとられていたのです。

　私からロリマー夫人の筆跡を知っているかと尋ねられた時、彼もはっとしたでしょうね。手紙が偽造とわかった場合、彼女の筆跡をまだ見たことがないと答えていればうまく逃げられる、ととっさに考えて、彼は知らないと返事しました。彼は頭の速く回る男ですね。充分な速さとは申せませんが。

　私はウォリングファドから、オリヴァ夫人に電話したのです。お願いしたとおり、夫人はロバーツに疑いを起こさせないようにして、見事に彼をここに連れ出してくださいました。それから、彼はここに座って、してやったりと、ほくそえんでおりました。自分の計画どおりではなくてアンが犯人になったが、とにかくこれで安心だ、とひそかに悦に入っている時にがんと一撃――エルキュール・ポアロが飛びかかったのです！　さて、流石のブリッジの名手もこれ以上稼ぐわけにはいかないでしょうな。自分の札をテーブルの上に開けてしまったんですから。これでお終い《セ・フィニ》」

　誰も口を開かなかった。ローダがほっと溜息をついてその沈黙を破り、

「窓ガラス拭きがちょうどあそこにいたなんて、本当に運がよかったのねえ！」

「運？　運ですと？　マドモアゼル、あれは運ではございませんでした。あれはエルキ

ュール・ポアロの灰色の細胞の仕業でしたのです。それで思い出しました――」

彼はドアに行き、声をかけた。

「さあ、君、お入り――さあ、入りたまえ。君はあの役を実に素敵《ア・メルヴェイユ》に演じましたよ」

彼はさっきの窓拭きを連れてもどってきたが、男は手に赤毛のかつらを持っており、以前の人物とは別人のように見えた。

「私の友人のジェラルド・ヘミングウェイ君です。大変に前途有為の青年俳優です」

「それじゃあ、窓拭きなんかいなかったのね？」とローダが叫んだ。「誰も見たわけじゃないのね？」

ポアロが答えた。

「私が見たのです。頭の中にある目は実際の目よりもよく見えますよ。こうして椅子にもたれかかって、目をつむると――」

デスパードが愉快そうに言った。

「ローダ、ポアロさんを刺し殺しちまおう。そしてね、彼の幽霊が出てきて犯人を探し出せるかどうか、見ようじゃないか」

『ひらいたトランプ』解説

ミステリ評論家
新保 博久

ブリッジほどよく出来たゲームはない。へまなパートナーにつかみかかろうとしても、間にテーブルがあって、うまくいかないからだ。

レイ・ヤング

取材で初めて会ったカメラマン氏が、ロバート・B・パーカーの愛読者で、〈スペンサー・シリーズ〉はすべて読んでいるという。そこでディック・フランシスをすすめたが、競馬をやらないから手に取る気がしないそうだ。競馬に趣味のないフランシス・ファンだって多かろうに。

日本のクリスティー読者が、コントラクト・ブリッジのルールを知らないから『ひらいたトランプ』は読まない、読んでも面白くないというほど狭量ではないのは、喜ばしい。日本のブリッジ人口も増えたとはいえ、ブリッジをやったことがなくとも『ひらいたトランプ』は楽しめたという人のほうが圧倒的に多いだろう。

二〇〇一年末、早川書房の「アガサ・クリスティーと女性作家フェア」で最も好きなクリスティー作品を聞くアンケートを募ったところ、『そして誰もいなくなった』『オリエント急行の殺人』『アクロイド殺し』と、定番的名作がベスト3を占めたのは予想どおりながら、次いで『葬儀を終えて』『ひらいたトランプ』と渋めの佳品がランクインしたのは嬉しい驚きだった。とはいえ応募総数二百二十通ちゅう『ひらいたトランプ』の得票数は十。一位でさえ三十二票なのだから、票の半数は本当にばらけたらしい。クリスティー・ファンのうちブリッジを嗜む人が十人いて、こぞって本書に投票したわけでは、まさかないだろうな。

よく指摘されるように『ABC殺人事件』のなかに、本書の予告篇のようなエルキュール・ポアロのせりふが見いだされる。

「四人の人間がブリッジをしていて、それに加わらない一人が暖炉のそばの椅子に坐っている。夜更けになって、暖炉のそばの男が死んでいることが発見される。四人の一人が、ダミーになって休んでいるときに、そこにいって彼を殺したが、ほかの三人はゲームに夢中になっていて気づかなかった。ああ、それがあなたにふさわしい犯罪ですよ！

にほかならない。

四人のうちの誰がやったのか？」

はでな連続殺人などより、自分が解決したいのはこういう事件だとポアロは言う。その夢がかなったのが、翌一九三六年に『メソポタミヤの殺人』を挟んで刊行された本書にほかならない。

ブリッジが重要な役割を果たすミステリといえば、長篇に限っても、本書以前にパトリック・クェンティン『死を招く航海』、以後もヘレン・マクロイ『ひとりで歩く女』、ジョルジュ・シムノン『メグレの途中下車』、イアン・フレミング『007／ムーンレイカー』など少なくない。しかし作品全体に緊密に関わってくる点では、本書『ひらいたトランプ』が、わが国の竹本健治『トランプ殺人事件』と並んで随一だろう。

とはいえ、ブリッジを知らないと理解不能の作品というわけでもない。第十一章でロリマー夫人がゲームの展開を説明するくだりなど、さっぱり分からない方には、適当に読み飛ばしてもらうとしよう。しかしここには各プレイヤー、すなわち容疑者四人の性格が端的に示されてもおり、本当はよく味わいたいところだ。

おせっかいながら最低限、理解してもらえるよう、ブリッジのルールを説明しておこう。四人で行うゲームだが、麻雀では真正面に坐った相手も敵であるのに対して、ブリッジではそれは自分のパートナーで、二人ずつ組になって対戦する。テーブルをまたいでパートナーシップの橋がかかっているので、ブリッジというのだと私は思う。

一回の勝負は、ビッド（オークション）とプレイの二段階に分かれる。各人に十三枚ずつ伏せて全部配り、プレイが始まると一人が手持ちの一枚を出し（リードという）、他の三人も同じ印《スート》のカードを出さなければならない。リードされたスートを持っていなければ、切札のスートを出せるし、不要なカードを捨ててもよい。一巡して四枚出そろうのを一トリックと数え、推理小説や奇術でいう trick と同じだが、からくりの歯車がクルッと一回転する擬態語・擬音語だろう。切札が出ない限り、リードされたスートで最も高い数字の札を出したプレイヤーがそのトリックを取ったことになり、次のリードを行う。全部で十三トリックあるわけだから、勝つためには自分とパートナーとで合計七トリック以上取らなければならない。「ワン・ハート」というのは、ハートを切札にして六トリックよりも一《ワン》トリック余計に、つまり七トリック取るぞという宣言《ビッド》である。「スリー・クラブ」ならクラブを切札に6＋3＝九トリック。特定の切札《トランプ》を決めない「ノー・トランプ」を宣言することもある。「セブン何とか」は十三トリックすべてを取るという意味だが、とくにグランド・スラムと呼ばれ、非常に高いボーナス点がつく。これを契約《コントラクト》として競り勝つと、たとえ十二トリック取ってもワン・ダウンというわけで、相手側に得点がつく。

最も高いランクでコントラクトを競り落としたチームが攻撃側、これを阻止しようとするのが防御側となる。第一投《オープニング・リード》は防御側の一人から出し、続いて――ここがブリッジの非常に特異な点だが――攻撃側の一人は持ち札をすべて卓上に表向きにさらし《カーズ・オン・ザ・テーブル》、どの札を出すかは一切パートナーに委ねて、休み《ダミー》としてプレイには参加しない。プレイの段階では、常に四人のうち一人は抜けるわけだ。文字どおりだんまり《ダミー》となって席に着いていてもいいし、離席して用を足しても構わない。ダミーはプレイ中の三人のために飲み物を用意したり、暖炉に薪をくべたり、暖炉のそばにいる第三者を刺殺したりすることも出来る。

『ひらいたトランプ』では、容疑者四人全員がダミーになった機会があるが、暖炉で温もっていた死体からは厳密な死亡時刻が推定できない。被害者宅では当夜、四人の容疑者とは別に、ポアロをはじめ四人のプロ、アマの探偵がもう一卓、ブリッジ・テーブルを囲んでいた。『茶色の服の男』で活躍した秘密情報局のレイス大佐、『七つの時計』(これにもブリッジが出てくる)などの探偵役バトル警視、そしてこれが初登場となる推理作家のオリヴァ夫人という面々。オリヴァ夫人はクリスティー自身、というより読者から自分がそう思われているだろうというイメージの投影であり、誇張やクリスティー本人とは正反対の一面もあるものの、その活躍場面には作者のバックステージをうかがう興味もある。

四人の探偵は、容疑者四人のうち誰がダミーになったとき殺人を犯したのか特定できないので、彼らが被害者に握られていた過去の秘密――発覚しなかったかつての殺人を調べてゆく。ここだけでも短篇四本分の読みごたえがある。推理作家ロバート・バーナードの卓抜なクリスティー論『欺しの天才』（秀文インターナショナル）で、『ひらいたトランプ』は「最高傑作。ブリッジ・ファンには特別のご馳走だが、それ以外の読者でもゲームが楽しめる」（小池滋・中野康司訳）と絶賛されたゆえんは、一つにはここにありそうだ。ブリッジを知っていれば、さらに面白かっただろうと、くやしく思う読者は、本書を読んだのをきっかけにブリッジを始めてみたくなるにちがいない。

腕自慢のブリッジ・プレイヤーが、パートナーがへまばかりするのにいらだっているところへ、「調子はいかが」とギャラリーに聞かれて、「まあまあってとこかな」と答えた。「敵が三人もいるにしてはね」

松田道弘『ジョークのたのしみ』（筑摩書房）よりリライト

灰色の脳細胞と異名をとる

〈名探偵ポアロ〉シリーズ

本名エルキュール・ポアロ。イギリスの私立探偵。元ベルギー警察の捜査員。卵形の顔とぴんとたった口髭が特徴の小柄なベルギー人で、「灰色の脳細胞」を駆使し、難事件に挑む。『スタイルズ荘の怪事件』（一九二〇）に初登場し、友人のヘイスティングズ大尉とともに事件を追う。フェアかアンフェアかとミステリ・ファンのあいだで議論が巻き起こった『アクロイド殺し』（一九二六）、イニシャルのＡＢＣ順に殺人事件が起きる奇怪なストーリーが話題をよんだ『ＡＢＣ殺人事件』（一九三六）、閉ざされた船上での殺人事件を巧みに描いた『ナイルに死す』（一九三七）など多くの作品で活躍し、最後の登場になる『カーテン』（一九七五）まで活躍した。イギリスだけでなく、イラク、フランス、イタリアなど各地で起きた事件にも挑んだ。

映像化作品では、アルバート・フィニー（映画《オリエント急行殺人事件》）、ピーター・ユスチノフ（映画《ナイル殺人事件》）、デビッド・スーシェ（ＴＶシリーズ）らがポアロを演じ、人気を博している。

1 スタイルズ荘の怪事件
2 ゴルフ場殺人事件
3 アクロイド殺し
4 ビッグ4
5 青列車の秘密
6 邪悪の家
7 エッジウェア卿の死
8 オリエント急行の殺人
9 三幕の殺人
10 雲をつかむ死
11 ＡＢＣ殺人事件
12 メソポタミヤの殺人
13 ひらいたトランプ
14 もの言えぬ証人
15 ナイルに死す
16 死との約束
17 ポアロのクリスマス
18 杉の柩
19 愛国殺人
20 白昼の悪魔
21 五匹の子豚
22 ホロー荘の殺人
23 満潮に乗って
24 マギンティ夫人は死んだ
25 葬儀を終えて
26 ヒッコリー・ロードの殺人
27 死者のあやまち
28 鳩のなかの猫
29 複数の時計
30 第三の女
31 ハロウィーン・パーティ
32 象は忘れない
33 カーテン
34 ブラック・コーヒー〈小説版〉

訳者略歴　1923年生，1947年早稲田大学英文科卒，英米文学翻訳家　訳書『被害者の顔』マクベイン，『愛国殺人』クリスティー（以上早川書房刊）他

Agatha Christie

ひらいたトランプ

〈クリスティー文庫 13〉

二〇〇三年十月十五日　発行
二〇二三年十二月二十五日　九刷
（定価はカバーに表示してあります）

著者　アガサ・クリスティー
訳者　加《か》島《じま》祥《しょう》造《ぞう》
発行者　早川　浩
発行所　株式会社　早川書房
郵便番号一〇一－〇〇四六
東京都千代田区神田多町二ノ二
電話　〇三－三二五二－三一一一
振替　〇〇一六〇－三－四七七九九
https://www.hayakawa-online.co.jp

乱丁・落丁本は小社制作部宛お送り下さい。
送料小社負担にてお取りかえいたします。

印刷・三松堂株式会社　製本・株式会社フォーネット社
Printed and bound in Japan
ISBN978-4-15-130013-4 C0197

本書は活字が大きく読みやすい〈トールサイズ〉です。